HEYNE BÜCHER

SCIENCE FICTION

Herausgegeben
von Wolfgang Jeschke

Von Poul Anderson erschienen folgende Titel
in der Reihe HEYNE SCIENCE FICTION & FANTASY:

Kontakt mit Jupiter · 06/3063; auch ↗ 06/3930
Der Sternenhändler · 06/3079
Die Macht des Geistes · 06/3095
Weltraumroboter · 06/3105
Korridore der Zeit · 06/3115
Das letzte Sternenschiff · 06/3169; auch ↗ 06/1002
Das Horn der Zeit · 06/3212
Rebellion auf Alpha Crucis · 06/3253
Siegeszug im All · 06/3281
Universum ohne Ende · 06/3306
Jenseits der Unendlichkeit · 06/3316
Operation Chaos · 06/3329
Der Außenweltler · 06/3338
Höllenzirkus · 06/3350
Die Tänzerin von Atlantis · 06/3404; auch ↗ 06/1007
Zeit des Feuers · 06/3599
Das Erdenbuch von Sturmtor · 06/3966
Conan der Rebell · 06/4037
Das Tor der fliegenden Messer · 06/4326
Zeitpatrouille · 06/4377
Zeitfahrer · 06/4832
Der Schild der Zeit · 06/4961

POUL ANDERSON

KORRIDORE DER ZEIT

Roman

Neuauflage
in der Serie
TOP HITS DER SCIENCE FICTION

WILHELM HEYNE VERLAG
MÜNCHEN

HEYNE SCIENCE FICTION & FANTASY
Band 06/3115

Titel der amerikanischen Originalausgabe
THE CORRIDORS OF TIME
Deutsche Übersetzung von Fritz Moeglich
Das Umschlagbild ist eine Collage
von Jan Heinecke

Redaktion: Wolfgang Jeschke

Printed in Germany 1993
Umschlaggestaltung: Atelier Ingrid Schütz, München
Technische Betreuung: Manfred Spinola
Satz: Schaber Satz- und Datentechnik, Wels
Druck und Bindung: Elsnerdruck, Berlin

ISBN 3-453-06208-6

1

Der Wärter sagte: »Sie bekommen Besuch.«

»Was? Wer?« Malcolm Lockridge erhob sich von seiner Pritsche. Er hatte stundenlang gelegen und versucht, sich mit einem Lehrbuch zu beschäftigen, um sich auf dem laufenden zu halten, aber zumeist war sein Blick auf den Spalt an der Decke gerichtet gewesen, und Bitterkeit hatte seine Gedanken verwirrt. Außerdem lenkten ihn die Geräusche und Gerüche aus den andern Zellen zu sehr ab.

»Keine Ahnung.« Der Wärter schnalzte mit der Zunge. »Aber sie ist ein Prachtstück.«

Verwirrt setzte Lockridge sich in Marsch. Der Wärter trat ein wenig zurück. Es war nicht schwer, seine Gedanken zu erraten: *Vorsicht, der Bursche dort ist ein Mörder!* Nicht, daß Lockridge einen gewalttätigen Eindruck machte. Er war 25 Jahre alt, mittelgroß, hatte kurzgeschnittenes sandfarbenes Haar, blaue Augen in einem gutgeschnittenen Gesicht und eine etwas zu klein geratene Nase. Aber seine Brust und die Schultern waren breiter, Arme und Beine stämmiger als die der meisten Männer, obwohl er sich mit der Geschmeidigkeit einer Wildkatze bewegte.

»Sie brauchen keine Angst zu haben, mein Sohn«, sagte er spöttisch.

Das Gesicht des Wärters lief dunkel an. »Halten Sie Ihre Zunge im Zaum«, sagte er warnend.

Er hat recht, dachte Lockridge. Warum lasse ich meine Stimmung an ihm aus? Bis jetzt hatte ich keinen Grund, mich über ihn zu beklagen. Andererseits, an wem soll ich mich sonst schadlos halten?

Sein Ärger verrauchte, während seine Schritte von dem langen Gang widerhallten. Im monotonen Ablauf der vergangenen beiden Wochen war jede Abwechslung willkommen. Selbst eine Unterhaltung mit seinem Anwalt bedeutete ein Ereignis, wenn er auch mit einer schlaflosen Nacht dafür zahlen mußte, weil er die kaum verhüllte Abneigung des Anwalts, sich ernsthaft mit seinem Fall zu befassen, nicht vergessen konnte. Nun fragte er sich, wer heute sein Besucher sein mochte. Ein Prachtstück, wie der Wärter sich ausgedrückt hatte — eine seiner Freundinnen hatte ihn besucht, und man konnte sie als hübsch bezeichnen, aber sie war nach einer wenig erfreulichen ›Wie konntest du nur?-Szene‹ gegangen, und er rechnete nicht damit, sie noch einmal zu sehen. Eine Reporterin? Nein, die ortsansässigen Zeitungen hatten ihn längst alle interviewt.

Er betrat den Besucherraum. Durch ein Fenster zur Straße drang Verkehrslärm. Ein Park jenseits der Straße, Bäume in frischem Grün, ein unvorstellbar blauer Himmel mit schnell vorüberziehenden kleinen Wolken und einem Hauch von Frühling ließen Lockridge den Gestank, aus dem er kam, doppelt empfinden. Zwei Wärter wachten über die Menschen, die sich an den langen Tischen gegenübersaßen und sich leise unterhielten.

»Dort drüben«, sagte Lockridges Begleiter.

Er wandte sich um und sah sie. Sie stand neben dem Stuhl, den man ihr zugewiesen hatte. Sein Herz begann zu hämmern.

Sie war nicht kleiner als er. Ein raffiniert einfaches und offensichtlich sehr teures Kleid umschloß eine Figur, die einer Meisterschwimmerin oder der Jagdgöttin Diana gehören mochte. Sie trug den Kopf hoch, schwarzes Haar fiel ihr bis auf die Schultern, ein verirrter Sonnenstrahl ließ es wie Seide schimmern. Er wußte nicht, welcher Teil der Welt ihr Gesicht geformt hatte — geschwungene Brauen über leicht schräggestellten grünen Augen, hohe Backenknochen, eine gerade Nase, Mund und Kinn, die gewohnt schienen, zu befehlen, eine Haut von schwachem Bronzeton.

»Mr. Lockridge«, sagte sie, und es war keine Frage. Ihr Akzent verriet ihm nichts, höchstens, daß ihre Aussprache fast ein wenig zu korrekt war. Ihre Stimme klang tief und voll.

»J — ja«, sagte er zögernd. »Und ...«

»Ich bin Storm Darroway. Setzen wir uns?« Sie nahm Platz, als bestiege sie einen Thron, und öffnete ihre Handtasche. »Möchten Sie eine Zigarette?«

»Danke«, sagte er automatisch. Sie hielt ihm die Flamme eines goldenen Feuerzeuges entgegen, rauchte aber selbst nicht.

»Ich fürchte, ich hatte nicht das Vergnügen, Sie kennenzulernen«, fuhr Lockridge fort und setzte, nach einem Blick auf ihre linke Hand hinzu: »Miss Darroway.«

»Nein, natürlich nicht.« Sie schwieg und musterte ihn mit ausdrucksloser Miene. Er drehte die Zigarette nervös zwischen den Fingern. Sie lächelte, ohne daß sich ihre Lippen teilten. »Ich entdeckte in einer Chicagoer Zeitung eine Meldung über Sie, die mich interessierte. Also kam ich her, um mehr zu erfahren. Sie scheinen ein Opfer gewisser Umstände geworden zu sein.«

Lockridge zuckte die Achseln. »Ich möchte Ihnen keine rührselige Geschichte erzählen, aber es war wirklich so. Sind Sie Reporterin?«

»Nein. Ich bin nur daran interessiert, daß niemandem Unrecht geschieht. Überrascht Sie das?« fragte sie spöttisch.

Er überlegte. »Wahrscheinlich. Es gibt zwar Menschen wie Erle Stanley Gardner, aber eine Lady wie Sie ...«

»... weiß Besseres mit ihrer Zeit anzufangen, als Kreuzzüge für die Unschuldigen zu führen.« Sie lächelte. »Stimmt. Ich kann selbst Hilfe gebrauchen. Vielleicht finde ich sie bei Ihnen.«

Lockridge hatte das Gefühl, daß seine Welt kopf stand. »Können Sie niemanden engagieren, Ma'am — Miss?«

»Es gibt Eigenschaften, die man nicht kaufen kann. Außerdem liegt es mir nicht, lange zu suchen.« Ihre Stimme klang plötzlich wärmer. »Erzählen Sie mir von Ihrer Lage.«

»Nun, Sie haben die Zeitungen gelesen.«

»Ich möchte es aus Ihrem eigenen Mund hören. Bitte.«

»Hm, es gibt nicht viel zu erzählen. Es war an einem Abend vor zwei Wochen. Ich kam aus der Bibliothek und war auf dem Heimweg. In einer ziemlich heruntergekommenen Gegend. Eine Gruppe von Teenagern fiel über mich her. Ich nahm an, sie wollten mich aus Spaß zusammenschlagen und mitnehmen, was mitzunehmen war. Ich setzte mich zur Wehr. Einer von ihnen schlug mit dem Schädel auf die Bordschwelle. Die andern verschwanden schnell, ich rief die Polizei, und ehe es mir zu Bewußtsein kam, hatte ich eine Anklage wegen Mordes am Hals.«

»Können Sie sich nicht auf Notwehr berufen?«

»Natürlich. Ich tat es, aber es nützte mir nichts. Es gab keine Zeugen. Ich konnte keinen der Burschen beschreiben, die Straße war dunkel. Außerdem hatte es in der letzten Zeit wiederholt Ärger zwischen diesen Burschen und dem College gegeben. So nahm man einfach an, ich hätte mein persönliches Mütchen kühlen wollen. Ein Mann mit Nahkampfausbildung, der auf ein harmloses Kind losgeht!« Wut stieg in ihm auf. »Kind! Zum Teufel, er war größer und schneller als ich. Und ich stand einem Dutzend von seiner Sorte gegenüber. Aber wir haben einen ehrgeizigen Staatsanwalt.«

Sie musterte ihn. Er wurde an seinen Vater erinnert, an die weit zurückliegenden Jahre auf der Farm in den Hügeln Kentuckys, an die Art, wie sein Vater einen Stier, den er gekauft hatte, beobachtete. Nach einer Pause fragte sie: »Bereuen Sie, was Sie getan haben?«

»Nein«, sagte er. »Und man macht es mir natürlich zum Vorwurf. Ich habe kein Talent zum Schauspieler. Es lag bestimmt nicht in meiner Absicht, jemanden umzubringen. Es war reiner Zufall, daß der Bursche so unglücklich fiel. Es tut mir leid, daß es so endete. Aber mein Gewissen ist rein. Nehmen Sie an, es wäre anders gekommen, ich wäre zusammengeschlagen worden und hätte mich im Hospital wiedergefunden. Jeder hätte gesagt: ›Wie schrecklich! Wir müssen noch mehr für die Jugend tun. Bauen wir ihnen noch ein Haus für Freizeitgestaltung.‹«

Lockridge ließ die Schultern hängen. Er drückte die Zigarette aus und starrte seine Hände an. »Ich war so unvorsichtig, diese Bemerkung zu den Presseleuten zu machen«, fuhr er fort. »Dazu noch ein paar andere Bemerkungen. Leute aus dem Süden scheinen hier nicht sehr beliebt zu sein. Mein Anwalt sagt, daß die Liberalen der Stadt aus mir zudem einen Rassenfanatiker machen wollen. Blödsinn! Da, wo ich herkomme, habe ich kaum einen Farbigen gesehen, und im übrigen waren diese Strolche Weiße. Aber das alles scheint die Leute nicht davon abzuhalten, auf mir herumzuhacken.« Er lächelte verlegen. »Entschuldigen Sie, Miss, es war nicht meine Absicht, Ihnen etwas vorzujammern.«

Sie wollte ihm die Hand entgegenstrecken, besann sich aber. »Wie steht es mit Ihren Aussichten im Prozeß?«

»Nicht sehr gut. Das Gericht hat mir einen Anwalt zugeteilt, der mir zuredet, mich des Totschlags schuldig zu bekennen, um mit einer geringeren Strafe davonzukommen. Ich sehe das nicht ein. Es wäre ungerecht.«

»Ich nehme an, Sie haben nicht die Mittel, sich einen in die Länge gezogenen Prozeß zu leisten?«

»Nein«, sagte er. »Ich habe mit einem Stipendium studiert. Meine Mutter ist Witwe, und keiner von meinen Brüdern ist wohlhabend. Ich hasse den Gedanken, sie in Anspruch zu nehmen. Natürlich würde ich alles zurückzahlen, wenn ich als Sieger aus dem Prozeß hervorgehe, aber wenn das nicht der Fall ist ...«

»Ich denke, Sie werden gewinnen«, sagte sie. »Stimmt es, daß William Ellsworth aus Chicago als bester Strafverteidiger des Landes gilt?«

»Es heißt, daß er kaum einen Prozeß verliert.«

Storm Darroway rieb sich nachdenklich das Kinn. »Ein paar tüchtigen Privatdetektiven müßte es gelingen, die Mitglieder der Bande ausfindig zu machen«, sagte sie. »Falsche Alibis können im Prozeß durch geschicktes Kreuzverhör erschüttert werden. Dann müßten wir Zeugen finden, die über Ihren Leumund aussagen. Ihre Weste ist hoffentlich blütenweiß?«

Er brachte ein schwaches Grinsen zustande. »Mehr oder weniger. Aber hören Sie, das würde ein Vermögen kosten.«

»Ich habe ein Vermögen.« Sie fegte seinen Einwand beiseite. Der Blick ihrer hellen Augen war forschend auf ihn gerichtet, als sie sich vorbeugte. »Erzählen Sie mir von sich. Ich muß ein bißchen mehr über Sie wissen. Woher stammt diese Nahkampfausbildung, von der Sie sprachen?«

»Von der Marineinfanterie. Ich war auf Okinawa stationiert und interessierte mich für Karate.« Er erzählte weiter, sprach wie im Fieber und bemerkte kaum, wie sie alle Einzelheiten seines Lebens erforschte — seine Jugend mit der Sehnsucht nach Wäldern, Jagd und Fischfang, die Freiwilligmeldung bei der Armee mit Siebzehn, das Kennenlernen fremder Länder und fremder Völker, das in ihm den Wunsch auslöste, zu lernen, sich weiterzubilden. »Ich habe während meiner Dienstzeit eine Menge gelesen. Später, als ich in die Staaten zurückkehrte, begann ich zu studieren. Ich entschied mich für Anthropologie. Die Fakultät an der hiesigen Universität ist gut, also beschloß ich, hier zu promovieren. Es hätte ein erfülltes Leben werden können. Ich mag primitive Völker. Mag sein, daß ihnen nichts Romantisches anhaftet, daß sie ebenso wie wir ihre Sorgen haben, aber sie besitzen die Natürlichkeit, die wir längst verloren haben.«

»Dann sind Sie also weit gereist?«

»Nur ein paar Studienreisen, nach Yukatan zum Beispiel. Diesen Sommer sollte es wieder dorthin gehen. Aber damit dürfte für mich Schluß sein, nehme ich an. Selbst wenn ich bis dahin ein freier Mann bin, kann ich nicht damit rechnen, hier noch auf große Gegenliebe zu stoßen. Nun, es wird sich etwas anderes finden.«

»Davon bin ich überzeugt.« Storm Darroway sah sich um. Die Wärter, weniger gelangweilt als sonst, beobachteten sie. Aber sie waren außer Hörweite, wenn sie die Stimme dämpfte.

»Sehen Sie mich an, Malcolm Lockridge«, sagte sie leise.

Mit dem größten Vergnügen, dachte er.

»Ich werde Ellsworth mit Ihrer Verteidigung beauftragen«, sagte sie. »Die Kosten spielen dabei keine Rolle. Sollten Sie verurteilt werden, so wird er Berufung einlegen. Aber ich glaube nicht, daß es nötig sein wird.«

Lockridge konnte nur flüstern. »Warum?«

Sie warf den Kopf zurück. Das lange Haar gab ihre Ohren frei, und er entdeckte in ihrem linken Ohr einen kleinen, durchsichtigen Knopf. Ein Hörgerät? Irgendwie erwärmte ihn der Gedanke, daß sie nicht vollkommen war.

»Sagen wir, weil es falsch ist, einen Löwen in den Käfig zu sperren«, antwortete sie. Mit kühler Stimme fuhr sie fort: »Außerdem brauche ich Hilfe. Die Aufgabe ist gefährlich. Sie scheinen besser für sie geeignet als jemand, den ich auf der Straße auflese. Was die Bezahlung betrifft, so werden Sie sich nicht über Kleinlichkeit zu beklagen haben.«

»Miss«, stammelte er, »ich will keine Bezahlung, nachdem Sie soviel für mich tun wollen.«

»Sie werden zumindest die Mittel für die Reise haben müssen«, sagte sie. »Gleich nach der Verhandlung wird Ellsworth Ihnen einen Umschlag mit einem Scheck und weiteren Anweisungen übergeben. Bis dahin erwähnen Sie mich mit keinem Wort. Wenn Sie gefragt werden, wer Ihre Verteidigung finanziert, so schieben Sie einen wohlhabenden entfernten Verwandten vor. Ist das klar?«

Erst später, als er sich bemühte, Sinn in die ganze phantastische Angelegenheit zu bringen, fragte er sich, ob sie eine Verbrecherin sein könne, weigerte sich aber, das zu glauben. In diesem Augenblick jedoch erkannte er einen Befehl als solchen und nickte verwirrt.

Sie stand auf. Er kam unsicher auf die Beine. »Ich werde nicht wiederkommen«, sagte sie und umschloß seine Hand mit festem Druck. »Wir werden uns in Dänemark wiedersehen, wenn Sie frei sind. Bis dahin viel Glück!«

Er starrte ihr nach, bis sie verschwunden war.

2

Am 14. September, 9 Uhr morgens, hatte es in ihrem Brief geheißen. Lockridge erwachte viel zu früh, konnte nicht wieder einschlafen und machte schließlich einen langen Spaziergang. Er wollte ohnehin von Kopenhagen Abschied nehmen. Welche Aufgabe Storm Darroway auch immer für ihn hatte, sie würde ihn kaum an diese Stadt binden — nicht, wenn ihre Anweisungen den Kauf von Marschausrüstung einschließlich Gewehren und Pistolen für zwei Personen eingeschlossen hatten.

Lockridge überlegte, daß es verdammt viel gab, wofür er dieser Frau dankbar sein mußte. Hierzu gehörte auch, daß sie ihn drei Wochen zu früh hatte hierherkommen lassen. Er fragte sich, warum. Sie hatte ihm aufgetragen, sich Generalstabskarten zu beschaffen und mit der dänischen Topographie vertraut zu machen, möglichst viele Stunden in der altnordischen Abteilung des Nationalmuseums zu verbringen und sich eingehend mit bestimmten Büchern zu befassen, die Auskunft über die Ausstellungsobjekte gaben.

Und heute war endlich der Tag, an dem er sie wiedersehen sollte! Er beschleunigte seinen Schritt. Das Hotel, das er auf ihre Anweisung bezogen hatte, kam in Sicht. Er durchquerte die Halle, verzichtete darauf, den Lift zu nehmen und gelangte über die Treppe in sein Zimmer. Er brauchte nicht lange auf und ab zu marschieren. Das Telefon läutete. Er riß den Hörer ans Ohr. Der Angestellte am Empfang sagte in ausgezeichnetem Englisch: »Mr. Lockridge? Miss Darroway bittet Sie, sie in fünfzehn Minuten mit Ihrem Gepäck vor dem Hotel zu erwarten.«

»Danke.« Sekundenlang fühlte er sich gekränkt. Sie behandelte ihn wie einen Diener. Dann schüttelte er den Kopf. Er war zu lange in nördlichen Ländern gewesen und hatte vergessen, was einer wirklichen Dame zustand. Er brauchte keinen Pagen für das Gepäck. Er schwang das eine Bündel auf die Schultern, nahm das zweite und seinen Koffer in die Hand und fuhr in die Halle hinab. Die Formalitäten waren in wenigen Minuten erledigt.

Ein blitzend neuer Renault hielt am Bordsteinrand. Storm Darroway saß am Steuer. Er hatte nicht vergessen, wie sie aussah, das wäre unmöglich gewesen, und doch hielt er den Atem an, als sie ihm ihr von dunklem Haar umrahmtes Gesicht zuwandte.

»Hallo! Wie geht es Ihnen?« sagte er lahm.

Sie lächelte. »Willkommen in der Freiheit, Malcolm Lockridge«, begrüßte sie ihn mit tiefer Stimme. »Können wir fahren?«

Er brachte die Ausrüstung im Kofferraum unter und setzte sich neben sie. Sie trug enganliegende Hosen und Sportschuhe, wirkte aber nicht weniger beeindrukkend als bei ihrer ersten Begegnung. Geschickt fädelte sie sich in den dichten Verkehrsstrom ein.

»Alle Achtung«, sagte er. »Für Zeitverschwendung scheinen Sie nichts übrig zu haben, wie?«

»Ich kann es mir nicht leisten«, erwiderte sie. »Ich möchte dieses Land hinter mir haben, bevor es Nacht wird.«

Lockridge löste seinen Blick von ihrem Profil. »Ich bin bereit für alles, was Sie vorhaben mögen.«

Sie nickte. »Ich denke schon, daß ich Sie richtig eingeschätzt habe.«

»Wenn Sie mir sagen würden. ...«

»Gleich. Sie sind also freigesprochen worden?«

»Ohne jede Einschränkung. Ich weiß nicht, wie ich Ihnen jemals danken soll.«

»Natürlich dadurch, daß Sie mir helfen«, sagte sie mit leichter Ungeduld in der Stimme. »Sprechen wir aber zuerst über Ihre eigene Lage. Ich muß wissen, welche Verpflichtungen Sie haben.«

»Keine Verpflichtungen irgendwelcher Art. Da ich nicht wußte, wie lange die von Ihnen in Aussicht gestellte Tätigkeit dauern würde, habe ich mich nicht anderweitig bemüht. Ich kann bei meiner Mutter wohnen, bis ich etwas anderes gefunden habe.«

»Erwartet sie Sie bald zurück?«

»Nein. Ich habe ihr erzählt, daß der Betreffende, der meine Verteidigung finanzierte, mich als Berater für einen wissenschaftlichen Auftrag von unbestimmter Dauer in Europa haben wollte.«

»Ausgezeichnet.« Ein anerkennender Blick traf ihn. »Ich sehe, daß ich Ihren Einfallsreichtum ebenfalls nicht unterschätzt habe.«

»Wo fahren wir hin? Was haben wir vor?«

»Ich kann Ihnen nicht viel sagen. Höchstens, daß es sich darum handelt, einen Schatz zu bergen und in Sicherheit zu bringen.«

Lockridge stieß einen gedehnten Pfiff aus und suchte nach einer Zigarette.

»Sie finden das unglaubwürdig? Melodramatisch? Etwas aus einem billigen Roman?« Storm Darroway lächelte. »Warum glauben die Menschen unserer Zeit, ihr kümmerliches Leben sei die Norm im All? Überlegen Sie doch. Die Atome, aus denen Sie geschaffen wurden, sind Wolken reiner Energie. Die Sonne, die Sie bescheint, könnte diesen Planeten schlucken, und es gibt andere Sonnen, die wiederum *sie* schlucken könnten. Ihre Vorfahren haben das Mammut gejagt und Ozeane in Ruderbooten überquert. Ihre Zivilisation steht am Rande der Vernichtung. In Ihrem eigenen Körper wird in dieser Sekunde ein erbarmungsloser Kampf ausgefochten gegen Eindringlinge, die Sie verzehren könnten, ein Kampf gegen die Zeit als solche.« Sie deutete auf die Straße hinab, auf der Menschen ihren Beschäftigungen nachgingen. »Vor tausend Jahren waren sie klüger. Sie wußten, daß die Welt und die Götter untergehen würden und daß es keine Abwehr dagegen gab.«

Sie schwieg sekundenlang. Als die Altstadt hinter ihnen lag und neue hohe Wohnblöcke vor ihnen aufwuchsen, fuhr sie fort: »Ich werde es kurz machen. Erinnern Sie sich daran, daß die Ukraine vor einigen Jahren gegen die sowjetische Regierung rebellierte? Der Aufstand wurde blutig niedergeschlagen, aber die Kämpfe dauerten lange. Und das Hauptquartier der Freiheitsbewegung lag hier in Kopenhagen.«

Lockridge legte die Stirn in Falten. »Ja, ich bin im Bilde.«

»Es gab so etwas wie eine Kriegskasse«, sagte sie. »Sie wurde versteckt, als der Kampf hoffnungslos wurde: Kürzlich fanden wir jemand, der das Versteck kennt.«

Seine Muskeln spannten sich. »Wir?«

»Die Befreiungsarmee. Nicht nur für die Ukraine,

sondern für alle, die versklavt sind. Wir brauchen diesen Schatz.«

»Einen Augenblick! Wozu brauchen Sie ihn, zum Henker?«

»Wir bilden uns nicht ein, einem Drittel unseres Planeten über Nacht die Freiheit bringen zu können. Aber Propaganda, Unterwanderung, Fluchtwege in den Westen — diese Dinge kosten Geld. Und wir können nichts von Regierungen erwarten, die von Entspannung reden.«

Lockridge nickte. Er brauchte Zeit, um klar denken zu können. Darum sagte er: »Sie haben recht. Ich vertrat selbst in nächtlichen Gesprächen die Ansicht, daß es aussieht, als wolle Amerika Selbstmord begehen. Wir fallen auf jedes freundliche Wort herein, auch wenn es aus dem Munde desjenigen kommt, der uns vernichten will. Wir überlassen Idioten und Demagogen ganze Kontinente. Selbst im eigenen Land verdrehen wir den Wortlaut der Verfassung, um ... ach, lassen wir das. Meine Argumente trugen jedenfalls nicht dazu bei, mich beliebt zu machen.«

Seltsames Frohlocken erhellte ihr Gesicht, aber sie sagte mit ausdrucksloser Stimme: »Das Gold liegt in Westjütland am Ende eines Tunnels, der von den Deutschen während der Besetzung Dänemarks für ein höchst geheimes Entwicklungsprogramm gebaut wurde. Gegen Ende des Krieges unternahm die Untergrundbewegung einen Überfall auf die Anlage. Offenbar wurden alle daran Beteiligten getötet, weil die Kenntnis des Tunnels nie an die Öffentlichkeit gelangte. Die Ukrainer erfuhren von einem Mann auf dem Totenbett davon und benutzten den Tunnel als Versteck. Als ihr Aufstand niedergeschlagen war und sie sich auflösten, verblieb der Schatz dort. Die wenigen, die davon Kenntnis hatten, wollten ihre Sache nicht dadurch verraten, daß sie persönlichen Gebrauch von dem Gold machten. Heute sind die meisten von ihnen tot, wobei es keine Rolle spielt, ob sie an Altersschwäche, durch Unfall oder als Opfer bezahlter Agenten ums Leben kamen. Die letzten Überlebenden beschlossen schließlich, unserer Organisation diese Mittel zur Verfügung zu stellen. Ich habe den Auftrag, den Schatz zu bergen. Sie sind mein Helfer.«

»Aber — warum ausgerechnet ich? Sie haben doch die Männer Ihrer eigenen Organisation.«

»Haben Sie nie davon gehört, daß man mit Vorliebe Fremde als Kuriere benutzt? Ein Osteuropäer muß damit rechnen, beobachtet oder durchsucht zu werden. Amerikanische Touristen tauchen überall auf. Ihr Gepäck wird selten an den Grenzen kontrolliert, besonders, wenn sie nicht sehr aufwendig reisen.

Zu Blattgold verarbeitet, können wir das Gold in unsere Kleidung, in das Futter unserer Schlafsäcke einnähen. Wir bringen es nach Genf und übergeben es dort dem Empfänger, für den es bestimmt ist.« Ihre Augen musterten ihn forschend. »Nun? Sind Sie mit von der Partie?«

Lockridge biß sich auf die Lippen. Er konnte die Sache nicht so schnell schlucken. »Sie nehmen doch nicht an, daß man uns mit diesem Arsenal, das ich einkaufte, unbehelligt passieren läßt?«

»Die Waffen sollen nur zu unserm Schutz dienen, bis wir alle Vorbereitungen getroffen haben. Wir lassen sie später zurück.« Storm Darroway schwieg eine Weile. »Ich will Ihre Intelligenz nicht beleidigen«, sagte sie dann leise. »Darum gebe ich lieber gleich zu, daß gewisse Gesetzesübertretungen unvermeidlich sein werden. Sollte es zu einem Kampf kommen, so besteht sogar die Gefahr schwerwiegender Verstöße gegen das Gesetz. Ich brauche einen Mann, der dieses Risiko auf sich nimmt, der mit Schwierigkeiten fertig wird, der hart sein kann, wenn es die Situation erfordert, aber er darf kein Verbrecher sein, der durch die Gelegenheit zu persönlicher Bereicherung in Versuchung geführt werden könnte. Sie schienen der richtige Mann. Wenn ich mich irrte, so sagen Sie es jetzt bitte.«

Lockridge fand langsam seinen Humor wieder. »Wenn Sie einen James Bond erwarteten, waren Sie bestimmt im Irrtum.«

Sie sah ihn verständnislos an. »Wen?«

»Schon gut«, winkte er ab, sein eigenes Erstaunen verbergend. »Sie waren offen, ich will es auch sein. Woher weiß ich, daß Sie sind, was Sie von sich sagen? Könnte es sich nicht ebensogut um einen gewöhnlichen Schmuggelring handeln, oder um eine betrügerische Manipulation oder sonst etwas? Woher soll ich wissen, woran ich wirklich bin?«

Die Stadt blieb schnell hinter ihnen zurück. Die Straße war breit und verlief schnurgerade, so daß sie ihm einen langen Blick schenken konnte. »Ich kann Ihnen nicht mehr verraten als bisher«, sagte sie. »Es würde auch zu Ihrer Aufgabe gehören, Vertrauen zu mir zu haben.«

Er sah ihr in die Augen. »Okay«, rief er aus. »Hier haben Sie Ihren Schmuggler.«

Sie legte ihm die rechte Hand auf seine Linke. »Danke«, sagte sie, und es bedurfte auch keiner weiteren Worte.

Schweigend fuhren sie weiter durch die grüne Landschaft, durch kleine Ortschaften mit rotbedachten Häusern. Sie näherten sich Roskilde, als er endlich sagte: »Wäre es nicht besser, mich in die Einzelheiten einzuweihen?«

»Später«, sagte sie. »Dieser Tag ist zu schön.«

Er entdeckte einen weichen Zug um ihren Mund. Ja, dachte er, in einem Leben, wie du es führst, muß man alles Schöne mitnehmen, solange man es kann. Die große Kathedrale wuchs vor ihnen auf, und Storm überraschte ihn mit ihren Kenntnissen über die Geschichte des eindrucksvollen Bauwerkes.

»Sie scheinen sich gut in der Geschichte Dänemarks

auszukennen«, sagte er. »Wollten Sie darum, daß ich mich mit seiner Vergangenheit befasse?«

Sie schüttelte den Kopf. »Wir brauchen eine Tarnung für den Fall, daß wir beobachtet werden. Archäologische Neugier ist eine gute Entschuldigung, wenn man in einem so alten Land wie diesem seine Nase in alle möglichen Winkel steckt. Aber ich sagte, daß ich jetzt nicht über diese Dinge sprechen wollte.«

»Entschuldigen Sie.«

Wieder überraschte sie ihn durch ihren Stimmungsumschwung. »Armer Malcolm«, sagte sie mit leisem Spott. »Fällt es Ihnen so schwer, müßig zu sein? Kommen Sie, wir sind zwei Touristen, die im Freien übernachten, ihren Hunger und Durst in den Bauerngasthöfen stillen, sich durch verlassene Dörfer und auf vergessenen Wegen nach der Schweiz durchschlagen. Fangen wir endlich an, unsere Tarnung in die Tat umzusetzen.«

»Oh, ich habe gelernt, wie ein Landstreicher zu leben«, sagte er.

»Sind Sie außer auf Ihren Studienreisen viel herumgekommen?«

»Soweit sich Gelegenheit dazu bot. Als Anhalter, solange ich Zivilist war. Später, mit einem Urlaubsschein in der Tasche, zog mich das Landesinnere von Okinawa magisch an. In Japan verbrachte ich einen Urlaub und ...«

Er war klug genug, das Geschick zu bewundern, mit dem sie ihn dazu brachte, über sich selbst zu sprechen. Prahlerei lag ihm nicht, aber es tat gut, das Interesse zu beobachten, mit dem sie ihm zuhörte.

Der Wagen schnurrte über die Insel, über Ringsted, Sorp, Slagelse bis Korsor am Belt. Dort mußten sie die Fähre nehmen. Storm — sie hatte vorgeschlagen, sich mit den Vornamen anzureden — führte ihn in das Restaurant an Bord. »Hier ist die Gelegenheit für einen guten Lunch«, sagte sie. »Besonders im Hinblick darauf, daß Alkoholika in internationalen Gewässern zollfrei sind.«

»Meinen Sie diesen Kanal damit?«

»Ja. Um 1900 kamen England, Frankreich und Deutschland auf einer Konferenz zu rührender Übereinstimmung in ihren Ansichten, daß die Wasserstraßen durch Mitteldänemark als Teil der großen Meere zu betrachten seien.«

Sie bestellten Bier und Aquavit. »Sie kennen sich gründlich in diesem Land aus«, sagte Lockridge. »Sind Sie Dänin?«

»Nein, ich habe einen amerikanischen Paß.«

»Aber Ihre Vorfahren? Man sieht es Ihnen nicht an.«

»Wie sehe ich denn aus?« fragte sie herausfordernd.

»Der Teufel soll mich holen, wenn ich es weiß. Vielleicht wie eine Mischung, die vollkommener ist als ihre einzelnen Bestandteile.«

»Was höre ich da? Ein Amerikaner aus dem Süden, der etwas für die Rassenmischung übrig hat?« Sie hob den Kopf. »Es gibt wirklich unterschiedlich wertvolle Rassen. Nicht in der verzerrten Auslegung des zwanzigsten Jahrhunderts, wohl aber in bezug auf die Erbmasse.«

»Theoretisch. Woran aber wollen Sie den Unterschied ablesen, wenn nicht an der Leistung?«

»Es ist möglich. Die laufenden Veröffentlichungen über die Vererbungslehre stellen einen Anfang dar. Eines Tages wird es möglich sein, die Fähigkeiten eines Menschen schon vor seiner Geburt abzuschätzen.«

Lockridge schüttelte den Kopf. »Diese Vorstellung gefällt mir nicht. Ich bleibe dabei, daß jeder Mensch frei geboren wird.«

»Was heißt das?« fragte sie spöttisch. »Neunzig Prozent der Menschen sind von Natur aus nicht mehr als Haustiere. Von Bedeutung ist nur die Befreiung der restlichen zehn Prozent. Und doch möchte man sie heute auch am liebsten noch zähmen.« Sie blickte aus dem Fenster auf das in der Sonne glitzernde Wasser und die mit dem Wind segelnden Möwen. »Da haben Sie den Selbstmord der Zivilisation, von dem Sie sprachen. Eine Herde von Stuten kann nur von einem Hengst bewacht werden — und nicht von einem Wallach.«

»Mag sein. Aber man hat es mit erblicher Aristokratie versucht, und was ist dabei herausgekommen?«

»Meinen Sie, Ihre Demokratie sei erfolgreicher?«

»Mißverstehen Sie mich nicht«, sagte er. »Ich möchte schon ein dekadenter Aristokrat sein. Ich kann es mir nur nicht leisten.« Ihr Hochmut wurde von befreitem Lachen fortgeschwemmt. »Danke. Wir waren in Gefahr, ernsthaft zu werden, nicht wahr? Und hier kommen die Austern.«

In Nyborg verließen sie die Fähre, fuhren über Fyn, durch Hans Christian Andersens Geburtsort Odense — »Aber der Name bedeutet eigentlich Odins See«, erklärte Storm Lockridge. »Und einst hängte man Menschen, um ihm Opfer zu bringen.« Schließlich überquerten sie die Brücke nach Jütland. Er erbot sich, das Steuer zu übernehmen, aber Storm Darroway wehrte ab.

Das Land wurde weiter, als sie nordwärts einbogen. Es war weniger dicht besiedelt, man erkannte lange Hügel, bedeckt mit Wäldern oder blühendem Heidekraut, unter einem hohen Himmel. Als sie sich Holstebro näherten, orientierte sich Lockridge auf der Karte und stellte mit leisem Unbehagen fest, daß sie es nicht mehr weit hatten.

»Vielleicht wäre es besser, Sie weihten mich jetzt ein«, schlug er vor.

Ihre Miene und ihre Stimme waren schwer zu deuten. »Ich kann Ihnen nur recht wenig sagen. Das Gelände wurde von mir bereits erkundet. Am Tunneleingang haben wir keine Schwierigkeiten zu erwarten.

Später vielleicht ...« Sie packte seinen Arm so fest, daß ihre Nägel schmerzhaften Druck hinterließen. »Seien Sie auf Überraschungen vorbereitet. Ich habe Ihnen viele Einzelheiten unterschlagen, weil der Versuch, zu verstehen, Sie zu sehr ablenken würde. Wenn wir in eine Notlage geraten, müssen Sie entsprechend reagieren, ohne lange zu überlegen. Verstehen Sie, was ich meine?«

»Ich denke schon.« Er wußte, daß ihr Rat guter Karatepsychologie entsprach.

Nicht weit hinter Holstebro verließ Storm die feste Straße. Ein sandiger Feldweg schlängelte sich zwischen Feldern hindurch, die rechts an bewaldetes Gelände grenzten. Storm steuerte den Wagen an den Wegrand und schaltete den Motor ab. Stille herrschte, die durch keinen Laut unterbrochen wurde.

3

Lockridge räusperte sich. »Sollen wir ...«

»Psst!« Sie entnahm dem Handschuhfach eine kleine dicke Scheibe, über deren eine Seite Farben in seltsamem Spiel tanzten. Sie drehte das Gebilde zwischen den Händen und musterte mit gebeugtem Kopf das Farbenspiel. Er sah, wie sie erleichtert aufatmete. »Sehr gut«, murmelte sie. »Wir können weitergehen.«

Lockridge streckte die Hand aus. »Was stellt dieser Gegenstand dar?«

Sie traf keine Anstalten, ihm das scheibenförmige Gebilde zu geben. »Ein Anzeigegerät«, sagte sie kurz. »Los! Im Augenblick ist das Gelände sicher.«

Er erinnerte sich an seinen Entschluß, ihren Anweisungen zu folgen, was immer sie auch verlangen mochte. Dazu schien zu gehören, daß er keine unsinnigen Fragen stellte. Er stieg aus und öffnete den Kofferraum.

Storm schloß ihren Koffer auf. »Ich nehme an, daß diese Rucksäcke die volle Marschausrüstung enthalten«, sagte sie. Er nickte. »Dann nehmen Sie Ihren Rucksack auf. Meinen trage ich selbst. Laden Sie alle Waffen.«

Lockridge gehorchte. Mit dem Gepäck auf dem Rükken, der Webley im Futteral an der Seite und dem Mausergewehr in der Hand, drehte er sich um und sah, wie Storm ihren Koffer wieder verschloß. Sie hatte eine Art Patronengurt angelegt, wie er ihn noch nie gesehen hatte. Er war aus dunkel schimmerndem dehnbaren Metall, und seine Patronentaschen schienen sich von selbst zu schließen. An der rechten Seite hing, scheinbar magnetisch gehalten, ein schlankes, kompliziert wirkendes Gebilde mit Doppellauf. Lockridge musterte es zweimal, bevor er fragte: »He, was ist das für eine Pistole?«

»Zerbrechen Sie sich nicht den Kopf darüber.« Sie hob die farbige Scheibe. »Machen Sie sich auf noch seltsamere Dinge gefaßt. Schließen Sie den Wagen ab, damit wir gehen können.«

Sie betraten das Gehölz, das sich als Pflanzung erwies, und gingen längs des Weges zurück, gedeckt durch die sauber ausgerichteten Reihen der Kiefern. »Ich verstehe«, sagte Lockridge. »Sie wollen nicht, daß der Wagen, falls jemand vorüberkommt, auf unser Ziel hinweist.«

»Ruhe«, befahl Storm.

Nach einer Meile schwenkte sie wieder auf den Weg ein und überquerte ihn. Vor ihnen lag gelb und stoppelig ein abgeerntetes Feld, das sich bis an eine Anhöhe hinzog, hinter der sich ein Bauernhaus verbergen mochte. In der Mitte ragte ein kleiner Hügel auf mit den Überresten eines Dolmens, wie diese vorgeschichtlichen Bauwerke genannt wurden. Storm schlüpfte geschmeidig vor Lockridge durch den Drahtzaun und setzte sich in Trab. Obwohl ihr Gepäck kaum leichter als das seine war, atmete sie noch langsam und unbeschwert, als sie den Erdhügel erreichten, während sein Atem schon etwas keuchend ging.

Sie blieb stehen und öffnete ihren Gurt. Eine Röhre kam zum Vorschein, die an eine große Stablampe mit geschliffener Linse erinnerte. Sie ließ sich vom Sonnenstand die Richtung weisen und begann den Hügel zu umrunden, der von Gras und Brombeersträuchern überzogen war; eine Markierung verriet, daß der Hügel unter Denkmalschutz stand. Grau und mit Flechten bewachsen, trugen die senkrecht stehenden Steine das schwere Dach, wie sie es getan hatten, seit ein vergangenes Volk sie errichtete, um seinen Toten ein Grab zu schaffen.

Strom blieb stehen. »Ja, hier.« Sie begann den Hang hinaufzusteigen.

»Warten Sie«, protestierte Lockridge. »Wir haben den Dolmen zu Dreiviertel umrundet. Warum sind Sie nicht in der anderen Richtung gegangen?«

Zum erstenmal entdeckte er Bestürzung in ihrer Miene. Dann lachte sie hart. »Gewohnheit. Und nun — treten Sie zurück.«

Sie waren auf halber Höhe angelangt, als sie stehenblieb. »Die Ausgrabung hier fand 1927 statt«, sagte sie. »Nur der Dolmen wurde freigelegt, und die Wissenschaftler haben keinen Grund, sich weiter für diese Stelle zu interessieren. Wir können sie also als Tor benutzen.« Sie betätigte ein Kontrollgerät an der Röhre. »Wir haben eine ganz besondere Methode, Eingänge zu verbergen«, warnte sie. »Lassen Sie sich nicht zu sehr überraschen.«

Ein mattes Licht glomm in der Linse. Die Röhre summte und bebte in ihrem Griff. Das Brombeergesträuch geriet in Bewegung, obwohl kein Wind herrschte. Plötzlich hob sich ein kreisrundes Erdstück.

Es stieg kerzengerade in die Luft und blieb, scheinbar ohne jeden Halt, vor Lockridge in der Schwebe hängen, ein sieben Meter tiefer Pflock Rasen und Erde mit einem Durchmesser von dreieinhalb Metern. Mit einem unterdrückten Ausruf sprang Lockridge zur Seite.

»Still!« sagte Storm scharf. »Schlüpfen Sie hinein! Schnell!«

Verwirrt trat er an den Rand der Öffnung. Eine Rampe verlor sich in der Tiefe. Lockridge schluckte. Die Tatsache, daß sie ihn beobachtete, trieb ihn voran. Er begab sich in den Hügel. Sie folgte ihm dichtauf. Dann wandte sie sich um und manipulierte mit der Röhre in ihrer Hand. Der Erdpflock senkte sich und verschloß die Öffnung wieder. Zugleich wurde es hell, aber das Licht kam aus keiner erkennbaren Quelle, wie Lockridge erstaunt feststellte.

Die Rampe entpuppte sich als der Boden eines faßförmigen Tunnels, der sich, nur wenig breiter als der Eingang, geneigt vor ihm erstreckte. Die Oberfläche der Bohrung bestand aus hartem, glattem Material, dem das Licht entströmte, ein kaltes weißes Leuchten. Die Luft war frisch und bewegt, obwohl keine Ventilatoren zu sehen waren.

Lockridge drehte sich zu Storm um und suchte nach Worten. Sie schob die Röhre in die Tasche. Alle Härte verließ sie. Sie glitt auf Lockridge zu, legte ihm die Hand auf den Arm und lächelte. »Armer Malcolm«, murmelte sie. »Sie werden noch größere Überraschungen erleben.«

»Hoffentlich nicht«, erwiderte er schwach. Langsam fand er seine Beherrschung wieder.

»Wie, zum Henker, geht das vor sich?« fragte er. Das Echo seiner Worte schwang hohl nach.

»Leise!« Storm blickte auf ihre Farbscheibe. »Im Augenblick ist niemand da, aber sie können jederzeit kommen. In diesen Tunneln pflanzt sich der Schall leicht fort.« Sie holte Atem. »Wenn Sie meinen, daß es Ihnen danach leichter fällt, werde ich Ihnen das Prinzip erklären«, sagte sie. »Der Erdpflock wird durch ein Energienetz zusammengehalten, das in diesen Wänden verborgen ist. Dasselbe Netzwerk löscht alle Anzeigen in Metalldetektoren, Schallsonden oder sonstigen Geräten, die diesen Gang entdecken könnten. Durch Molekularporosität erneuert es zugleich die Luft und läßt sie zirkulieren. Die Röhre, mit deren Hilfe ich den Erdpflock aushob, ist lediglich ein Kontrollgerät; die tatsächliche Kraftquelle liegt ebenfalls in dem erwähnten Energienetz.«

Lockridge schüttelte den Kopf. »Aber das ist doch unmöglich. Soweit kenne ich mich in der Physik aus. Ich meine — nun, in der Theorie läßt sich dergleichen vielleicht bewerkstelligen, aber es existiert kein in der Praxis brauchbares Gerät.«

»Ich sagte Ihnen, daß es sich um ein geheimes Entwicklungsprogramm handelte«, erwiderte Storm. »Sie sind zu mancher überraschenden Lösung gelangt.« Ihre Lippen kamen den seinen näher. »Sie fürchten sich doch nicht, Malcolm?«

Er hob die Schultern. »Nein. Gehen wir weiter.«

»Guter Mann«, sagte sie, und ihre Betonung des zweiten Wortes ließ seinen Puls schneller hämmern. Sie übernahm wieder die Führung.

»Dies ist erst der Eingang«, erklärte sie. »Der eigentliche Tunnel liegt mehr als dreißig Meter tiefer.«

Der Gang erweiterte sich zu einem langen Raum, an dessen hinterer Wand ein großes schrankähnliches Gebilde aus dem gleichen glänzenden Metall stand, aus dem Storms Patronengurt gefertigt war. Der Schrank war etwa drei Meter breit und mehr als doppelt so hoch. Von einem Vorhang verschlossen? Nein. Als er sich näherte, sah Lockridge, daß der Schleier, der die Vorderseite ausfüllte, leicht schillernd leuchtete, aber nicht aus festem Material bestand — ein Schimmer im Raum, eine Spiegelung, eine hauchdünne Schicht bewegten Lichtes. Ein kaum vernehmbares Summen ging von ihm aus, und die Luft in der näheren Umgebung roch, als sei sie elektrisch geladen.

Storm blieb stehen. Lockridge erkannte, wie ihre hohe Gestalt sich spannte. Fast zugleich zogen sie die Pistolen.

»Der Gang liegt dahinter«, sagte sie mit gedämpfter Stimme. »Hören Sie zu. Bisher deutete ich nur an, daß wir gezwungen sein könnten, zu kämpfen. Aber der Feind ist überall. Er mag von diesem Ort erfahren haben. Seine Agenten halten sich vielleicht jenseits dieses Tores auf. Sind Sie bereit, auf meinen Befehl zu schießen?«

Er konnte nur nicken.

»Also gut. Folgen Sie mir!«

»Nein, warten Sie. Ich werde ...«

»Folgen Sie mir, sagte ich!« Sie schlüpfte durch den Vorhang. Lockridge hielt sich dicht hinter ihr. Als er die Schwelle überquerte, spürte er einen kurzen, heftigen Stoß und stolperte. Er fing sich wieder und blickte sich um.

Storm stand halb geduckt und ließ den Blick wandern. Nach einer Minute sah sie auf ihr Instrument und ließ die Hand mit der Pistole sinken. »Im Augenblick sind wir sicher.«

Lockridge blickte sich um. Der Gang war enorm. Ebenfalls halbzylindrisch und mit der gleichen schillernden Oberfläche, mußte er einen Durchmesser von dreißig bis vierzig Meter haben. Er verlief schnurgerade, mußte mehrere Meilen lang sein. Das summende Geräusch und der starke Ozongeruch waren hier noch intensiver.

Er blickte zur Tür zurück, durch die sie gekommen waren, und erstarrte. »Was, zum Teufel, bedeutet das?«

Auf dieser Seite war das Tor, wenn auch nicht höher, so doch wenigstens siebzig Meter breit. Eine Reihe paralleler schwarzer Linien erstreckte sich, mit Zwischenräumen von nur wenigen Zoll, vom Tor ausgehend auf einige Entfernung über den Boden des Ganges. Am Anfang jeder Linie befand sich eine kurze Inschrift in einer Schrift, die Lockridge unbekannt war. Jeweils im Abstand von etwa drei Metern war eine Zahl hinzugefügt. Er las 4950, 4951, 4952 ... Nur der Vorhang schien der gleiche zu sein.

»Wir haben keine Zeit zu verlieren.« Storm zupfte an seinem Ärmel. »Ich werde Ihnen später die nötigen Erklärungen geben. Steigen Sie ein.«

Sie deutete auf eine Plattform mit geschwungener Front, nicht unähnlich einem Metallschlitten mit niedrigen Seiten, der einen halben Meter über dem Boden schwebte. Mehrere Bänke ohne Rückenlehne waren in der Längsrichtung angebracht. An der Stirnseite glommen kleine rote, grüne, blaue und gelbe Lichter. »Kommen Sie!«

Zusammen bestiegen sie die Plattform. Storm belegte den vordersten Sitz und führte ihre Hand über die Lichter. Der Schlitten schwang herum und nahm nach links Kurs in den Gang. Er bewegte sich in völliger Stille und mit einer Geschwindigkeit, die Lockridge auf dreißig Meilen in der Stunde schätzte. Vom Fahrtwind war sonderbarerweise nichts zu spüren.

»Was, zum Henker, ist das wieder für ein Teufelsgerät?« fragte er mit erstickter Stimme.

»Haben Sie nie von Hubschraubern gehört?« fragte Storm geistesabwesend. Ihr Blick, pendelte zwischen der Leere vor ihnen und der farbigen Scheibe in ihren Fingern.

»Ja, natürlich«, erwiderte Lockridge grimmig. »Und ich weiß, daß dieses Gefährt keine Spur von Ähnlichkeit mit ihnen hat.« Er deutete auf ihr Instrument. »Und was ist das?«

Sie seufzte. »Ein Lebensindikator. Und wir fahren mit einem Schwerkraftschlitten. Seien Sie also ruhig, und halten Sie nach hinten Ausschau.«

Lockridge fühlte sich fast zu gespannt, um sich zu setzen, aber es gelang ihm doch. Er stellte das Gewehr gegen die Bank neben sich. Sein Oberkörper klebte vor

Schweiß, aber er sah und hörte mit übernatürlicher Schärfe.

Sie glitten an einem anderen Tor vorüber, dann noch an zwei weiteren. Der Abstand zwischen ihnen war unterschiedlich, nach Lockridges Schätzung aber nicht weiter als jeweils eine halbe Meile. Wilde Gedanken wirbelten hinter seiner Stirn. Weder hatten Deutsche diese Bauten geschaffen, noch waren sie von einer antikommunistischen Untergrundbewegung benutzt worden. Wesen von einem andern Planeten, einem andern Stern, irgendwo da draußen in der unermeßlichen Dunkelheit des Kosmos …

Drei Männer kamen durch ein Tor, das der Schlitten gerade passiert hatte. Lockridge stieß seinen Warnruf in dem gleichen Augenblick aus, als sich Storms Indikator blutrot färbte. Sie wirbelte herum und blickte zurück. Sie fletschte die Zähne. »Also kämpfen wir«, sagte sie mit lauter Stimme und feuerte.

Ein blendend greller Strahl sprang aus ihrer Pistole. Einer der Männer taumelte und brach zusammen. Fettiger Rauch stieg von dem Loch in seiner Brust auf. Die anderen beiden hatten ihre Pistolen gezogen, bevor er am Boden lag. Storms feuriger Blitz zuckte über sie hin, teilte sich vielfarbig funkelnd und traf sprühend auf die Wände des Ganges. Die Luft knisterte, Ozongeruch stieg in Lockridges Nüstern.

Storm legte mit dem Daumen einen kleinen Hebel an der Waffe um. Der Strahl versiegte. Ein undeutlicher, leise zischender Schimmer hüllte sie und ihren Gefährten ein. »Abschirmung durch Energie«, sagte sie. »Sie erfordert meine volle Kraftquelle, und trotzdem könnten zwei Strahlen, die den gleichen Punkt treffen, den Schirm durchbrechen. Schießen Sie!«

Lockridge hatte keine Zeit, über ihre Erklärung zu erschrecken. Er hob das Gewehr an die Schulter und zielte. Der Mann, den er sah, war groß, aber die Entfernung ließ ihn kleiner erscheinen. Nur sein enganliegendes schwarzes Gewand und der goldbronzene Römerhelm waren klar zu erkennen — ein Ziel ohne Gesicht. Lockridge schoß. Die Kugel traf, der Mann fiel, raffte sich aber wieder auf. Mit seinem Gefährten sprang er auf einen Schwerkraftschlitten, wie sie an jedem Tor parkten.

»Das Energiefeld hat die Eigenschaft, auch stoffliche Objekte zu verlangsamen«, sagte Storm kurz. »Ihre Kugel hatte auf diese Entfernung eine ungenügende Endgeschwindigkeit.«

Der andere Schlitten machte sich an die Verfolgung. Die schwarzgekleideten Passagiere kauerten hinter den schützenden Seitenwänden. Lockridge konnte gerade noch die Spitzen ihrer Helme erkennen. »Wir haben einen Vorsprung«, sagte er. »Sie können nicht schneller fahren, nicht wahr?«

»Nein, aber sie werden beobachten, wo wir aussteigen, umkehren und Brann Meldung machen«, sagte Storm. »Es ist schlimm genug, wenn ich erkannt worden bin.« Ihre Augen funkelten, ihre Brust hob und senkte sich, aber sie sprach mit verblüffender Ruhe. »Wir müssen zum Gegenangriff vorgehen. Geben Sie mir Ihre Pistole. Wenn ich aufstehe, um ihr Feuer auf mich zu ziehen — nein, seien Sie ruhig, ich bin abgeschirmt —, schießen Sie.«

Sie riß den Schlitten herum und jagte ihn dem Gegner entgegen. Lockridge ließ sich hinter der seitlichen Schutzwand auf ein Knie nieder und hielt das Gewehr schußbereit.

Der Aufprall glich einer Explosion. Storm sprang auf, die Energiepistole in der Linken, während die Webley in ihrer anderen Hand zu bellen begann. Mehrere Meter entfernt, schwenkte der andere Schlitten ein. Zwei Feuerstrahlen trafen Storm, sprühten Funken und vereinigten sich zu einem Strahl. Aus einer geräuschlos schießenden kurzläufigen Waffe, die einer der schwarz uniformierten Männer hielt, sirrte eine Kugel.

Lockridge sprang auf. Aus dem Augenwinkel sah er Storm hochaufgerichtet in einem Geiser roter, blauer und gelber Flammen. Sie schoß und lachte, während tobende Energien ihr Haar um die Schultern flattern ließen. Er blickte auf den Feind herab, direkt in ein bleiches, schmales Gesicht. Die Mündung der Pistole richtete sich auf ihn. Er feuerte zweimal. Der andere Schlitten jagte vorbei und den Gang hinab. Das Echo verhallte.

Storms Blick wanderte, während sie weiterfuhren, auf die reglosen Gestalten; sie griff nach ihrem Lebensindikator auf der Bank und nickte. »Sie haben sie erwischt«, flüsterte sie. Sie ließ das Instrument fallen, packte Lockridge und küßte ihn mit schmerzhafter Gewalt.

Bevor er sich von seiner Überraschung erholt hatte, ließ sie ihn los und wendete den Schlitten. Sie sagte kühl: »Es wäre Zeit- und Energieverlust, die Toten völlig aufzulösen. Die Rangers würden trotzdem wissen, daß sie ihr Ende von Wardenhand gefunden haben. Mehr als das darf allerdings nicht augenscheinlich werden — vorausgesetzt, daß wir den Gang verlassen können, bevor andere ihn zufällig betreten.«

Lockridge ließ sich auf eine Bank fallen und versuchte zu begreifen, was geschehen war. Er erwachte erst aus seinem Grübeln, als Storm den Schlitten anhielt und ihn zum Aussteigen aufforderte. Sie beugte sich herab und betätigte die Kontrollorgane. Der Schlitten entfernte sich. »Zur Station, auf die er gehört«, erklärte sie kurz. »Wenn Brann wüßte, daß die Mörder seiner Männer aus 1964 kamen und hier ein Sonderbeförderungsmittel fanden, würde er die ganze Sache durchschauen. Und nun hier entlang.«

Sie näherten sich dem Tor. Storm wählte eine Linie aus der ersten Gruppe, über der die Zahl 1175 stand. »Hier müssen Sie vorsichtig sein«, sagte sie. »Wir könnten einander leicht verlieren. Bleiben Sie genau auf dieser Linie.« Sie griff hinter sich und umschloß seine Hand mit der ihren.

Er folgte ihr durch den Vorhang. Sie löste ihren Griff, und er sah, daß sie sich in einem Raum von der gleichen Art befanden wie dem, durch den sie das unterirdische Labyrinth betreten hatten. Storm öffnete das schrankähnliche Gebilde, befragte einen Gegenstand, den er für eine Uhr hielt, und nickte befriedigt. Sie nahm zwei in rauh gewebtes blaues Material gehüllte Bündel heraus, übergab sie ihm und schloß den Schrank. Dann betraten sie die nach oben führende spiralförmige Rampe. An ihrem Ende öffnete Storm mit ihrer Kontrollröhre wieder ein eingepaßtes Rasenstück und ließ es hinter ihnen an seinen Platz zurückgleiten. Es füllte die Öffnung so vollkommen aus, daß der Eingang nicht zu erkennen war.

Lockridge achtete nicht darauf. Es gab zuviel anderes zu sehen. Die Sonne hatte noch hoch über dem Horizont gestanden, als sie den Tunnel betraten, und sie konnten sich in ihm nicht länger als eine halbe Stunde aufgehalten haben. Aber draußen herrschte Nacht, ein fast voller Mond stand am Himmel. Gegen Süden erhob sich eine Anhöhe, die ihm vertraut schien, aber sie war mit Bäumen bestanden. Unglaublich, unwahrscheinlich alt schienen diese Bäume. Eichen von dieser Größe hatte er zuvor nur in den letzten unberührten Landschaften Amerikas gesehen. Ihre Spitzen waren eisgrau im Mondschein, und sie warfen massige Schatten. Eine Eule rief. Ein Wolf heulte.

Lockridge hob noch einmal den Blick und erkannte, daß es nicht September war. Ein Himmel wie dieser gehörte zu den letzten Tagen des Mai.

4

»Ja, natürlich habe ich Sie belogen«, sagte Storm. Das Lagerfeuer prasselte, Funken stiegen in die Luft, vor dem Dunkel hob sich ihr scharfgeschnittenes Gesicht ab. Lockridge schauderte und hielt seine Hände der Wärme entgegen.

»Sie hätten mir die Wahrheit nicht abgenommen, bevor Sie mit eigenen Augen sahen, nicht wahr?« fuhr sie fort. »Zumindest wäre Zeit mit Erklärungen verlorengegangen, und ich war schon zu lange im 20. Jahrhundert. Mit jeder Stunde, die verging, wuchs die Gefahr für mich. Wenn Brann daran gedacht hätte, das dänische Tor bewachen zu lassen. Er muß geglaubt haben, daß ich getötet wurde. Es gehörten mehrere andere Frauen zu meiner Gruppe, von denen einige beim Kampf mit ihm so verletzt wurden, daß sie nicht mehr zu erkennen waren. Immerhin, er hätte von mir erfahren haben können.«

Verwirrt von der Erkenntnis sagte Lockridge nur: »Dann sind Sie also aus der Zukunft?«

Sie lächelte. »So wie Sie jetzt auch.«

»Aus *meiner* Zukunft, meine ich. Wann?«

»Etwa zweitausend Jahre nach Ihrer Zeit.« Sie seufzte und blickte in die Dunkelheit. »Obwohl ich in so vielen Zeitaltern lebte und in so viel Geschichte verwickelt war, frage ich mich manchmal, ob etwas von meinem Geist in dem Jahr, in dem ich geboren wurde, zurückgeblieben ist.«

»Und — wir befinden uns noch an der gleichen Stelle, an der wir den Tunnel betraten, nicht wahr? Nur in der Vergangenheit. Wie weit in der Vergangenheit?«

»Nach Ihrer Zeitrechnung im späten Frühjahr 1827 vor Christus. Ich habe das genaue Datum von einer Kalenderuhr im Vorraum. Plötzliches Auftauchen kann nicht genau bestimmt werden, weil der menschliche Körper eine begrenzte Weite hat, die zwei Monaten gleichwertig ist. Das war auch der Grund, warum wir uns bei den Händen halten mußten, als wir hindurchkamen — um zu vermeiden, daß wir durch Wochen getrennt würden.« Kurz fügte sie hinzu: »Sollte sich etwas Derartiges ereignen, so kehren Sie in den Tunnel zurück und warten Sie. Auch dort gibt es Dauer, wenn auch auf einer verschiedenen Ebene, so daß wir uns wieder treffen können.«

Fast viertausend Jahre, dachte Lockridge. An diesem Tage saß Pharao auf dem ägyptischen Thron, plante der Meereskönig von Kreta Handel mit Babylon, stand Mohenjodaro stolz im Tal des Indus. Bronze war in der Mittelmeerwelt bekannt, aber das nördliche Europa lebte noch im Steinzeitalter; der Dolmen auf dem Hügel war erst wenige Generationen zuvor durch ein Volk errichtet worden, dessen landwirtschaftlicher Raubbau den Boden erschöpfte und es zwang, sich eine neue Heimat zu suchen. Achtzehnhundert Jahre vor Christus, Jahrhunderte selbst vor Abraham, lagerte er am Feuer in einem Dänemark, das von jenen Menschen, die sich Dänen nannten, erst noch betreten werden mußte. Die Seltsamkeit dieser Vorstellung durchdrang ihn wie eisige Kälte, aber er kämpfte dieses Gefühl nieder und fragte: »Was bedeutet dieser Tunnel überhaupt? Wie arbeitet er?«

»Die physikalischen Daten würden Ihnen nichts sagen«, erklärte Storm. »Stellen Sie ihn sich als Kraftröhre vor, die in ihrer Länge mit der Zeitachse verschmolzen wurde. Der Zeitfluß in ihr existiert noch, aber vom Standpunkt desjenigen, der sich in ihr befindet, ist die kosmische, die äußere Zeit gefroren. Durch die Wahl des entsprechenden Tores gelangt man in das dazu gehörende Zeitalter. Der Umwandlungsfaktor betrüge nach Ihren Maßstäben 35 Tage pro Fuß. Nach jeweils einigen Jahrhunderten gibt es ein Tor, das 25 Jahre breit ist. Die Zwischenräume dürfen nicht kleiner als rund zweihundert Jahre sein, weil sonst das geschwächte Kraftfeld zusammenbrechen würde.«

»Führt der Tunnel bis in Ihr Jahrhundert?«

»Nein, dieser hier umfaßt den Zeitabschnitt von 4000 vor Christus bis zum Jahre 2000 danach. Es ist nicht zweckmäßig, die Tunnel länger zu bauen. Viele von ihnen durchziehen die Raumzeit dieses Planeten in unterschiedlicher Länge. Die Tore sind so angelegt, daß sie sich zeitlich überlappen, damit man jedes gewünschte Jahr findet, indem man von einem Gang zum andern überwechselt. Um beispielsweise weiter als bis zum Jahre 4000 vor Christus zurückzugehen, könnten wir die mir bekannten Gänge in England oder China benutzen, deren Tore in dieses Jahr führen. Um über dessen Grenzen hinaus zurückzugehen, müßten wir noch nach anderen Orten suchen.«

»Wann wurden sie ... erfunden?«

»Ein oder zwei Jahrhunderte vor meiner Geburt. Der Kampf zwischen Rangers und Wardens war schon heftig entbrannt, so daß das ursprüngliche Ziel wissenschaftlicher Forschung zu kurz kam.«

Wolfsgeheul klang durch die Nacht. Ein massiger Körper brach krachend durch das Unterholz, verfolgt von einem wild kläffenden Chor. »Sie sehen, daß wir keinen totalen Krieg wagen können«, sagte Storm. »Er würde uns die Erde kosten, wie er uns den Mars kostete — einen Ring radioaktiver Fragmente, die um die Sonne kreisen. Manchmal frage ich mich, ob die Erfinder letztlich nicht 60 Millionen Jahre zurückgehen und für eine Schlacht, die die Dinosaurier ausmerzte und ewige Narben auf dem Mond hinterließ, große Raumflotten bauen werden.«

»Ihre eigene Zukunft kennen Sie dann also nicht?« fragte Lockridge mit einem Gefühl des Unbehagens.

Sie schüttelte den dunkelhaarigen Kopf. »Nein. Wenn der Aktivator eingeschaltet wird, um einen neuen Gang zu graben, treibt er einen Schacht gleich weit in beide Richtungen. Wir versuchten unserem Zeitalter vorauszueilen, stießen aber auf Wächter, die uns mit unbekannten Waffen zurückjagten. Seitdem unternehmen wir nichts mehr. Es war zu schrecklich.«

Die Erkenntnis, daß es noch weitere Geheimnisse gab, veranlaßte Lockridge, sich an das Tatsächliche zu halten.

»Okay«, sagte er. »Es sieht also so aus, als sei ich für einen Krieg auf Ihrer Seite engagiert. Macht es Ihnen etwas aus, mir die Schießerei zu erklären? Wer sind Ihre Feinde? Wer sind Sie?«

»Bleiben wir bei dem Namen, den ich in Ihrem Jahrhundert führte«, sagte Storm. »Ich glaube, daß ich Glück hatte. Sie werden kaum begreifen, was mein Alter für mich bedeutet. Zuviel Geschichte liegt zwischen Ihnen und uns. Könnte ein Mensch aus Ihrer Vergangenheit wirklich den Unterschied begreifen, der zu Ihrer Zeit Ost und West trennte?«

»Wahrscheinlich nicht«, gab Lockridge zu. »Tatsächlich scheinen viele es heute noch nicht begriffen zu haben.«

»Dabei ist das Problem das gleiche«, sagte Storm. »Es hat, solange die Menschheit existiert, immer nur eines gegeben — verzerrt, umschrieben, verborgen hinter tausend minderen Begründungen und doch immer irgendwie Anlaß für den Zusammenstoß zweier Philosophien, zweier Wege des Denkens und Lebens des SEINS — immer die gleiche Frage: Wie ist die Natur des Menschen beschaffen?«

Lockridge wartete. Storm ließ ihren Blick aus der Nacht über das niedrige Feuer zu ihm wandern.

»Das Leben, wie man es sich vorstellt, gegen das Leben, wie es ist«, sagte sie. »Planung gegen organische Entwicklung. Kontrolle gegen Freiheit. Maschine gegen lebendiges Fleisch. Wenn der Mensch eingeplant, organisiert und nach der Vision äußerster Vollkommenheit gebildet werden kann, ist es dann nicht die Pflicht des Menschen, seinem Mitmenschen diese Vision aufzuzwingen, koste es, was es wolle? Das klingt Ihnen vertraut, nicht wahr? Aber der große Feind Ihres Landes ist nur *eine* Manifestation eines Strebens, das vor dem Beginn der Geschichte geboren wurde, das durch Diokletian und Konfuzius, Torquemada, Calvin, Locke, Voltaire, Napoleon, Marx, Lenin, Arguelles immer von neuem sprach. Oh, gewiß — es gab keine Tyrannei in den Herzen einiger, die an die Vernunft glaubten; und es gab sie bei anderen, wie Nietzsche, die nicht daran glaubten. Für mich verkörpert Ihre industrialisierte Zivilisation, selbst in den Ländern, die sich frei nennen, fast das Höchstmaß an Entsetzlichem, und doch benutze ich mächtigere und kompliziertere Maschinen, als Sie sich erträumten. Aber in welchem Geiste? Da haben Sie den Sinn des Kampfes!«

Sie dämpfte ihre Stimme. Ihr Blick ging zu dem Wald, der die Wiese einrahmte. »Ich denke oft«, fuhr sie langsam fort, »daß der Weg nach unten in diesem tausendjährigen Reich begann, als die Götter der Erde und ihre Mutter beiseitegefegt wurden von denen, deren Anbetung himmelwärts ging.«

Sie schüttelte sich, als suchte sie sich von etwas zu befreien, und fuhr in gemäßigtem Ton fort: »Nun, Malcolm, geben Sie sich für den Augenblick damit zufrieden, daß den Wardens an der Erhaltung des Lebens — des Lebens in seiner Gesamtheit, seiner Größe und Tragik — gelegen ist, während die Rangers, ginge es nach ihrem Willen, der Welt den Stempel der Mechanisierung aufdrücken würden. Das ist das Problem, auf eine vereinfachte Formel gebracht. Vielleicht kann ich es Ihnen später besser erklären. Finden Sie, daß ich einer unwürdigen Sache diene?«

Lockridge schüttelte den Kopf. »Nein. Und Sie können auf mich zählen. Ich stehe auf Ihrer Seite.«

»Danke«, flüsterte sie. Dann nickte sie lächelnd. »Die nächsten Monate sollten recht interessant für Sie werden.«

»Bei Gott, ja!« Die Wahrheit ihrer Worte kam ihm zu

Bewußtsein. »Ein Anthropologe würde alles hingeben, um an meiner Stelle hier zu sein. Ich kann es immer noch nicht glauben.«

»Vergessen Sie die Gefahren nicht«, warnte sie.

»Wie ist also die Lage? Was verlangt sie von uns?«

»Wie ich Ihnen schon erklärte, kann ein Kampf auf breiter Basis zwischen den Rangers und den Wardens nicht in unserer eigenen Epoche ausgetragen werden. Statt dessen findet er in der Vergangenheit statt. An strategisch wichtigen Punkten werden Stützpunkte errichtet. Ich weiß, daß die Rangers ein Bollwerk in Harald Blauzahns Reich haben. Obwohl die Asareligion schon den Himmel als ihren Vater betrachtete, war die Verbreitung des Christentums ein weiterer Vorteil für sie, weil es die Fundamente für eine zentralisierte Monarchie und den schließlichen Vernunftstaat legte. Von dort kamen die Männer, denen wir begegneten.«

»Warten Sie! Wollen Sie behaupten, Sie könnten die Vergangenheit ändern?«

»O nein. Das ist eine Unmöglichkeit in sich. Wer es versuchte, würde immer wieder feststellen, daß ihn die Ereignisse enttäuschten. Was geschehen ist, ist geschehen. Wir Zeitwanderer sind selbst ein Teil des Gefüges, aber wir entdecken Gesichtspunkte, die unserer jeweiligen Sache nützlich sind, bekommen Rekruten, stärken uns für die endgültige Auseinandersetzung. Zu meiner Zeit beherrschten die Rangers die westliche Hemisphäre, die Wardens die östliche. Ich führte eine Gruppe in das 20. Jahrhundert und über das Meer nach Amerika. Wir konnten nichts von Bedeutung schaffen, ohne von feindlichen Agenten beobachtet zu werden, die in Ihrem Zeitalter weitaus zahlreicher waren als bei uns. Wir hatten daher geplant, eine Gesellschaft zu gründen, deren Ziele offensichtlich harmloser Natur waren, und uns als ganz gewöhnliche Menschen dieses Zeitalters zu geben. Wir wählten *Ihre* Epoche, weil sie in das erste Jahrhundert fiel, in dem Dinge, die wir benötigten —

Transistoren zum Beispiel —, an Ort und Stelle und somit unauffällig erstanden werden konnten. Getarnt als Bergwerksunternehmen in Colorado, schufen wir unsere unterirdischen Anlagen, stellten einen Aktivator her und trieben einen neuen Gang vor. Durch ihn wollten wir angreifen, mitten im Gebiet der Rangers auftauchen. Aber in dem Augenblick, als der Tunnel vollendet war, begann Brann mit überlegenen Kräften den Gegenangriff. Ich weiß nicht, wie er von der Existenz des Gangs erfuhr. Ich war die einzige, die entkam. Länger als ein Jahr streifte ich durch die Vereinigten Staaten und suchte einen Weg, auf dem ich zurückkehren konnte. Ich wußte, daß jeder in die Zukunft führende Gang bewacht sein würde, weil die Rangers die frühe industrialisierte Zivilisation beherrschten. Nirgends entdeckte ich einen Warden.«

»Wovon lebten Sie?« fragte Lockridge.

»Sie würden es Raub nennen«, sagte Storm. Sie lachte, als er zusammenzuckte. »Diese Energiepistole, die ich bei mir trug, kann so eingestellt werden, daß sie nur betäubt. Es war kein Problem, nach und nach ein paar tausend Dollar zusammenzubekommen. Können Sie mich deswegen tadeln?«

»Ich sollte es tun, kann es aber nicht«, sagte er widerstrebend.

»Ich hatte es gehofft. Sie sind ein Mensch, wie man ihn nur noch selten findet. Sehen Sie, ich brauchte einen Helfer, einen Leibwächter, jemanden, der mir das Odium nahm, eine allein reisende Frau zu sein. Dergleichen war zu allen Zeiten verdächtig. Und ich mußte in die Vergangenheit zurückkehren. Ich überzeugte mich davon, daß dieser dänische Tunnel unbewacht war. Er war der einzige, von dem aus ich einen Versuch zu unternehmen wagte. Sie haben gesehen, wie nahe wir trotzdem der Vernichtung kamen. Aber nun sind wir hier. Auf Kreta gibt es einen Stützpunkt der Wardens, und der alte Glaube ist dort noch stark. Unglücklicherweise kann ich sie nicht einfach auffordern, uns zu holen. Die Rangers sind in diesem Gebiet ebenfalls aktiv, und es könnte sein, daß sie meine Nachricht abfangen und uns schneller als unsere Freunde entdekken. Haben wir jedoch Knossos erreicht, so können wir von Tunnel zu Tunnel bewaffneten Geleitschutz bekommen, bis ich zu Hause bin. Sie selbst werden in Ihrem eigenen Zeitalter entlassen werden.« Sie zuckte die Achseln. »Ich habe eine ganze Menge Dollar in den Staaten zurückgelassen. Sie gehören Ihnen für Ihre Bemühungen.«

»Lassen wir das«, sagte Lockridge rauh. »Wie kommen wir nach Kreta?«

»Auf dem Seeweg. Lange Zeit bestanden Handelsbeziehungen zwischen diesem Gebiet und dem Mittelmeer. Der Limfjord ist nicht weit, und ein Schiff aus Iberien, wo die Religion der Steinzeiterbauer herrscht, sollte im Laufe des Sommers den Fjord ansteuern. In Iberien können wir auf ein anderes Schiff übersteigen. Es dauert nicht länger und ist weniger gefährlich, als die Bernsteinroute über Land zu nehmen.«

»Hm, das klingt vernünftig. Hoffentlich haben wir genug Metall bei uns, um die Passage bezahlen zu können.«

Storm warf den Kopf zurück. »Es spielt keine Rolle«, sagte sie hochmütig. »Sie werden sich nicht weigern, SIE, die sie verehren, an Bord zu nehmen.«

»Was?« Lockridge starrte sie mit offenem Mund an. »Glauben Sie, daß Sie posieren können als ...«

»Nein«, sagte sie. »Ich *bin* die Göttin.«

5

Die weißen Nebel des Sonnenaufgangs wallten langsam über die regenfeuchte Erde. Wasser tropfte von tausend Blättern, funkelte in der Luft und verlor sich in Busch und Farnkraut. Vogelzwitschern erfüllte den Wald. Hoch am Himmel zog ein Adler seine Kreise, und das junge Tageslicht lag wie Gold auf seinen Schwingen.

Lockridge erwachte von einer Hand, die ihn schüttelte.

»Stehen Sie auf«, sagte Storm. »Bereiten Sie das Frühstück. Das Feuer brennt bereits.«

Erst jetzt sah er, daß sie nackt war. Er richtete sich in seinem Schlafsack auf und fühlte sein Herz hämmern. Zitternd vor Kälte kroch er aus dem Schlafsack. Storm schien die Temperatur nichts auszumachen, obwohl Tau auf ihrem Haar lag und ihre Hüften glänzen ließ.

Sie kauerte sich nieder und öffnete eines der Bündel aus dem Schrank. Lockridge benutzte die Gelegenheit und begann, sich hinter ihrem Rücken anzuziehen. Sie blickte sich zu ihm um. »Wir werden zeitgemäße Kleidung benötigen«, sagte sie. »Unsere Ausrüstung wird ohnehin genug Gesprächsstoff geben. Nehmen Sie das andere Gewand.«

Er gehorchte ihrem Befehl und löste die Verschnürung des Pakets. Die Hülle entpuppte sich als kurzer Mantel aus lose gewebter, mit pflanzlichen Stoffen blau gefärbter Wolle. Das Hauptbekleidungsstück war eine ärmellose Basttunika, die er über den Kopf zog und mit einem Riemen um die Hüften hielt. Die Füße schob er in Sandalen, um die Stirn wand er ein Band aus Vogelfedern mit Zickzackmuster. Zur weiteren Ausstattung gehörten ein Halsband aus Bärenkrallen und Muscheln, dazu ein blattförmiger Dolch aus Feuerstein, der so glatt geschliffen war, daß er fast metallisch wirkte. Der Griff war mit Leder umwickelt, die Scheide bestand aus Birkenrinde.

Storm musterte ihn kritisch. Auch er betrachtete sie neugierig. Ihre weibliche Bekleidung bestand nur aus Sandalen, einem Stirnband, dem Halsband aus unbearbeitetem Bernstein, einer von der Schulter hängenden Tasche aus Fuchsfell und einem kurzen Rock, der mit Federn geschmückt war.

»Es wird gehen«, sagte sie. »Eigentlich stellen wir einen Anachronismus dar. Wir sind gekleidet wie Angehörige der wohlhabenden Sippe der Tenil Orugaray, des Meeresvolkes, der Ureinwohner. Aber Sie tragen das Haar kurz geschnitten und sind glatt rasiert, und mein Rassentyp ... aber was hilft es. Wir sind eben Wanderer, die ihre abgetragene Kleidung an Ort und Stelle durch neue ersetzen mußten. Das ist allgemeiner Brauch. Außerdem haben diese Primitiven wenig Sinn für logisches Denken.«

Sie deutete auf ein kleines Kästchen, das sich auch in dem Bündel befunden hatte. »Öffnen Sie es.« Er nahm es auf, aber sie mußte ihm zeigen, auf welche Stelle er drücken mußte, damit sich der Deckel hob. In dem Kästchen lag ein durchsichtiges Kügelchen. »Stecken Sie es in ein Ohr«, sagte sie. Sie strich das Haar beiseite und zeigte ihm einen ähnlichen Gegenstand, den er für ein Hörgerät gehalten hatte. Er schob die kleine Kugel ins Ohr. Sie beeinflußte seine Hörfähigkeit nicht, fühlte sich aber sonderbar kühl an. Ein leiser Schauder rann ihm über den Rücken.

»Verstehen Sie mich?« fragte Storm.

»Ja natürlich ...«, stammelte er. Sie hatte nicht Englisch gesprochen. Überhaupt nicht in einer Sprache, die er kannte.

Storm lachte. »Geben Sie gut auf Ihren Diaglossa acht. Sie werden feststellen, daß er mehr wert ist als eine Pistole.«

Lockridge zwang sich zu kühler Überlegung. Was hatte sie tatsächlich gesagt? Pistole war englisch, und Diaglossa paßte nicht zu dem Rest ihrer Worte. Langsam, während er sich an die Sprache gewöhnte, fand er, daß sie eine komplizierte Grammatik hatte und viele feine Unterschiede kannte, die dem zivilisierten Menschen unbekannt waren. So gab es beispielsweise zwanzig verschiedene Worte für ›Wasser‹, je nachdem, welches Wasser gemeint war und auf welche Umstände es sich bezog. Andererseits fand er, daß er unfähig war, Begriffe wie ›Masse‹, ›Regierung‹ oder ›Monotheismus‹ auszudrücken, wenn er nicht zu den ausgefallensten Umschreibungen Zuflucht nehmen wollte. In den folgenden Tagen entdeckte er, welche völlig andere Bedeutung Begriffe wie ›Sache‹, ›Zeit‹, ›Selbst‹ und ›Tod‹ in dieser Sprache hatten.

»Es handelt sich um ein Molekularcodegerät«, sagte Storm auf Englisch. »Es speichert die wichtigsten Sprachen und Gebräuche eines Zeitalters und eines Gebietes — in diesem Falle Nordeuropas, von dem, was eines Tages Irland sein wird, bis zum späteren Estland. Das Gerät bezieht seine Energie aus Ihrer Körperwärme und bedient sich für die Leistung der Nervenströmungen Ihres Gehirns. Mit anderen Worten, Ihr natürliches Erinnerungsvermögen ist um ein künstliches Gedächtniszentrum verstärkt worden.«

»Das alles steckt in diesem kleinen Ding?« fragte Lockridge ungläubig.

Storms breite Schultern hoben und senkten sich. »Ein Chromosom ist noch kleiner, kann aber mehr Auskünfte geben. Machen Sie uns nun etwas zu essen.«

Lockridge war froh, Zuflucht zum alltäglichen Kochen über dem Lagerfeuer nehmen zu können. Zudem hatte er sich schlafen gelegt, ohne eine Abendmahlzeit einzunehmen. Die Bündel enthielten Konserven mit Gerichten, die Lockridge nicht kannte, aber sie schmeckten aufgewärmt köstlich. Storm bedeutete ihm ungeduldig, den Rest der Dosen zurückzulassen. »Wir werden von der Gastfreundschaft leben«, sagte sie. »Diese eine Bratpfanne ist ein so großartiges Geschenk, daß sie uns, selbst am Hofe Pharaos, ein Jahr lang den Unterhalt garantieren sollte.«

Lockridge mußte lachen. »Und was, wenn ein Archäologe sie vier Jahrtausende später aus dem Küchenabfall eines Haushalts fischt?«

»Eisenblech ist in diesem feuchten Klima bis dahin längst zerfallen. Die Zeit läßt sich nicht betrügen.«

Sie sah zu, wie er das Feuer auslöschte, dann machte sie ihn mit der Handhabung der Torkontrollröhre bekannt und versteckte sie mit ihren Kleidungsstücken aus dem 20. Jahrhundert in einem hohlen Baum. Die Waffen behielten sie. Sie nahmen ihr Gepäck auf die Schultern und machten sich auf den Weg.

»Unser Ziel ist Avildaro«, erklärte Storm. »Ich war selbst nie dort, aber es ist ein Anlaufhafen, und wenn in diesem Jahr dort kein Schiff erwartet wird, erfahren wir, wohin wir uns wenden müssen.«

Die Sonne war aufgegangen, die Nebel lösten sich auf, ein Himmel mit kleinen weißen Wolken wölbte sich über ihnen. Am Rand des Waldes blickte Storm sich suchend um. Unter den hohen Eichen hatte dichtes Unterholz eine fast unüberwindbare Mauer geschaffen. Storm brauchte eine Weile, um den Weg nach Norden zu finden — einen schmalen, gewundenen Pfad, mehr von Tieren als von Menschen benutzt.

»Geben Sie acht, keinen Schaden anzurichten«, warnte sie ihn. »Wälder sind heilig. Niemand darf jagen, ohne IHR zuvor ein Opfer zu bringen, kein Baum darf gefällt werden, der nicht zuvor versöhnlich gestimmt wurde.«

Der Wald war nicht sehr tief. Nach wenigen Stunden hatten sie ihn durchquert. Flaches Land reichte nun nach Norden und Westen bis an den schimmernden Horizont. Der Weg verbreiterte sich, schlängelte sich um ein Sumpfloch. Irgend etwas erweckte Storms Aufmerksamkeit. Ihre Muskeln spannten sich, ihre Hand senkte sich an die Pistole. Lockridge beugte sich zugleich mit ihr herab. Wagenräder und Hufe ohne Eisen hatten ihre Spuren auf dem feuchten Boden hinterlassen. Zwei oder drei Tage zuvor hatte jemand dieses Gebiet durchquert und ...

»So weit sind sie also gekommen«, murmelte Storm Darroway. »Wer?« fragte Lockridge.

»Die Yuthoaz.« Der Diaglossa verriet ihm, daß sich unter dieser Bezeichnung ortsansässige Stämme aus der Steinzeit verbargen.

Storm richtete sich auf, rieb sich das Kinn und legte die Stirn in Falten. »Die zur Verfügung stehenden Auskünfte sind dürftig«, sagte sie unbehaglich. »Niemand hielt diesen Ort für wichtig genug, um genauere Erkundigungen einzuziehen. Wir wissen nicht, was sich dieses Jahr hier ereignen wird.« Nach einer Pause fuhr sie fort: »Auf alle Fälle konnte die Aufklärung mit Sicherheit feststellen, daß während des ganzen Milleniums in diesem Gebiet keine Energiegeräte zum Einsatz kamen. Das ist einer der Gründe, warum ich es vorzog, so weit zurückzugehen, statt den Tunnel zu einem späteren Zeitpunkt, an dem die Wardens ebenfalls tätig sind, zu verlassen. Ich weiß, daß die Rangers nicht hierherkommen. So konnte ich es wagen, den Tunnel im ersten Jahr seines Tores zu verlassen; es wird ein Vierteljahrhundert lang zugänglich sein. Ein Bericht, den eine Vermessungsgruppe aus Irland brachte, dessen Zeittore sich um ein Jahrhundert von denen Dänemarks unterscheiden, meldet, daß Avildaro noch existiert, daß es heute in hundert Jahren sogar in seiner Bedeutung noch gewachsen ist.« Mit einer ungeduldigen Bewegung verlagerte sie das Gewicht des Gepäcks auf ihren Schultern und nahm den Marsch wieder auf. Schweigend legten sie die nächste halbe Stunde zurück.

Felder umgaben sie jetzt. Geschützt durch Dornenhecken, hatten Gerste und Weizen zu sprießen begonnen. Nur wenige Morgen Land waren bestellt — in Gemeinschaftsarbeit, wie auch die Schafe, Ziegen und

Schweine, nicht jedoch die Ochsen, gehalten wurden. Die Frauen, die gewöhnlich das Unkraut jäteten, waren nicht zu sehen. Sonst erstreckten sich zu beiden Seiten Weideflächen, die nicht eingezäunt waren. Voraus blitzte die helle Fläche des Limfjords. Ein Gehölz verbarg die Ortschaft, aber Rauch stieg über den Baumwipfeln auf.

Mehrere Männer schlenderten ihnen von dort entgegen. Sie waren grobknochig und blond, ähnlich wie Lockridge gekleidet, trugen das Haar geflochten und die Bärte kurz gestutzt. Einige trugen Weidenschilde, die bunt bemalt waren. Ihre Waffen bestanden aus Speeren mit Feuersteinspitzen, Bogen, Dolchen und Schleudern.

Storm blieb stehen und hob die leeren Hände. Lockridge folgte ihrem Beispiel. Die Männer aus der Ortschaft schienen erleichtert. Aber sie wurden unsicher, je näher sie kamen, senkten die Blicke und blieben schließlich stehen.

Sie wissen nicht genau, wer oder was sie ist, dachte Lockridge. So geht es allen, die ihr begegnen.

»In allen IHREN Namen«, sagte Storm, »wir kommen als Freunde.«

Der Führer faßte Mut und trat vor. Er war ein untersetzter, grauhaariger Mann mit verwitterten Zügen, die von einem auf dem Meer verbrachten Leben zeugten. Sein Halsschmuck enthielt unter anderem ein Paar Walroßzähne. »Dann heiße ich euch in IHREN Namen und in meinem, Echegon, dessen Mutter Ularu war und der im Rat vorsteht, willkommen«, murmelte er.

Lockridges neues Gedächtnis setzte ihn in die Lage, zu verstehen, was er gehört hatte. Die Namen, die genannt worden waren, waren echt. Man machte, aus Furcht vor böser Magie, kein Geheimnis aus ihnen, und sie waren auf die Auslegungen zurückzuführen, die Avildaros Kluge Frau Träumen gegeben hatte, die die Betreffenden während der Pubertätsriten gehabt hatten. Das ›Willkommen‹ bedeutete mehr als nur eine Höflichkeitsfloskel. Der Gast war heilig und hatte das Recht, jede Bitte auszusprechen. Ausgeschlossen war lediglich die Teilnahme an den besonderen Riten der Sippe.

Nur mit halbem Bewußtsein lauschte Lockridge Storms Erklärung, während die Gruppe der Küste entgegenwanderte. Sie und ihr Gefährte waren Wanderer aus dem Süden (dem so weit entfernten exotischen Süden, woher alle Wunder kamen), die von ihrer Gruppe getrennt worden waren. Sie wünschten, in Avildaro zu bleiben, bis sich die Gelegenheit zur Heimfahrt auf einem Schiff bot. Und Storm deutete an, daß sie nicht mit Geschenken geizen würden, wenn man ihre Wünsche erfüllte.

Die Erleichterung der Fischer war offenkundig. Wenn diese beiden eine Göttin und ihr Begleiter waren und unerkannt zu bleiben wünschten, so schienen sie zumindest gewillt, sich wie gewöhnliche menschliche Wesen zu verhalten. Und ihre Geschichten würden die Langeweile mancher Abende füllen; neidische Besucher würden von weither kommen, um zu hören und zu sehen und in ihrer Heimat die Bedeutung Avildaros zu betonen. Ihr Kommen mochte vielleicht die Yuthoaz, deren Späher kürzlich beobachtet worden waren, beeinflussen, sich fernzuhalten. So betrat die Gruppe froh und mit munteren Reden die Ortschaft.

6

Auri, deren Namen Blumenfeder bedeutete, hatte gefragt: »Willst du wirklich den Sumpf mit den Vögeln sehen? Ich könnte dein Führer sein.«

Lockridge hatte sein Kinn gerieben, dessen Stoppeln zu einem kurzen Bart gewachsen waren, und Echegon angesehen. Er war auf alles von entsetzter Ablehnung bis zu nachsichtigem Lächeln gefaßt. Statt dessen war der Stammesälteste sofort auf den Vorschlag seiner Tochter eingegangen.

Storm lehnte die Einladung, sie zu begleiten, ab, worüber Auri offensichtlich erleichtert war. Das Mädchen verbarg seine Furcht vor der dunkelhaarigen Frau nicht, die sich so aufrecht hielt und soviel Zeit allein in den Wäldern verbrachte. Storm schien sich in den eineinhalb Wochen, die sie nun in Avildaro lebten, auch von Lockridge zurückgezogen zu haben. Wenn er von dem, was er erlebte, auch zu fasziniert war, um sich gekränkt zu fühlen, so machte ihm ihr Verhalten doch klar, welche Kluft zwischen ihnen bestand.

Nun, als sich die Sonne abwärts neigte, setzte er sein Paddel ein und trieb das Kanu heimwärts. Es war keines der großen, fellbespannten Boote, die sich über den Fjord hinauswagten. In einem solchen Boot hatte er bereits am Robbenfang teilgenommen, einer gefährlichen, blutrünstigen Angelegenheit, bei der die Besatzung sang und beim größten Wellengang ihre Scherze trieb. Heute war es ein leichtes Kanu, das nicht mehr als einen grünen Zweig am Bug erforderte, um die Götter des Wassers gnädig zu stimmen.

Still, mit Schilf bestanden, blieb das Marschland hinter ihnen zurück, auf dem sich Enten, Gänse, Schwäne, Störche und Reiher in Scharen tummelten. Lockridge folgte dem Verlauf der südlichen Küste der Bucht, deren Grün die Sonnenstrahlen in Gold verwandelten. Zu seiner Linken reichte das Wasser schimmernd bis an den Horizont, hin und wieder von kreisenden Möwen oder dem Sprung eines blitzenden Fisches belebt. So still war die Luft, daß die fernen Laute ebenso klar klangen wie das Tropfen von seinem Paddel. Der Himmel wölbte sich dunkelblau und wolkenlos.

Gottlob, dachte Lockridge. Es war ein schöner Tag, aber ich bin froh, diesen Moskitos entkommen zu sein. Das Mädchen schien nicht unter ihnen gelitten zu haben ... nun, diese Eingeborenen werden wohl so oft gestochen, daß sich eine Art Immunität entwickelt.

»Hat dir der Tag gefallen?« fragte das Mädchen scheu.

»O ja«, sagte er. »Ich danke dir, daß du mir all das Schöne gezeigt hast.«

Sie schien erstaunt, und er erinnerte sich, daß die Tenil Orugaray, wie die Navajos, Dank nur für bedeutende Gäste zu bekunden pflegten. Alltägliche Gefälligkeiten wurden als selbstverständlich vorausgesetzt. Der Diaglossa ermöglichte ihm, sich fließend in ihrer Sprache zu unterhalten, hielt ihn aber nicht von der Befolgung alter Gewohnheiten ab.

Das Gesicht des Mädchens färbte sich dunkel. Sie senkte den Blick und murmelte: »Nein, ich muß dir danken.«

Lockridge musterte sie. Auri war so schlank, und ihre Bewegungen erinnerten so an die eines jungen Fohlens, daß er sie für nicht älter als fünfzehn hielt. Er fragte sich, warum sie noch Jungfrau war. Andere Mädchen, mochten sie verheiratet sein oder nicht, erfreuten sich sogar noch jünger einer samoanischen Art von Freiheit.

Natürlich dachte er nicht im Traum daran, seine Stellung hier zu gefährden, indem er dem einzigen Mädchen im Haus seines Gastgebers zu nahe trat. Er gab zu, daß die Versuchung nicht gering war. Das Mädchen war unzweifelhaft eine kleine Schönheit. Sie hatte große blaue Augen, eine kleine, gerade Nase mit ein paar Sommersprossen, einen weichen, vollen Mund und flachsfarbenes Haar, das ihr in weichen Wellen über die Schultern floß. Und die Beharrlichkeit, mit der sie sich im Ort in seiner Nähe hielt, brachte ihn zuweilen in Verlegenheit. Trotzdem ...

»Du brauchst mir nicht zu danken, Auri«, sagte er. »Du und die Deinen haben mir mehr Freundlichkeit bewiesen, als ich verdiene.«

»Nein, nein!« protestierte sie. »Du machst mich glücklich.«

»Wodurch? Ich habe nichts getan.«

Sie verschränkte die Hände und blickte in ihren Schoß. Es war so schwer für sie, ihre Gefühle zu erklären, daß er wünschte, er hätte nicht gefragt, aber er fand keinen Weg, sie von ihren Gedanken abzubringen.

Die Geschichte war einfach. Bei den Tenil Orugaray war ein Mädchen heilig, unverletzlich. Wenn sie aber selbst fühlte, daß ihre Zeit gekommen war, bezeichnete sie einen Mann, der sie einweihen sollte, was beim Fest der Frühlingsaussaat geschah. Der von Auri Auserwählte war aber wenige Tage vor dem feierlichen Augenblick im Meer ertrunken. Offensichtlich waren die Mächte verärgert, und die Kluge Frau entschied, daß Auri allein bleiben müßte, bis der Fluch irgendwie von ihr genommen war. Das war vor mehr als einem Jahr gewesen.

Ihr Vater stand vor einem ernsten Problem, und da er der Häuptling war, wurde es zu einem Problem für den ganzen Stamm. Während keine Frauen, die nicht Großmütter waren, dem Rat angehörten, hatten die Geschlechter im wesentlichen gleiche Rechte. Was sollte aus dem Erbe werden, wenn Auri kinderlos starb? Man konnte nicht sagen, daß sie gemieden wurde, aber es war doch ein bitteres Jahr für sie gewesen, bei dem sie von fast allen Ereignissen ausgeschlossen geblieben war.

Als die Fremden kamen, die unerhörte Wunder mit sich führten und einige davon sogar zum Geschenk machten, wurde das als Zeichen gewertet. Große und unbekannte Mächte wohnten in Storm und ihrem Gefährten Malcolm. Durch die Bevorzugung von Echegons Haus vernichteten sie alles Böse, das auf ihm lastete.

»Kannst du nicht bleiben?« bat Auri. »Wenn du mich im nächsten Frühjahr beehren würdest, wäre ich …

mehr als eine Frau. Der Fluch würde sich in einen Segen für mich verwandeln.«

Lockridge fühlte, wie seine Wangen brannten. »Es tut mir leid«, sagte er so freundlich, wie er konnte. »Wir können nicht warten, sondern müssen mit dem ersten Schiff abfahren.«

Sie beugte den Kopf und biß sich auf die Lippen.

»Aber ich werde bestimmt dafür sorgen, daß der Bann von dir genommen wird«, versprach er. »Morgen werde ich mit der Klugen Frau darüber sprechen. Gemeinsam finden wir bestimmt einen Weg.«

Auri tupfte ein paar Tränen fort und lächelte unsicher. »Danke. Ich wünsche immer noch, du könntest bleiben — oder im Frühjahr zurückkommen. Wenn du mir das Leben wiedergibst ...« Sie schluckte. »Es gibt keine Worte, um dir dafür zu danken.«

Wie leicht wurde man zu einem Gott, dachte Lockridge.

Um sie abzulenken, brachte er das Gespräch auf Dinge des Alltags, mit denen sie vertraut war. Sie war so überrascht, daß er sich für das Töpferhandwerk, eine Frauenarbeit, interessierte, daß sie ihren Kummer vergaß. Begeistert sprach sie dann von der Bernsteinsuche.

»Wenn wir nach einem Sturm alle zu den Dünen gehen, um zu sammeln, was angeschwemmt wurde, so ist dies eine herrliche Zeit«, sagte sie mit leuchtenden Augen. »Dann werden Fische und Austern gebraten. Warum entfesselst du keinen Sturm, solange du hier bist, Malcolm, damit auch du deinen Spaß hast? Ich kenne einen Platz, an dem die Möwen dir aus der Hand fressen, und wir können in den Brechern schwimmen und nach Strandgut suchen.«

»Ich fürchte, das Wetter entzieht sich meiner Macht«, sagte er. »Ich bin nur ein Mensch, Auri. Ich verfüge über einige Kräfte, aber sie sind nicht sehr bedeutend.«

»Ich glaube, daß du alles tun kannst.«

»Sprechen wir vom Bernstein. Ihr sammelt ihn

hauptsächlich, um mit ihm Handel zu treiben, nicht wahr?«

Sie nickte. »Die Menschen aus dem Landesinnern wollen ihn, und das Volk hinter dem westlichen Meer, und die Männer von den Schiffen aus dem Süden.«

»Handelt ihr auch mit Feuerstein?« Er kannte die Antwort, weil er einem Meister stundenlang bei der Arbeit zugesehen hatte, aber er wollte, daß es bei einer leichten Unterhaltung blieb. Es tat gut, Auris Lachen zu hören.

»Ja, wir verkaufen auch Werkzeuge«, sagte sie. »Aber nur ins Innere des Landes. Wenn das Schiff einen andern Hafen anläuft, kann ich dann mit dir gehen, um es mir anzusehen?«

»Sicher ... wenn niemand etwas dagegen einzuwenden hat.«

»Ich möchte mit dir nach dem Süden ziehen«, sagte sie sehnsüchtig.

Er stellte sie sich auf einem Sklavenmarkt in Kreta vor, oder verwirrt und verloren in seiner eigenen Welt der Maschinen, und seufzte. »Nein, das ist unmöglich. Es tut mir leid.«

»Ich wußte es.« Ihre Stimme klang ruhig, und es schwang keine Selbstbemitleidung in ihr. Man lernte im Steinzeitalter, sich mit den Tatsachen abzufinden. Selbst ihre lange Isolierung im Schatten des Zornes hatte ihr nicht die Fähigkeit genommen, sich zu erfreuen.

Schweigend setzten sie die Fahrt fort. Allmählich kam Lockridge die ungewohnte Stille zu Bewußtsein. Gewöhnlich waren so nahe der Ortschaft mannigfaltige Geräusche zu hören — die Rufe spielender Kinder, die Stimmen der Fischer, wenn sie sich der Küste näherten, plaudernde Hausfrauen, gelegentlich der triumphierende Gesang eines Jägers, der einen Elch erlegt hatte. Aber Lockridge schwenkte rechts ein, paddelte längs der Bucht mit ihrem bewaldeten Ufer, ohne daß eine menschliche Stimme sein Ohr erreichte. Er musterte Auri. Vielleicht wußte sie, was im Gange war. Sie hatte das Kinn in die Hand gestützt und starrte ihn an, alles andere vergessend. Er hatte nicht das Herz, das Schweigen zu brechen. Statt dessen trieb er das Kanu voran, so schnell er konnte.

Avildaro kam in Sicht. Vor dem alten Wald im Hintergrund hob es sich als Ansammlung sodengedeckter Flechtwerkhütten um das Langhaus der Zeremonien ab, einen sorgfältiger ausgeführten Bau, der zur Hälfte aus Torf und zur Hälfte aus Holz bestand. Auf dem Strand lagen die hochgezogenen Boote, Netze hingen zum Trocknen auf Holzgestellen.

Auri erwachte aus ihrer Trance. Sie zog die Brauen zusammen. »Niemand ist zu sehen«, sagte sie verwundert.

»Es muß jemand im Langhaus sein«, erwiderte Lockridge. Rauch stieg aus der Abzugsöffnung im Dach. »Sehen wir nach, was es gibt.« Der Druck der Webley an seiner Hüfte verlieh ihm das Gefühl der Sicherheit. Mit Auris Hilfe zog er das Boot an Land und machte es fest. Ihre Hand schob sich in die seine, als sie das Dorf betraten. Schatten verdunkelten die staubigen Pfade zwischen den Hütten, und die Luft schien plötzlich kalt. »Was hat das zu bedeuten?« fragte sie ihn.

»Wenn du es nicht weißt ...« Er schritt schneller aus.

Aus der Halle erklang Lärm. Zwei junge Männer standen am Eingang Wache. »Hier kommen sie!« rief der eine von ihnen. Sie senkten ihre Speere vor Lockridge. Neben Auri schritt er durch die mit einem Fell verhängte Tür. Seine Augen brauchten eine Weile, um sich an das Dämmerlicht zu gewöhnen. Der Raum hatte keine Fenster, aber das heilige Feuer, das in einer Vertiefung in der Mitte brannte, durfte nie erlöschen. Die Flammen tanzten und knisterten und ließen die magischen Symbole auf den Stützpfeilern unheimlich aufleuchten. Die ganze Bevölkerung befand sich in der

Hütte — etwa vierhundert Männer, Frauen und Kinder, die auf dem festgestampften Boden kauerten und sich flüsternd unterhielten.

Echegon und seine Berater standen mit Storm in der Nähe des Feuers. Als Lockridge sie sah, vergaß er Auri und ging zu ihr. »Was ist geschehen?« fragte er.

»Die Yuthoaz kommen«, sagte sie.

Echegon zog Auri kurz an sich und sagte: »Ich brauchte nicht um dich zu fürchten, da du unter Malcolms Schutz standest. Aber ich danke IHR, daß du wieder da bist.« Das kräftige bärtige Gesicht wandte sich Lockridge zu: »Männer, die im Süden jagten, kamen heute mit der Nachricht zurück, daß die Yuthoaz kommen und morgen hier sein werden. Der Zug besteht nur aus bewaffneten Männern, und Avildaro ist die erste Ortschaft auf ihrem Weg. Was haben wir getan, um sie oder die Götter zu beleidigen?«

Lockridges Blick ging zu Storm. »Ich hasse den Gedanken, unsere Waffen gegen diese armen Teufel einzusetzen«, sagte er auf englisch, »aber wenn uns keine andere Wahl bleibt ...«

Sie schüttelte den Kopf. »Nein. Die Energien könnten entdeckt werden. Zumindest können die Rangeragenten davon erfahren und auf uns aufmerksam werden. Es ist am besten, wir beide suchen anderswo Unterschlupf.«

»Was? Aber ...«

»Erinnern Sie sich daran, daß die Zeit unveränderlich ist«, sagte sie. »Da dieser Ort weitere hundert Jahre übersteht, können wir annehmen, daß es den Eingeborenen gelingt, den morgigen Angriff abzuschlagen.«

Er fühlte die Augen Auris, Echegons und der andern auf sich gerichtet. »Und wenn es ihnen nicht gelingt? Dann würden sie ohne unser Eingreifen in Zukunft ein besiegtes, unterdrücktes Volk sein. Ich bleibe.«

»Sie wagen es ...« Storm beendete den Satz nicht. Einen Augenblick stand sie starr. Dann lächelte sie, streckte den Arm aus und strich ihm über die Wange. »Ich hätte es wissen müssen«, sagte sie. »Also gut, ich bleibe auch.«

7

Sie kamen vom Westen her über die Wiesen, den Eichenwald zu ihrer Linken, und die Männer von Avildaro waren bereit, den Kampf aufzunehmen. Der Gegner mochte etwa hundert Mann zählen, mit zehn Streitwagen; der Rest war zu Fuß. Zahlenmäßig glichen sich die Parteien also. Als Lockridge sie sah, konnte er kaum glauben, daß dies die gefürchteten Männer der Streitaxt waren.

Als sie näher kamen, musterte er einen, der typisch für alle war. Der Körper des Kriegers unterschied sich nur unwesentlich von denen der Tenil Orugaray: er war etwas kleiner und untersetzter, das braune Haar war zu einem Zopf geflochten, der Bart wie eine Gabel geteilt. Das Gesicht, rauh und mit spitzer Nase, war eher mitteleuropäisch als russisch zu nennen. Er trug ein Wams und einen knielangen Lederrock mit eingebranntem Sippensymbol, und seine Waffen bestanden aus einem Feuersteindolch und einer reich verzierten Steinaxt.

Der Wagen, dem er folgte, offenbar der seines Häuptlings, war zweirädrig und aus Holz und Flechtwerk. Gezogen wurde er von vier zottigen kleinen Pferden. Ein Junge, nur mit einem Lendentuch bekleidet, führte die Tiere. Hinter ihm stand der Herr — größer als die meisten anderen, eine Axt schwingend, die so lang und schwer war, daß sie einer Hellebarde glich. Zwei Speere waren in Griffweite angebracht. Der Häuptling trug einen Helm, einen Brustschild, Beinschienen aus verstärktem Leder; ein kurzes Bronzeschwert hing an seiner Hüfte, ein fadenscheiniger Leinenmantel flatterte von seinen Schultern, unter dem stoppeligen Kinn blitzte ein massiger Halsschmuck aus Gold.

Als die Yuthoaz die unregelmäßige Reihe der Fischer sahen, verlangsamten sie den Schritt. Dann blies der Wagenlenker an der Spitze ein Bisonhorn, die Truppe stieß Kriegsrufe aus, und die Pferde begannen zu galoppieren.

Echegons unruhiger Blick streifte Lockridge und Storm. »Jetzt?« fragte er.

»Noch nicht. Laßt sie näher herankommen.« Storm beschattete die Augen mit der Hand und spähte den Angreifern entgegen. »Etwas an dem dort hinten — die andern versperren mir den Blick«, sagte sie.

Lockridge spürte die Spannung hinter sich. Seufzer und Murmeln, unruhig scharrende Füße, der beißende Geruch von Schweiß. Die dort warteten, um ihr Heim zu verteidigen, waren keine Feiglinge. Aber der Feind war kriegsgeübt und kriegsmäßig ausgerüstet. Selbst für Lockridge, der Panzer gekannt hatte, war der Ansturm der Streitwagen beängstigend.

Er hob das Gewehr. Kühl und hart lag der Kolben an seiner Wange. Storm hatte widerstrebend eingewilligt, heute von den Waffen des 20. Jahrhunderts Gebrauch zu machen.

»Lassen Sie mich mit dem Schießen beginnen«, sagte er auf englisch.

»Noch nicht!« Storms Stimme hob sich so scharf über den Lärm, daß er sie verblüfft musterte. Ihre Augen waren schmal, die Lippen gaben die Zähne frei, und eine Hand ruhte auf der Energiepistole, die sie heute nicht benutzen wollte. »Ich muß erst mit jenem Mann sprechen.«

Der Wagenlenker aus der Vorhut hob seine Axt und ließ sie wieder sinken. Bogenschützen und Schleuderer der Yuthoaz gingen in Stellung, ihre Waffen traten in Aktion, Steine und Pfeile mit Spitzen aus Feuerstein sirrten auf die Fischer zu.

»Schießt!« bellte Echegons heisere Stimme. Es hätte seines Befehls nicht bedurft. Eine Salve löste sich aus den Reihen seiner Männer. Die Entfernung war zu groß, so daß die Geschosse keinen ernsthaften Schaden anrichteten. Lockridge sah, wie zwei oder drei Geschosse von den Schilden abprallten. Aber die Yuthoaz waren nun in vollem Lauf. Noch eine Minute, und sie würden ihn überrennen. Er sah geblähte Nüstern, erkannte das Weiße in den Augen der näher kommenden Pferde, deren Mähnen wild flatterten. Auf einer gehobenen Streitaxt blitzte die Sonne, der Mund über einem Bart verzerrte sich zu blutdürstigem Grinsen.

»Zur Hölle mit ihnen!« rief Lockridge. »Sie sollen wissen, wogegen sie anrennen.« Er visierte den Häuptling an und krümmte den Finger um den Abzug. Hart traf ihn der Rückschlag. Das Krachen der Detonation ging unter im Geschrei, im Trommeln der Hufe, im Rumpeln der Wagen, im Kreischen der Achsen. Der Wagenlenker warf die Arme in die Luft und stürzte zu Boden. Die Hellebarde beschrieb einen blitzenden Bögen. Das hohe Gras verbarg den Mann und seine Waffe.

Der Junge zügelte die Pferde, sein Kinn sank herab, Furcht stand in seinen Zügen. Lockridge kam sofort zu Bewußtsein, daß er keine menschlichen Wesen zu töten brauchte, und er nahm das nächste Gespann aufs Korn. Wumm! Wumm! Es genügte, ein Tier aus jedem Gespann zu treffen, um den Wagen außer Gefecht zu setzen. Ein Stein wurde schallend vom Gewehrlauf abgelenkt. Aber der zweite Wagen überschlug sich, Geschirre gerieten durcheinander, das linke Rad zersplitterte.

Lockridge sah, wie der Ansturm ins Wanken geriet. Drei weitere Kampfwagen hielten an, die Eindringlinge wichen zurück. Er trat vor, um in voller Sicht zu sein; das Blut hämmerte in seinen Schläfen, er kümmerte sich nicht um die Pfeile und ließ die Sonne vom Metall des Gewehrlaufes blitzen.

Es war, als träfe ihn die Sonne selbst. Donner explodierte hinter seiner Stirn. Geblendet, mit dem Gefühl, zerschmettert zu sein, wirbelte es ihn in die Nacht.

Höllische Schmerzen rissen ihn ins Bewußtsein zurück. Vor seinen Augen tanzten blitzende Punkte. Durch Schreie, Wiehern und Rumpeln hörte er den Ruf: »Vorwärts, Yuthoaz! Vorwärts mit dem Vater Himmel!«

Er richtete sich auf Hände und Knie. Das erste, was er sah, war sein Gewehr, das halb geschmolzen am Boden lag. Diese Zerstörung hatte den größten Teil des Energiestrahls verschlungen. Die Patronen im Magazin hatten sich nicht entzündet, noch hatte er selbst außer schmerzhaften Verbrennungen im Gesicht und an der Brust Schaden davongetragen. Aber seine Haut brannte wie Feuer. Es war eine Folter, die ihn nicht zum Denken kommen ließ.

Ein Toter lag in greifbarer Nähe. Vom Gesicht war nicht mehr als verkohltes Fleisch übriggeblieben. Das Kupferarmband verriet, daß der Tote Echegon war. Storm stand nicht weit entfernt. Ihre eigene Waffe war in Aktion und schirmte sie ab. Flammen in allen Regenbogenfarben umspielten sie. Der feindliche Strahl umrundete Storm und mähte drei junge Männer nieder, mit denen Lockridge auf Robbenfang gegangen war.

Brüllend jagten die Yuthoaz weiter. Wie eine Welle überfluteten sie die Fischer. Lockridge sah, wie ein Sohn Echegons mit seinem Speer auf die anstürmenden Pferde zielte. Der Wagenlenker riß die Tiere herum, der Wagen jagte vorbei, mit tödlichem Geschick ließ der Krieger im Wagen die Axt niedersausen. Krachend spaltete sie den Schädel, und der Sohn Echegons fiel neben seinem Vater. Der Yutho lachte grausam, schlug auf der andern Seite nach jemandem, den Lockridge nicht sehen konnte, schleuderte einen Speer auf einen Bogenschützen und war vorüber.

Überall waren die Männer aus der Ortschaft auf der Flucht. Panik hatte sie gepackt, und ihre Klagen stiegen

gen Himmel, als sie im Wald Schutz suchten. Dort endete die Verfolgung. Die Yuthoaz, deren Schutzgötter den Himmel bewohnten, trauten den von Zwielicht erfüllten Wäldern nicht. Sie kehrten um und begannen die verwundeten Gegner zu töten und zu skalpieren.

Ein Streitwagen jagte auf Storm zu. Der sie umgebende Energieschirm ließ ihre hohe Gestalt schimmern, sie wurde zum Mythos in Lockridges fiebrigen Überlegungen. Er hatte noch die Webley. Seine Hand tastete nach ihr, aber das Bewußtsein verließ ihn, bevor er die Waffe berührte. Mit seinem letzten Blick nahm er den Mann auf, der hinter dem Wagenlenker stand — keinen Yutho, sondern einen bartlosen, weißhäutigen, außerordentlich großen Mann in schwarzem Kapuzenmantel.

Langsam erwachte Lockridge. Für eine Weile genügte es ihm, auf der Erde zu liegen und frei von Schmerzen zu sein. Die Erinnerung stellte sich ein. Als er eine Frau schreien hörte, öffnete er die Augen und setzte sich auf. Die Sonne war untergegangen, aber durch den Eingang der Hütte, in der er sich befand, sah er den blutrot schimmernden Limfjord und Wolken, die von den letzten Sonnenstrahlen erhellt wurden. Der Raum war seiner kümmerlichen Einrichtung beraubt worden, verflochtenes Zweigwerk, mit Riemen zusammengebunden und an den Türpfosten befestigt, verwehrte die Flucht. Draußen hatten zwei Yuthoaz Posten bezogen. Überall herrschte Tumult, heisere Stimmen erklangen, Hufe dröhnten, Räder rumpelten, während die Besiegten ihrem Kummer lautstark Ausdruck gaben.

»Wie geht es Ihnen, Malcolm?«

Lockridge wandte den Kopf. Storm Darroway kniete neben ihm. Er sah sie nur als Schatten im dunklen Raum, aber er fing den Duft ihres Haares ein, spürte ihre weiche Hand auf seiner Stirn und hörte ihrer Stimme an, daß sie sich Sorgen um ihn machte.

»Ich schätze, ich lebe noch.« Seine Hand berührte eine fettige Masse, die ihm jemand auf Gesicht und Brust aufgetragen hatte. »Keine Schmerzen. Ich fühle mich tatsächlich ausgeruht und erholt.«

»Sie hatten Glück, daß Brann Medikamente mit sich führte und sich entschloß, Sie zu retten«, sagte Storm. »Ihre Verbrennungen werden morgen abgeheilt sein.«

»Was geht draußen vor?« fragte Lockridge.

»Die Yuthoaz plündern Avildaro.«

»Frauen — Kinder — nein!« Lockridge versuchte aufzustehen. Sie zog ihn wieder zu Boden. »Schonen Sie Ihre Kräfte.«

»Aber diese Teufel ...«

Ihre Stimme nahm wieder etwas von der alten Schärfe an. »Im Augenblick haben die Leute nicht sonderlich zu leiden. Denken Sie an die hier herrschenden Sitten.« Mitgefühl kehrte in die Stimme zurück. »Natürlich klagen sie um die, die sie lieben, mögen sie tot oder geflohen sein, und die Sklaverei harrt ihrer ... nein, warten Sie. Dies ist nicht der Süden. Die Sklavin eines Barbaren lebt nicht viel anders als der Barbar selbst. Natürlich leidet sie — Unfreiheit, Heimweh, die Tatsache, daß keine Frau unter den Indo-Europäern die Achtung genießt, die sie hier genoß. Aber sparen Sie sich Ihr Mitleid für später auf. Wir beide sind in größeren Schwierigkeiten als Ihre kleine Freundin von gestern.«

»Was ist schiefgegangen?«

»Ich war ein Versager«, sagte sie bitter. »Ich wäre nie auf den Gedanken gekommen, Brann in diesem Zeitalter zu begegnen. Er hat den Angriff organisiert, das ist offensichtlich.«

Er hörte die Selbstanklage aus ihrer Stimme und empfand Mitleid mit ihr. »Sie konnten es nicht wissen.« Er streckte ihr die Hand entgegen, und sie umklammerte sie. Mit kühler Stimme sagte sie: »Für einen Warden, der versagt, gibt es keine Entschuldigung.«

Hand in Hand blieben sie nebeneinander sitzen. Sie sagte leise und schnell: »Sie müssen sich darüber klar sein, daß die Anzahl in diesem Zeitkrieg ohne Bedeutung ist. Sie muß bedeutungslos bleiben, gemessen an der Macht, die der einzelne ausüben kann. Brann ist eine entscheidende Figur. Er ist der geborene Befehlsgeber, ein König, der Entscheidungen trifft, die den Planeten erschüttern. Ich bin als Beute ebenso wichtig. Und nun hat er mich. Ich begreife nicht, wie er erfuhr, wann und wo ich war. Wenn er mich nicht in Ihrem Jahrhundert finden konnte, wie konnte er mich dann bis zu diesem vergessenen Augenblick jagen? Es erschreckt mich, Malcolm. Welche Verzerrung hat er der Zeit selbst angetan? Er ist allein hier. Mehr wurden nicht gebraucht. Ich nehme an, er ist vor uns aus dem Tunnel unter dem Dolmen gekommen, hat das Volk der Streitaxt gesucht und sich zu seinem Gott gemacht. Das wäre nicht schwer zu bewerkstelligen. Diese ganze Einwanderung der Indo-Europäer ist das Werk der Rangers. Begreifen Sie? Die Eindringlinge sind die Zerstörer der alten Zivilisationen, des alten Glaubens; sie sind die Vorfahren des Maschinenvolkes. Die Yuthoaz *gehören* Brann. Er braucht nur unter ihnen zu erscheinen, und sie wissen in ihrer dumpfen Art, was er ist, und er wird wissen, wie er sie beherrschen kann. Irgendwie hat er erfahren, daß wir hier waren. Er hätte seine gesamte Streitmacht gegen uns auf die Beine bringen können, aber das hätte unsere Agenten, die in diesem Jahrtausend noch zahlreich sind, warnen können und zu Folgen geführt, die sich seiner Kontrolle entzogen. Statt dessen befahl er den Yuthoaz, Avildaro zu überfallen. Nun, da er gesiegt hat, wird er nach einigen Männern seines Volkes schicken und nach allem, was er sonst noch braucht, um meinen Widerstand zu brechen.«

Lockridge verstärkte den Druck seines Armes um Storms Schultern. Sie brachte ihren Mund an sein Ohr und flüsterte hastig: »Hören Sie zu. Vielleicht bietet sich Ihnen eine Gelegenheit zur Flucht. Wer kann es wissen? Das Buch der Zeit wurde schon bei Geburt des Universums geschrieben, aber wir haben die nächste Seite noch nicht aufgeschlagen. Brann wird in Ihnen nur einen Mietling sehen, der keine Gefahr für ihn bedeutet. Gehen Sie, wenn Sie können, durch den Tunnel hinaus. Suchen Sie an einem Allerheiligentag der Jahre 1521 bis 1541 Jesper Fledelius in Viborg in der Gaststätte zum Goldenen Löwen auf. Können Sie das behalten? Er ist einer der Unsrigen. Wenn Sie ihn nur erreichen können — vielleicht, vielleicht ...«

»Ja, sicher, wenn es mir gelingt.«

Plötzlich spürte er ihre Lippen auf seinem Mund. »Mir bleibt nicht mehr viel vom Leben«, flüsterte sie. »Nutzen Sie die Zeit. Umarmen Sie mich, Malcolm.«

Er erwiderte ihren Kuß, wühlte sein Gesicht in die Wellen ihres Haares. Es gab nur noch die Dunkelheit und sie.

Eine Fackel loderte durch den vergitterten Eingang. Ein Speer winkte, eine Stimme rief barsch: »Kommen Sie! Sie, der Mann. *Er* will Sie sehen.«

8

Brann von den Rangers saß allein im Langhaus. Das heilige Feuer war erloschen, aber das Bärenfell auf seinem erhöhten Sitz gab die Strahlung aus einer Kristallkugel wider. Die Krieger, die Lockridge zu ihm brachten, beugten ehrfürchtig die Knie. Der stämmige rothaarige Anführer sagte: »Wir bringen den Hexenmeister, wie du es befahlst.«

Brann nickte. »Gut. Wartet in einer Ecke.«

Die vier Männer berührten ihre Stirnen mit den Streitäxten und zogen sich zurück.

»Setzen Sie sich, wenn Sie wollen«, sagte Brann sanft auf englisch. »Wir müssen uns über vieles unterhalten, Malcolm Lockridge.«

Woher wußte er den vollständigen Namen? Der Amerikaner blieb stehen, um sich nicht neben Brann setzen zu müssen.

Der Ranger hatte seinen Mantel abgelegt. Er war schlank, muskulös und fast zwei Meter groß, gekleidet in das enganliegende Schwarz, an das Lockridge sich aus dem Tunnel erinnerte. Seine Haut war sehr weiß, die Hände waren lang und schlank, das schmale Gesicht bartlos und mit gerader Nase, konnte schön genannt werden. Das Haar war dicht und kurz geschnitten, unter der hohen Stirn leuchteten eisgraue Augen. Er lächelte. »Bitte, bleiben Sie also stehen.« Er deutete auf eine Flasche und zwei Gläser. »Trinken Sie einen Schluck? Es ist Bourgogne, Jahrgang 2012. Es war ein großartiger Jahrgang.«

»Nein«, sagte Lockridge.

Brann zuckte die Achseln, schenkte sich ein Glas voll und trank einen Schluck. »Ich will Ihnen nicht unbedingt Böses antun«, sagte er.

»Sie haben bereits genug getan«, zischte Lockridge.

»Bedauerlich, zugegeben. Was nützt aber Sentimentalität, wenn man mit dem Begriff ›Zeit‹ gelebt und ihn mit Unveränderlichkeit, Unversöhnlichkeit gleichgesetzt hat, wenn man immer wieder Schlimmeres als heute sah und das gleiche für sich selbst riskierte? Im übrigen haben Sie, Lockridge, heute einen Mann getötet, um den Frauen und Kinder trauern werden.«

»Er war im Begriff, *mich* zu töten, nicht wahr?«

»Wahr. Aber er war kein schlechter Mensch. Er behandelte seine Verwandten und Freunde gut und war gegen Feinde nie grausam. Sie sind auf dem Weg hierher durch die Ortschaft gegangen. Sie sahen keine Massenschlächterei, keine Folterung, keine Verstümmelung, keine Brandschatzung, nicht wahr? Mit späteren Jahrhunderten verglichen, wird diese letzte Welle von Einwanderern als verhältnismäßig friedfertig betrachtet werden. Der Kampf hier gehört zu den Ausnahmen.

Weitaus öfter werden die Neuankömmlinge, besonders in Nordeuropa, einfach darum die beherrschende Rolle spielen, weil sie sich für das kommende Bronzezeitalter besser eignen. Sie sind beweglicher, ihr Horizont ist weiter, sie können sich besser verteidigen; darum werden die Ureinwohner sie nachahmen. Sie selbst sind nach ihren Maßen geformt worden und vieles andere, das Ihnen wert und teuer ist.«

»Worte«, sagte Lockridge. »Tatsache ist, daß Sie sie dazu brachten, uns anzugreifen. Sie haben meine Freunde getötet.«

Brann schüttelte den Kopf. »Nein. Die Koriach tat es.«

»Wer?«

»Die Frau. Wie nannte sie sich Ihnen gegenüber?«

Lockridge zögerte. Aber er wußte nicht, was er gewinnen sollte, wenn er in Nebensächlichkeiten zurückhaltend blieb. »Storm Darroway.«

Brann lachte lautlos. »Sieht ihr ähnlich. Sie hatte immer ihre eigene Art. Also gut, wenn Ihnen daran liegt, nennen wir sie weiterhin Storm.« Er setzte das Glas ab und beugte sich vor. Sein Gesicht wurde ernst. »Sie brachte die Dorfbewohner dadurch in Schwierigkeiten, daß sie sie aufsuchte. Sie kannte das damit verbundene Risiko. Glauben Sie im Ernst, daß es sie kümmert, was mit Ihnen oder den Dorfbewohnern geschah? Nein, nein, mein Freund, Sie alle waren Nummern in einem sehr alten Spiel. Sie hat ganze Zivilisationen umgeformt und wie ein unbrauchbares Werkzeug beiseite geworfen, wenn sie ihrem Zweck nicht mehr dienten. Was bedeuten ihr ein paar Wilde aus dem Steinzeitalter?«

Lockridge ballte die Fäuste. »Seien Sie ruhig!« schrie er.

Bewegung und ein Knurren kam von den Yuthoaz in den Schatten. Brann winkte ab, ließ seine Hand aber in der Nähe der Energiepistole in seinem breiten kupfernen Gurt. »Sie macht einen ziemlich überwältigenden Eindruck, nicht wahr?« murmelte er. »Zweifellos hat sie Ihnen auch erklärt, daß ihre Wardens das einzig Gute und wir Rangers das einzig Böse verkörpern. Sie könnten ihr nicht das Gegenteil beweisen. Aber denken Sie nach, Mann! Wann ist dergleichen jemals wahr gewesen?«

»Zu meiner eigenen Zeit«, erwiderte Lockridge. »Bei den Nazis.« Brann hob mit offensichtlichem Spott eine Braue, so daß Lockridge sich gezwungen sah, matt hinzuzufügen: »Ich will nicht behaupten, daß die Alliierten Heilige waren. Aber, zum Henker, die Wahl war klar.«

»Welchen Beweis haben Sie außer Storms Wort, daß die Situation im Zeitkrieg ähnlich ist?« fragte Brann.

Lockridge schluckte. Die Nacht schien sich feucht und mit fernen unterschiedlichen Geräuschen aus dem Wald herabzusenken. Er spürte seine Einsamkeit und preßte die Kiefer aufeinander, bis seine Wangenmuskeln schmerzten.

»Hören Sie mich an«, sagte Brann ernst. »Ich selbst behaupte nicht, daß wir Rangers Musterknaben sind. Dieser Krieg ist so rücksichtslos, wie es je einer war, ein Krieg zwischen Philosophen, bei dem beide Seiten die Vergangenheit formen, die sie schuf. Überlegen Sie trotzdem. Ist die Wissenschaft, die Menschen ins All hinausschickt, die sie von Plackerei und Hungersnot befreit, die ein Kind davor bewahrt, an der Diphtherie zu ersticken — kann sie etwas Böses sein? Ist die Verfassung der Vereinigten Staaten vom Übel? Ist es unrecht vom Menschen, von seinem Verstand Gebrauch zu machen, der ihn einzig vom Tier unterscheidet, und so das Tier in sich zu zähmen? Wenn nicht, woher kommen dann diese Dinge? Welche Lebensanschauung, welche Lebensart muß es geben, um sie zu erschaffen?

Nicht die der Wardens! Oder glauben Sie ernsthaft, daß dieser erdwärts gerichtete, magisch verbrämte, instinktgebundene orgiastische Glaube je über sich selbst hinauswachsen kann? Sie wissen, daß dergleichen in meinem Zeitalter geschah. Und dann hat er wie der Wurm, der sich in den eigenen Schwanz beißt, kehrtgemacht, um die Menschen zu prellen und in dieser zwielichtigen Vergangenheit zu erschrecken, bis sie vor IHR kriechen. Oh, sie können auf eine Art glücklich sein; der Einfluß hat sich abgeschwächt. Aber warten Sie, bis Sie den Schrecken der wahren Herrschaft der Wardens kennenlernen.«

Lockridge hatte eine flüchtige Erinnerung daran, wie sein Großvater ihm von den Indianerkriegen erzählt hatte. Er hatte immer mit den Indianern empfunden; würde er aber, wenn es in seiner Macht lag, ihre Geschichte neu schreiben?

»Überlegen Sie«, fuhr Brann fort. »Lassen Sie eine archäologische Tatsache für sich sprechen. Die Ureinwohner hier bestatten ihre Toten in Gemeinschaftsgräbern. Die Kultur der Streitaxt gibt jedem Toten sein eigenes Grab. Sagt Ihnen das nichts?«

Lockridge fegte die Erinnerung beiseite, richtete sich auf und sagte: »Ich habe Storm Darroways Seite gewählt. Ich bleibe bei meiner Entscheidung.«

»Oder hat sie Sie gewählt?« fragte Brann leise. »Wie sind Sie einander begegnet?«

Es hatte nicht in Lockridges Absicht gelegen, ein Wort darüber verlauten zu lassen. Gott allein mochte wissen, welchem Zweck das dienen mochte. Aber Brann machte nicht den Eindruck eines Schuftes. Und wenn er ihn besänftigen konnte, würde er Storm vielleicht weniger hart anpacken. Welche Bedeutung konnten Einzelheiten über seine Verpflichtung überhaupt haben? Er gab eine kurze Erklärung. Brann stellte einige Fragen. Bevor Lockridge sich dessen bewußt wurde, saß er, mit einem Glas in der Hand, neben dem Ranger und erzählte ihm die ganze Geschichte.

»Aha.« Brann nickte. »Eine sonderbare Sache. Wenn

auch nicht außergewöhnlich. Beide Parteien bedienen sich bei ihren Operationen der Landesbewohner. Das ist einer der praktischen Gründe für diese Taschenspielerei mit Kulturen und Religionen. Sie scheinen jedoch ausnehmend begabt zu sein. Ich hätte Sie selbst gern als Verbündeten.«

»Dazu wird es nicht kommen«, sagte Lockridge weniger bestimmt, als es in seiner Absicht lag.

Brann musterte ihn mit einem Seitenblick. »Nein? Vielleicht nicht. Aber verraten Sie mir noch, wie Storm Darroway ihr Wirken in Ihrem Zeitalter finanzierte.«

»Durch Räuberei«, mußte Lockridge bekennen. »Sie betäubte die Opfer mit ihrer Energiepistole. Es blieb ihr keine andere Wahl. *Sie* haben Krieg geführt.«

Brann lockerte seine Pistole und spielte mit ihr. »Es dürfte Sie interessieren zu erfahren, daß diese Waffen nicht betäuben können«, sagte er ruhig.

Lockridge sprang auf. Das Glas entfiel seiner Hand. Es zerbrach nicht, aber der Wein breitete sich wie Blut am Boden aus.

»Sie können allerdings auch einen Körper zu völliger Auflösung bringen«, fuhr Brann fort.

Lockridges Faust schnellte vor, traf aber ins Leere. Brann hatte sich mit einem schnellen Schritt außer Reichweite gebracht und hielt Lockridge mit seiner Pistole in Schach. »Vorsichtig«, warnte er.

»Sie lügen«, keuchte Lockridge.

»Sobald ich Ihnen trauen kann, steht es Ihnen frei, selbst eine solche Pistole zu erproben«, sagte Brann. »Es würde aber genügen, wenn Sie ein bißchen nachdenken. Ich weiß einiges über das 20. Jahrhundert, nicht nur durch den Diaglossa, sondern auch aus den Monaten der Jagd auf meinen Gegner — denn ich wußte, daß sie lebend davongekommen war. Nach dem, was Sie sagten, Lockridge, besaß Storm Tausende von Dollar. Wieviel Menschen muß sie betäubt haben, um aus ihren Brieftaschen diese Summe zusammenzubekommen? Wäre eine solche Serie von Raubüberfällen, bei der immer neue Opfer aus einer geheimnisvollen Bewußtlosigkeit erwachten, nicht die Sensation des Jahres gewesen? Ganz gewiß. Aber man las nie ein Wort darüber.

Auf der anderen Seite verschwinden immer wieder Menschen, und wenn es sich dabei um undurchsichtige Persönlichkeiten handelt, spiegelt sich der Fall nur in zwei Zeilen der Ortspresse wider … Warten Sie! Ich sagte nicht, daß sie ihre Pistole nie benutzte, um nachts in leere Häuser einzudringen und danach Feuer anzulegen, um ihre Spuren zu verwischen, obwohl es mir komisch vorkommt, daß sie Ihnen gegenüber nie von diesem *modus operandi* sprach. Vielleicht ist sie nicht einmal bewußt bösartig, sondern kennt nur kein Mitleid. Schließlich ist sie eine Göttin. Was bedeuten Sterbliche ihr, die unsterblich ist?«

Lockridge atmete schwer. Er zitterte am ganzen Leibe. Mühsam sagte er: »Sie haben zwar die Pistole auf mich gerichtet, aber ich gehe trotzdem. Ich brauche mir Ihre Verleumdungen nicht länger anzuhören.«

»Nein«, stimmte Brann bei. »Ich halte es für das beste, Ihnen die Wahrheit nach und nach zu zeigen. Sie sind ein Mensch, dem Treue noch etwas bedeutet. Das erhöht Ihren Wert für mich, sobald Sie eingesehen haben, welcher Seite Ihre Treue gebührt.«

Lockridge machte auf dem Absatz kehrt und stürmte mit langen Schritten auf den Ausgang zu. Die Yuthoaz beeilten sich, ihn einzukreisen. Branns Stimme verfolgte ihn: »Damit Sie es wissen, Sie *werden* die Seite wechseln. Was glauben Sie, wie ich von dem Wardentunnel in Amerika erfuhr und von Storms Flucht in dieses Milieu? Woher weiß ich Ihren Namen? Sie kamen in meine eigene Zeit und in mein eigenes Reich, um mich zu warnen.«

»Sie lügen!« schrie Lockridge und verließ das Haus fluchtartig.

Kräftige Hände hielten ihn nach wenigen Schritten fest. Fluchend blieb er stehen. »Nicht einfach, sich mit einem Gott zu unterhalten, wie?« fragte der rothaarige Yutho mitfühlend.

Lockridge knurrte etwas Unverständliches und setzte den Weg zu Storms Hütte fort. Wieder hielt ihn der Yutho an. »Bleiben Sie stehen, Hexenmeister. Der Gott hat uns gesagt, daß Sie sie nicht wiedersehen dürfen, wenn Sie nicht in Schwierigkeiten geraten wollen. Er hat uns weiter gesagt, daß er Ihnen die Zauberkraft genommen hat. Warum begnügen Sie sich nicht damit, ein Mensch wie alle andern zu sein? Wir müssen Sie zwar bewachen, haben aber nicht die Absicht, Ihnen das Leben schwer zu machen.«

Storm! Alles in ihm rief nach ihr. Aber es blieb ihm keine Wahl, als sie im Dunkel zurückzulassen. Die von einem jungen Mann mit gutmütigem, sommersprossigem Gesicht gehaltene Fackel warf blitzende Reflexe auf die bereitgehaltenen Streitäxte. Lockridge ergab sich in sein Schicksal und paßte seinen Schritt dem seiner Wächter an. Der Anführer der kleinen Gruppe ging an seiner Seite. »Ich bin Withukar, Hronachs Sohn«, sagte er. Als Untergebener eines Gottes empfand er keine Furcht vor einem Zauberer.

Lockridge blickte in die ehrlichen blauen Augen und konnte den Mann nicht hassen. »Nennen Sie mich Malcolm«, sagte er. »Ich bin aus Amerika, das weit hinter dem Meer liegt.«

»Wir sind angekommen«, sagte der Yutho. »Es tut mir leid, daß ich Sie zur Nacht fesseln muß. Das ist keine Art, einen Mann zu behandeln, aber der Gott hat es uns befohlen. Sie schlafen doch bestimmt lieber im Freien als in einer von diesen schmutzigen Hütten, nicht wahr?«

Lockridge hatte kaum zugehört. Mit einer Verwünschung hielt er mitten im Schritt inne. Das Lagerfeuer loderte und ließ Withukars Wagen und die grasenden

Pferde erkennen, deren Vorderläufe zusammengebunden waren. Ein halbes Dutzend Männer hatte sich mit griffbereiten Waffen um das Feuer gelagert. Ein Jüngling von vielleicht siebzehn Jahren, dessen eine Wange eine Narbe zierte, hielt einen langen Lederriemen, dessen anderes Ende um Auris Handgelenk gebunden war.

»Bei allen Maruts!« rief Withukar aus. »Was bedeutet das?«

Das Mädchen hatte, scheinbar aller Hoffnungen beraubt, am Boden gelegen. Als sie Lockridge sah, sprang sie mit einem Schrei auf. ihr Haar war verfilzt, Tränenspuren zeichneten das schmutzige Gesicht, eine große blutunterlaufene Stelle verunstaltete ihren rechten Schenkel.

Der Jüngling grinste. »Wir hörten vor kurzer Zeit jemanden herumschleichen. Ich fand sie und habe sie gefangen. Hübsch, wie?«

»Malcolm!« Auri taumelte auf Lockridge zu. Der junge Krieger zog mit einem Ruck an dem Riemen. Sie fiel auf die Knie. »Malcolm, ich bin in den Wald geflohen, aber ich mußte zurückkommen, um zu sehen, ob sie dich ...« Sie konnte nicht weitersprechen.

»Nun, nun«, lächelte Withukar, »die Götter müssen dich lieben, Thuno.«

»Ich wollte deine Rückkehr abwarten, Häuptling«, sagte der Junge selbstzufrieden. »Kann ich sie jetzt fortbringen?«

Withukar nickte. Thuno stand auf und zog Auri an den Haaren empor. »Komm«, sagte er und fuhr sich mit der Zunge über die Lippen.

Sie schrie und versuchte, sich aus seinem Griff zu lösen. Er gab ihr einen Stoß, der ihr den Kopf in den Nacken warf. »Malcolm«, jammerte sie, »ich darf doch nicht!«

Lockridge riß sich aus seiner Erstarrung. Er wußte, was sie meinte. Bevor der Bann von ihr genommen war, bedeutete es Schlimmeres als den Tod für sie, mit einem Mann das Lager zu teilen. »Nein!« schrie er.

»Was?« fragte Withukar.

»Ich kenne sie«, sagte Lockridge hastig. »Sie ist heilig, sie darf nicht berührt werden. Wer es dennoch tut, wird seines Lebens nicht mehr froh.«

Die um das Feuer liegenden Männer, die belustigt zugehört hatten, standen auf. Withukar hatte Mühe, seine Bestürzung zu verbergen. Aber Thuno zischte: »Er lügt!«

»Ich schwöre bei allem, was euch heilig ist«, sagte Lockridge.

»Welchen Wert haben die Schwüre eines Zauberers?« fragte Thuno gehässig. »Wenn er meint, daß sie Jungfrau ist, so kann das nicht zu unserm Schaden sein. Sie haben hier keine heiligen Frauen, von einer zahnlosen alten Hexe abgesehen, die niemand mehr ernstnimmt.«

Withukars Blick wanderte hierhin und dorthin. Er zupfte an seinem Bart und sagte unbehaglich: »Richtig ... richtig ... aber es ist besser, Vorsicht zu üben.«

»Ich bin ein freier Mann«, sagte Thuno hart. »Auf mein Haupt, was immer kommen mag.« Er lachte. »Und ich weiß, was als erstes kommen wird. Los!«

»Sie sind der Häuptling!« schrie Lockridge Withukar an. »Gebieten Sie ihm Einhalt!«

Der Yutho seufzte. »Ich kann nicht. Wie er selbst sagte — er ist ein freier Mann.« Er musterte den Amerikaner listig. »Ich habe einige gesehen, die sich den Zorn der Götter zuzogen. Sie sehen nicht so aus. Wollen Sie sie vielleicht für sich selbst?«

Auri fuhr Thuno mit den Nägeln ins grinsende Gesicht. Er packte ihren Arm und drehte ihn um. Mit einem Schmerzenslaut sank sie vor ihm in die Knie.

Plötzlich kam Bewegung in Lockridge.

9

Withukar stand ihm am nächsten. Lockridge wirbelte herum und schmetterte ihm die Faust in den Magen. Der Häuptling ging zu Boden.

Der sommersprossige Jüngling ließ die Fackel fallen und riß seine Axt hoch. Lockridges Training bei der Marineinfanterie zahlte sich aus. Ein Schritt brachte ihn nahe genug. Sein Handkantenschlag landete am Hals des Yutho, der ein heiseres Krächzen ausstieß, zu Boden sank und reglos liegen blieb.

Bevor er die Waffe des anderen packen konnte, spürte Lockridge einen Gegner hinter sich. Automatisch hob er die Hände an den Hals. Arme umschlossen ihn. Mit einem kurzen Ruck aus den Gelenken löste er sich aus der Umklammerung. Er wandte sich um, schob einen Fuß hinter das Bein des Kriegers und gab diesem einen Stoß. Wieder ein Gegner am Boden!

Die Männer um das Feuer heulten wütend und stürmten auf ihn ein. Lockridge hob die Fackel auf. Funken stoben, als er die Fackel dem nächsten Augenpaar entgegenstieß. Der Angreifer wich zurück, um nicht geblendet zu werden. Zwei andere wurden umgerissen, alle drei fielen in einem Gewirr von Armen und Beinen nieder.

Lockridge sprang über das Feuer. Dort stand Thuno allein, den Mund vor Staunen geöffnet. Als der Amerikaner auf ihn zustürmte ließ Thuno Auris Fessel los. Seine Axt war nicht in Griffweite, aber er riß seinen Dolch aus Feuerstein heraus und hob den Arm, um zuzustoßen.

Mit einem Arm wehrte Lockridge den Stoß ab, konnte aber nicht verhindern daß die scharfe Kante nahe dem Handgelenk eine klaffende Wunde hinterließ, aus der das Blut strömte. Er achtete nicht darauf. Er riß das Knie hoch. Thuno schrie auf und wankte davon.

»Lauf, Auri!« rief Lockridge. Er hatte erst zwei von zehn Feinden außer Gefecht gesetzt. Die andern sammelten sich um das Feuer. Er wußte, daß er dieser Übermacht nicht gewachsen war, aber er konnte Zeit für Auri gewinnen. Ein Speer zischte neben ihm in den Boden. Er riß ihn heraus und erwartete die Angreifer. Anstatt zuzustechen, benutzte er den langen Schaft als Keule. Das harte Holz donnerte auf einen Schädel, brach Finger, die Äxte hielten, rammte in eine Magengrube, brachte Angreifer zu Fall und hielt ihm die Gegner vom Leibe.

Plötzlich stand Lockridge allein und rieb sich verblüfft die Augen. Drei Yuthoaz wanden sich stöhnend zu seinen Füßen, die anderen waren an das Feuer geflohen und starrten ihn keuchend an. Schweiß glänzte auf ihren Körpern.

»Die Maruts sollen euch holen!« brüllte Withukar. »Er ist nur ein einzelner Mann.« Seine vier unversehrten Gefolgsleute rührten sich nicht. Kein Bogen wurde gespannt.

Withukar griff selbst an, nachdem er zu Atem gekommen war. Er parierte den von Lockridge geschwungenen Speer mit seiner Axt. Der Speer entfiel Lockridges Händen. Mit dem Fuß beförderte der Häuptling die Waffe außer Reichweite und näherte sich mit wildem Siegesschrei. Von allen Lagerfeuern strömten die Männer herbei.

Lockridge blockierte Withukars Schlag und setzte einen Armhebel an. Ein kurzer, grausamer Ruck — es klang wie ein Pistolenschuß, als der Knochen brach. Keuchend fuhr Withukars Atem durch zusammengepreßte Zähne, als er mit schmerzverzerrtem Gesicht zurückwich.

Ein großer Mann von einem andern Feuer hatte Lockridge fast erreicht. Er trug eine Tunika und schwang seine Axt. Lockridge wich seitlich aus, setzte dem Anstürmenden die Hüfte entgegen. Ein Judogriff verwandelte den Angriff in einen Flug, der krachend zwei Meter entfernt endete.

Wildes Heulen erfüllte die Nacht. Die Männer zogen sich zurück. Sie begriffen nur, daß ein einzelner Mann ein halbes Dutzend Gegner in wenigen Minuten kampfunfähig gemacht hatte. Für sie war es ein Fabelwesen, das menschliche Gestalt angenommen hatte, und Entsetzen packte sie.

Langsam wandte Lockridge sich um, hob die Axt seines Gegners auf und ging davon. Seine Muskeln spannten sich. Jeden Augenblick erwartete er einen heimtückisch geschleuderten Speer, den tödlichen Schlag einer Axt. Aber er blickte sich nicht um. Eine knorrig gewachsene Eiche hob sich aus der Dunkelheit, ihre Blätter flüsterten. Eine Hand griff nach Lockridge. Er zuckte zurück, griff dann zu. Seine Hand berührte weiches Fleisch.

»Malcolm«, flüsterte sie.

Sein Gaumen war trocken. »Auri, du hättest das Weite suchen sollen«, erwiderte er.

»Ich mußte hier warten, um zu sehen, was dir geschah. Komm!« Sie drückte sich fest an ihn. »Ich kenne die Wege, die in den Wald führen«, sagte sie.

»Das ist gut.« Lockridge konnte wieder klar denken. Er erkannte die Feuer auf den Feldern, Gestalten, die zwischen ihnen hin und her huschten, zuweilen Aufblitzen von glattem Stein oder Kupfer. Die Stimmen waren zu entfernt, um Worte zu verstehen.

»Sie werden bald wieder mutig werden«, sagte er. »Besonders wenn Brann erfährt, was geschehen ist und an ihr Selbstvertrauen appelliert. Die Wälder sind nicht nahe, und sie werden nach uns suchen. Können wir uns verborgen halten?«

Auri nickte und zog ihn weiter. Dann ließ sie sich auf alle viere nieder und folgte einem gewundenen Pfad durch hohes Gras. Lockridge stellte sich ungeschickter an, obwohl er sich vor langen Jahren, in jener ungeborenen Zukunft, als er ein Junge war, ähnlich fortbewegt hatte.

Bald darauf heulte ein Wolf in den Wäldern, die sich dunkel vor ihnen abzeichneten. Als wäre es ein Signal, begannen die Bisonhörner zu dröhnen, die Rufe der Verfolger klangen hinter ihnen auf.

Der Rest der Flucht war für Lockridge wie ein Traum. Ohne Auri wäre er nie entkommen. Als sähe sie im Dunkeln, umrundete sie alle Hindernisse und nutzte jeden Schatten aus. Einmal lagen sie hinter einem Hügel und hörten die Verfolger knapp einen Meter entfernt vorüberhasten. Dann erklommen sie einen Baum, kurz bevor die Speere unter ihnen vorüberschwankten. Als der Wald sie schließlich umgab, sank Lockridge zu Boden.

Schritt für Schritt kehrte er in die Wirklichkeit zurück. Zuerst sah er den Himmel zwischen den Blättern schimmern. Davon abgesehen, war er fast blind in der Nacht. Farnkräuter raschelten und streiften mit harten Wedeln über seine Glieder, aber der scharf riechende Boden war weich und feucht. Auri hatte sich an ihn geschmiegt; er spürte die Wärme ihres Körpers, und ihr Haar duftete schwach nach dem Rauch eines Holzfeuers. Tiefe Stille herrschte ringsum.

Er zwang sich, sich aufzusetzen, und seine Bewegung weckte sie. »Sind wir ihnen wirklich entkommen?« fragte er leise.

»Ja«, sagte das Mädchen mit ruhiger Stimme. »Und wenn sie wirklich kommen, hören wir sie und haben Zeit genug, ein Versteck zu suchen.« Sie preßte sich an ihn. »O Malcolm!«

»Ruhig, ruhig.« Er löste sich aus ihrer Umarmung und griff nach der Axt. »Warum bist du zurückgekommen?«

»Ich mußte dich suchen, weil du den Fluch von mir nehmen kannst.«

Das war verständlich, wenn es auch sein Selbstbewußtsein traf. Er hörte ihr zu, wie sie weitersprach:

»Viele sind aus Avildaro in den Wald geflohen. Ich weiß, wo sie sich versteckt halten. Wir können zu ihnen gehen und später in eine andere Stadt der Tenil Orugaray.«

Lockridge straffte sich. »Du wirst es tun«, sagte er. »Aber ich habe ein anderes Ziel.«

»Was? Wo? Hinter dem Meer?«

»Nein, an Land. Und zwar sofort, bevor Brann daran denkt, Männer dorthin zu schicken. Es ist ein vergessener Dolmen, den man erreicht, wenn man einen halben Vormittag nach Süden geht. Kennst du ihn?«

Auri schauderte. »Ja.« Ihre Stimme war kaum noch verständlich. »Das Haus der Alten Toten. Einst lebten die Tenil Vaskulan dort und begruben dort die Großen ihres Stammes; nun leben nur noch die Geister dort. Mußt du wirklich dorthin gehen? Noch dazu, wenn die Sonne untergegangen ist?«

»Ja. Du brauchst dich nicht um mich zu ängstigen.«

Sie schluckte. »Nein — wenn du es sagst.«

»Komm dann. Führe mich.«

Sie begannen den Marsch durch dichten Busch und auf Wildfährten, er stolpernd und fluchend, sie mit der Leichtigkeit eines Kobolds.

»Du mußt verstehen«, sagte er während einer Rast, »meine Freundin Storm ist noch in Branns Händen. Ich muß Hilfe holen, um sie zu befreien.«

»Diese Zauberin? Kann sie sich nicht selbst helfen?« Er sah, wie Auri den Kopf zurückwarf, und mußte lächeln.

»Ich hoffe, daß die Männer, die ich zu Hilfe hole, auch in der Lage sein werden, die Yuthoaz fortzujagen.«

»Du kommst also zurück!« Plötzlich klang ihre Stimme wieder froh und unbeschwert. Er fühlte sich unbehaglich. Dann glaubte er, den Pfad zu erkennen, den er mit Storm gegangen war. Nun war es nicht mehr weit ...

Auri erstarrte in der Bewegung. Ihre Augen weiteten sich. »Halt!« flüsterte sie. »Hörst du es nicht?«

Er hörte nichts. Sie führte ihn weiter, spähte nach rechts und links, bemüht, kein überflüssiges Geräusch zu verursachen. Dann vernahm auch er den Laut — ein Knacken im Busch, noch weit hinter ihnen, aber schnell näher kommend.

»Tiere?« fragte er.

»Männer«, sagte Auri. »Auf dem gleichen Weg wie wir.«

Brann hatte also eine Patrouille ausgeschickt, um vor dem Zeittor Posten zu beziehen. Hätten die Yuthoaz sich im Wald so gut ausgekannt wie dieses Mädchen, so hätten sie das Ziel schneller erreicht als sie.

»Schnell!« befahl er. »Ohne Rücksicht auf Geräusche. Wir müssen den Dolmen vor ihnen erreichen.«

Auri begann zu laufen. Er folgte ihr. Im irritierenden Zwielicht stolperte er über einen Baumstamm und fiel in brechendes Unterholz. Rufe erklangen aus den sumpfigen Niederungen hinter ihnen.

»Sie haben uns gehört«, warnte Auri. »Schnell!«

Als sie aus dem Wald auf die Wiese traten, lag sie tauglitzernd unter einem rötlich angehauchten Himmel. Vor ihnen ragte der Hügel auf. Keuchend lief Lockridge zu dem hohlen Baum, in dem Storm das Eingangskontrollgerät versteckt hatte. Seine Hände tasteten danach. Auri schrie auf. Lockridge zog die Metallröhre heraus und sah sich um. Am Rand der Lichtung standen mehrere Krieger. Sie brüllten heiser, als sie ihn erkannten und stürmten vorwärts. Lockridge jagte keuchend mit Auri den Hügel hinauf. Ein Pfeil zischte an seinem Ohr vorüber.

»Nicht, du Tölpel!« rief der Anführer der Yuthoaz. »Der Gott hat befohlen, ihn lebend in unsere Gewalt zu bringen.«

Lockridge drehte an den Knöpfen der Röhre. Ein Mann brach durch die jungen Bäume am Fuß des Hügels, blieb stehen und winkte seinen Gefährten. Die Röhre glühte und bebte in Lockridges Griff. Die Yuthoaz schlossen auf. Lockridge schleuderte die Axt. Der erste Verfolger wich aus und lachte höhnisch.

Die Erde bewegte sich.

Auri sank auf die Knie und umklammerte Lockridges Hüfte. Die Yuthoaz hielten im Lauf inne, Lockridge erkannte ihre Verwirrung. Er hörte den Anführer sagen: »Der Gott schwor, daß kein Zauberer uns etwas anhaben könne. Weiter, ihr jämmerlichen Söhne feiger Kaninchen.«

Die nach unten führende Rampe leuchtete weiß. Die Yuthoaz rückten vor. Auri durfte nicht zurückgelassen werden. Lockridge packte den Arm des Mädchens und zerrte es in den Eingang.

Der vorderste Verfolger hatte ihn fast erreicht. Lockridge taumelte in den Eingang, stürzte zu Boden und betätigte die Knöpfe der Röhre. Der Erdkeil sank herab und paßte sich zischend der Öffnung an. Auri stieß einen fast hysterischen Schrei aus. Lockridge versetzte ihr einen Backenstreich. Sie verstummte und starrte ihn aus weitaufgerissenen Augen verständnislos an.

»Es tut mir leid«, sagte er, während ihre Wange sich dunkel färbte. »Du mußt dich jetzt zusammennehmen. Wir sind in Sicherheit.«

Sie wand sich am Boden und jammerte: »Wir sind im Haus der Alten Toten.«

Lockridge schüttelte sie. »Du hast nichts zu befürchten. Sie haben keine Macht über mich, glaube es mir.« Er wartete, bis sie sich beruhigt hatte. »Ich hatte nicht die Absicht, dich hierher mitzunehmen«, fuhr er fort. »Aber es blieb mir keine andere Wahl, wenn ich nicht zusehen wollte, wie sie dich gefangennahmen. Nun wirst du seltsame Dinge sehen. Laß dir durch sie keine Furcht einjagen. Wir müssen weiter. Die Yuthoaz können uns hier nicht verfolgen, aber sie werden es ihrem Herrn melden, und er kann es. Es kann auch sein, daß wir — nun, reden wir nicht davon.« Wenn sie unbewaffnet den Rangers im Tunnel begegneten, würde es das Ende bedeuten. »Hier entlang.«

Stumm folgte sie ihm in den Vorraum. Der rötliche Vorhang am Tor erschreckte Auri, die Lockridges Hand umklammerte. In summender Weiße erstreckte sich der Tunnel verlassen hinter dem Tor, soweit Lockridge sehen konnte. Er atmete erleichtert auf und ließ sich auf den Schwerkraftschlitten fallen. Prüfend ließ er seine Hände über die Kontrollampen gleiten, erkannte, wie der Schlitten funktionierte und setzte ihn in Richtung auf die Zukunft in Bewegung.

Auri saß dicht neben ihm. Sie umklammerte die Bank fest. Ihre Panikstimmung war geschwunden, sie schien sogar von einer gewissen Neugier erfüllt.

»Was nun?« fragte Lockridge sich laut. »Ich könnte bis 1964 weiterfahren, wo wir dann versuchen müßten, zu verschwinden. Aber ich glaube nicht, daß es gelingen würde. Zu viele Rangers zu dieser Zeit, und verdammt zu leicht für sie, einen Mann zu verfolgen, zumal wenn sich in seiner Begleitung ein so hübsches Mädchen wie du befindet. Und wenn es Storm selbst nicht gelang, sich mit den Wardens in Verbindung zu setzen, schaffe ich es erst recht nicht.« Es kam ihm zu Bewußtsein, daß er Englisch gesprochen hatte. Zweifellos hielt Auri seine Worte für eine Art Zauberformel.

Storm war weit entfernt — durch Jahrhunderte von ihm getrennt. Aber er konnte zu ihr zurückkehren, und das würde er auch tun!

Konnte er einfach bis in ihr Zeitalter weiterfahren? Nein. Dieser Schacht reichte nicht so weit. Und das Risiko war zu groß. Je schneller sie herauskamen und in der Welt untertauchten, um so besser. Storm hatte von einem Jesper Fledelius im Viborg der Reformationszeit gesprochen. Ja, das schien der aussichtsreichste Weg.

Er ließ den Schlitten langsamer gleiten und beobachtete aufmerksam die Torbezeichnungen. Er vermochte die Buchstaben nicht zu lesen, aber arabische Zahlen waren erkennbar.

Er wollte einige Tage vor Allerheiligen auftauchen, um Viborg rechtzeitig zu erreichen, keineswegs aber so lange vorher, daß Branns Verfolger Gelegenheit hatten, seine Spur zu finden.

So gut es ihm möglich war, entschied er sich für eine der Linien, von der er annahm, daß sie dem Jahr 1535 entsprach. Auri griff wieder nach seiner Hand und folgte ihm vertrauensvoll durch den Vorhang. Wieder der lange, stille Raum mit dem schrankähnlichen Gebilde. Aber die hier untergebrachten Kleidungsstücke unterschieden sich wesentlich von denen aus der Steinzeit. Lockridge sah die Gewänder von Bauern, Edelmännern, Priestern, Soldaten und anderen. Er wußte nicht, welche sich für seinen Zweck am besten eigneten. Was war im Dänemark des 16. Jahrhunderts vorgegangen?

Er entdeckte einen Geldbeutel mit Gold-, Silber- und Kupfermünzen. Auri stieß einen überraschten Ruf beim Anblick all dieses Metalls aus — und Bargeld war immer nützlich. Aber ein Mann der unteren Klassen, der soviel Geld mit sich führte, würde in den Verdacht geraten, ein Räuber zu sein. So entschied sich Lockridge für ein Gewand, wie es ein wohlhabender Mann auf der Reise trug; dazu kamen eine blonde Perücke, Schwert und Messer. Auri schlüpfte aus ihrer Kleidung und legte ihren Schmuck ab. Sie streifte über, was Lockridge für sie ausgesucht hatte — ein langes graues Kleid und einen Mantel mit angeschnittener Kapuze. »Die Seefahrer aus dem Süden kleiden sich kaum sonderbarer als die, die unter der Erde wohnen«, sagte sie.

»Wir kehren wieder auf die Erde zurück«, erklärte Lockridge. »In ein ganz anderes Land.« Er gab ihr einen Diaglossa, der ebenfalls zur Ausstattung gehörte. »Schiebe diesen Knopf in dein Ohr. Er wird es dir ermöglichen, dich zu verständigen und in deinem Verhalten nicht aufzufallen. Halte dich im übrigen zurück. Wir werden den Leuten erklären, daß du meine Frau bist.«

Sie errötete und stieß einen Freudenschrei aus. »Heißt das, daß der Fluch von mir genommen ist? O Malcolm, nun gehöre ich dir!«

»Halt, halt, nicht so schnell!« Er hatte Mühe, ihren Ansturm abzuwehren. »Dieser Monat bedeutet hier keinen Frühling.«

Die Bestätigung ließ nicht lange auf sich warten. Als sie auf der Hügelflanke aus der Erde auftauchten und der Eingang sich hinter ihnen schloß, umgab sie wiederum die Nacht — eine kalte, herbstliche Nacht mit einem Halbmond zwischen Wolkenfetzen und einem Wind, der über das welke Gras heulte. Nackt und leer erhob sich der Dolmen über ihnen. Der Wald, in dem einst die Göttin wandelte, war verschwunden; nur ein paar Elmen von zwergenhaftem Wuchs bogen sich im Norden vor dem Wind. Hinter ihnen schimmerten sandige Dünen, die die Zukunft noch zurücktreiben mußte.

Aber das Land um den Hügel war kultiviert worden. Noch waren Ackerfurchen zu erkennen, und der Lehmkamin einer niedergebrannten Hütte ragte geborsten über den südlichen Hang. Vor weniger als einem Jahr hatte der Krieg seine Spuren in diesem Teil der Welt hinterlassen.

10

Hinter dem See erkannte Lockridge die Mauern eines verlassenen Klosters. Dicht daneben erhoben sich die Mauern der Stadt, deren Unterteil mit Gras von dem gleichen Grün bewachsen war wie das Moos auf den strohgedeckten Dächern. Schlank und erhaben reckten sich die beiden Türme der Kathedrale in den Himmel.

»Komm«, sagte Lockridge. »Wir beeilen uns besser. Sie schließen die Tore bei Sonnenuntergang.«

Er folgte dem Weg am See, bis er auf die breite Straße stieß. Morgen war Allerheiligen. Lockridge hatte es geschafft, seinen Zeitplan einzuhalten; nun wollte er sich mit der Stadt vertraut machen, bevor er sich auf die Suche nach Jesper Fledelius begab.

Die Straße war feucht und von tiefen Furchen durchzogen. Niemand bewegte sich auf ihr. Nordjütland machte nach der Revolte des vergangenen Jahres noch immer den Eindruck einer Geisterlandschaft. Der Wind heulte durch kahle Bäume.

Ein halbes Dutzend Männer bewachte das Portal. Sie waren Landsknechte in schmutzigen blauen Uniformen, auf dem Rücken trugen sie die fünf Fuß langen beidhändigen Schwerter. Zwei Hellebarden klirrten aufeinander und versperrten den Weg, eine dritte richtete sich drohend auf Lockridges Brust. »Halt«, sagte der eine Posten. »Wer da?«

Der Amerikaner fuhr sich mit der Zunge über die Lippen. Diese Söldner machten keinen großen Eindruck auf ihn. Sie waren erheblich kleiner als er, die Gesichter unter den hohen Helmen durch Blattern entstellt. Und doch wäre es ein leichtes für sie, ihn zu töten.

Er hatte sich bereits eine Geschichte zurechtgelegt. »Ich bin ein englischer Kaufmann, der mit seiner Frau unterwegs ist«, sagte er in ihrer eigenen Sprache. »Wir erlitten an der Westküste Schiffbruch. Von dort haben wir die Reise zu Land fortgesetzt.«

Der Feldwebel musterte ihn zweifelnd. Seine Männer strafften sich. »Zu dieser Jahreszeit? Und Sie sind die einzigen, die gerettet wurden?«

»Nein, nein, sie sind alle unversehrt an Land gekommen«, sagte Lockridge. »Das Schiff ist auf ein Riff gelaufen und beschädigt, aber nicht auseinandergebrochen. Der Kapitän behielt seine Mannschaft dort, um zu verhindern, daß die Ladung geplündert wird. Da ich dringende Geschäfte in Viborg hatte, erbot ich mich, die Nachricht zu überbringen und um Hilfe zu bitten.« Ein Marsch zur Küste würde drei Tage dauern, der Rückmarsch ebenso lange. Bis dahin hoffte er, die Stadt verlassen zu haben.

»Engländer, wie?« Die kleinen Augen verengten sich. »Ich habe nie einen Engländer sprechen gehört, als wäre er in Mecklenburg geboren worden.«

Lockridge verwünschte sich im stillen. Er hätte sich nicht von dem Instrument in seinem Ohr verführen lassen, sondern von den wenigen Brocken Gebrauch machen sollen, an die er sich noch vom College her erinnerte.

»Ich bin dort geboren«, sagte Lockridge. »Mein Vater lebte lange Jahre als Handelsagent dort. Glauben Sie mir, daß ich ein ehrenwerter Bürger bin.« Er griff in seine Geldbörse und brachte zwei Goldstücke zum Vorschein. Er ließ sie in der Hand klingen. »Sie sehen, ich kann es mir erlauben, anständige Männer auf mein Wohl trinken zu lassen.«

»Friedrich! Hol den Junker!« Ein Landsknecht eilte durch das tunnelartige Tor davon. Sein Speer ratterte über das Kopfsteinpflaster. Lockridge trat zurück. »Bleiben Sie, wo Sie sind, Fremder.« Eine blitzende Waffe verlegte ihm den Weg.

Auri griff nach Lockridges Arm. Der Feldwebel zwirbelte seinen Schnauzbart. »Die da ist nie die Frau eines wohlhabenden Mannes«, sagte er. »Ihre Haut verrät es. Sie ist wie ein Bauernmädchen in der Sonne gewesen.« Er fuhr sich mit dem Rücken einer haarigen Hand über den Mund und überlegte. »Aber sie geht genau wie eine Dame«, murmelte er. »Wer seid ihr beiden wirklich?«

Lockridge sah, wie die Furcht in Auris Augen der Scham über die Art wich, wie die Landsknechte sie musterten. Es zuckte ihm in den Fingern, zur Waffe zu greifen. »Hütet eure Zunge!« bellte er. »Oder ich lasse euch auspeitschen.«

Der Feldwebel kicherte. »Oder ich sehe euch am Galgen, am andern Ende der Stadt — als Spione. Die Krähen werden euch willkommen heißen.«

Lockridge schluckte. Er hatte nicht mit Schwierigkeiten gerechnet. Was war schiefgegangen? Er sah sich vergebens nach einem Fluchtweg um. Es gab keinen. Hakenbüchsen mit glimmenden Lunten warteten darauf, abgefeuert zu werden, das Klappern eisenbeschlagener Hufe näherte sich.

Der Reiter kam in Sicht, in eine Halbrüstung gekleidet, Arroganz im schmalen, blassen Gesicht. Er mußte einer dieser dänischen Aristokraten sein, dachte Lockridge, Vorgesetzter dieser Wache, dieser fremden Garnison in seinem eigenen Volk. Die Deutschen salutierten unbeholfen. »Hier ist Junker Erik Ulfeld«, verkündete der Feldwebel. »Erzählen Sie ihm Ihre Geschichte.«

Blonde Brauen hoben sich. »Was haben Sie zu sagen?« fragte Ulfeld, sich ebenfalls der deutschen Sprache bedienend.

Lockridge nannte seinen richtigen Namen und wiederholte seine Erzählung, die er mehr mit Einzelheiten ausschmückte. Ulfeld strich sich über das Kinn. Er war glatt rasiert, aber es klang, als glitte sein Hand über Sandpapier.

»Welche Beweise haben Sie?«

»Keine Dokumente, Herr«, sagte Lockridge. Er spürte, wie Schweiß aus seinen Achselhöhlen tropfte. »Sie sind beim Schiffbruch verlorengegangen.«

»Kennen Sie jemanden hier?«

»Ja, im Gasthaus zum Goldenen Löwen ...« Lockridges Stimme brach mit einem Mißklang ab. Ulfeld hatte die Hand an den Schwertgriff gelegt. Lockridge verstand und verwünschte seinen Diaglossa. Die Frage war auf dänisch gestellt worden, und er hatte in der gleichen Sprache geantwortet.

»Ein Engländer, der zwei Sprachen so gut spricht?« murmelte Ulfeld. Seine hellen Augen schossen Blitze. »Oder ein Mann des Grafen Christoph?«

»Bei Gott, Herr!« stieß der Feldwebel hervor. »Ein Mörder und Brandstifter!«

Waffen zuckten bedrohlich näher. Die Erkenntnis kam Lockridge zu spät. Weil es Schießpulver gab, weil die Erde umschifft worden war, weil Kopernikus lebte, hatte er sich nicht die Mühe gemacht zu überlegen, wie verschieden dieses Zeitalter von seinem eigenen war. Die Häuser waren aus Holz, die Dächer mit Stroh gedeckt, Wasser konnte nur eimerweise aus den Brunnen gezogen werden, so daß es kein Wunder war, daß immer wieder ganze Städte durch Brände vernichtet wurden. Die Furcht dieser Tage vor feindlichen Brandstiftern erinnerte ihn an die Furcht, die in seiner Zeit vor Atombomben geherrscht hatte.

»Nein!« rief er. »Hören Sie mich an! Ich habe in Dänemark und in deutschen Städten gelebt ...«

»Sie sagten, ein guter Bürger könne Sie identifizieren«, fuhr der Däne fort. »Wer ist er?«

»Sie nennen ihn Jesper Fledelius«, sagte er.

»Zum Henker!« Ulfelds Ruhe wich Erregung. Sein Pferd wieherte und warf den Kopf mit flatternder Mähne zurück. Der Feldwebel gab seinen Landsknechten einen Wink, und sie schlossen sich enger um die Fremden.

Großer Gott, dachte Lockridge, sitzen wir noch nicht genug in der Klemme? Er schien eine Dummheit gemacht zu haben, hätte warten sollen, bis er wußte, welche Bedeutung sich hinter dem Namen verbarg. Es kam ihm kaum zu Bewußtsein, daß man ihm Schwert und Messer abnahm, daß Auri von rauhen Händen auf Waffen abgetastet wurde.

Ulfeld trug wieder die Maske des Gleichmutes. »Im Gasthaus zum Goldenen Löwen, sagten Sie?« fragte er.

»Ja, Herr. So wurde mir berichtet. Wenn es auch sein

mag, daß er zur Zeit nicht dort ist. Ich war seit Jahren nicht in Dänemark. Ich weiß kaum, was hier inzwischen geschehen ist. Ich habe diesen Jesper noch nie gesprochen. Meine Handelsgesellschaft nannte seinen Namen nur als den eines Mannes, der uns helfen könnte, neue Handelsbeziehungen anzuknüpfen. Wäre ich so offen gekommen, Herr, wenn ich ein feindlicher Agent wäre?«

»Hätten Sie, wenn Sie ein echter Kaufmann wären, nicht gewußt, daß Sie nicht einfach hierher kommen können, als wären wir Wilde, mit denen jeder Handel treiben kann?« entgegnete Ulfeld.

»Er hat einen vollen Geldbeutel, Junker«, sagte der Feldwebel hastig. »Er hat versucht, sich den Weg durch das Tor zu erkaufen.« Lockridge hätte dem Burschen am liebsten die Zähne eingeschlagen.

Ulfeld schien den Einwurf nicht gehört zu haben. »Holen Sie eine Rotte, die die Gefangenen begleitet«, befahl er.

»Ich werde auch mitkommen, Herr«, sagte der Feldwebel.

Ulfelds Lippen verzogen sich spöttisch. »Sie riechen die Belohnung, wie? Es steht tatsächlich ein Preis auf Jespers Kopf. Aber Sie bleiben auf Ihrem Posten.«

Die Landsknechte murmelten unzufrieden. Ulfeld sah sie scharf an. Sie verstummten und blickten zur Seite; wahrscheinlich dachten sie an den Galgen hinter der Stadt.

»Gehen wir ins Gasthaus«, sagte Ulfeld. »Vielleicht erfahren wir dort mehr. Fragen kann ich nachher stellen.«

Weitere Fußsoldaten erschienen. Ulfeld befahl ihnen, mit den Gefangenen nachzukommen und ritt durch das Tor voran. Vor dem Gasthaus erwartete er sie. Licht fiel von Tür- und Fensterspalten in die nun tiefe Dämmerung. Lockridge konnte gerade noch das von Wind und Wetter benagte Wahrzeichen mit dem goldenen Löwen erkennen. Die Landsknechte setzten ihre Piken polternd ab. Einer von ihnen beeilte sich, den Steigbügel zu halten, als der Junker absaß. Helm und Brustharnisch schimmerten matt, als Ulfeld mit gezogenem Schwert wartete, während einer der Söldner mit den Fäusten gegen die Tür hämmerte.

Kreischend öffnete sich die Tür. Ein kräftiger kleiner Mann spähte hinaus und sagte ärgerlich: »Wir wollen euresgleichen nicht als Gäste in einem anständigen Haus — Herr Ritter, ich bitte um Verzeihung!« fügte er hinzu, als er Ulfelds ansichtig wurde.

Ulfeld schob ihn beiseite. Lockridge und Auri gaben dem Drängen der Landsknechte nach und folgten ihm. Der Raum war klein. Ein Mann aus dem 20. Jahrhundert würde mit dem Kopf gegen die verrußten Deckenbalken stoßen, wenn er sich aufrichtete, und die Wände würden ihm bedenklich nahe kommen. Lampen flakkerten auf Wandbrettern und verbreiteten mattes Licht und tanzende Schatten. Ein Ofen spendete mäßige Wärme, rauchte aber so stark, daß Lockridges Augen zu tränen begannen. An dem über zwei Fässer gelegten Brett, das als Tisch diente, saß ein Mann mit einem Krug Bier.

»Wer ist sonst noch bei Ihnen zu Gast?« fragte Ulfeld.

»Niemand, Herr. Das Geschäft geht schlecht in diesen Tagen.«

Ulfeld gab den Landsknechten einen Wink. »Durchsucht das Haus.« Er näherte sich dem einsamen Gast, der auf der Bank sitzen geblieben war. »Wer sind Sie?«

»Troben Jensen Sverdrup, aus Vendsyssel«, antwortete der Mann mit tiefem, angenehmem Baß. »Verzeihen Sie mir, daß ich nicht aufstehe. Ich schleppe seit langen Jahren schwedisches Eisen im Bein herum. Suchen Sie jemanden?«

Ulfeld funkelte ihn an. Der Mann war groß und hatte breite Schultern und einen mächtigen Wanst. Pockennarben und eine breitgeschlagene Nase entstellten sein Gesicht, aber die Augen waren hell und gutmütig.

»Können Sie nachweisen, wer Sie sind?« fragte Ulfeld.

»Sicher, sicher. Ich bin in Geschäften unterwegs, versuche, wieder Leben in den Viehhandel zu bringen.« Er rülpste. »Wollen Sie ein Glas mit mir trinken? Ich denke, ich habe sogar ein paar Münzen übrig, um auch Ihre Leute einzuladen.«

Ulfeld hob sein Schwert, bis dessen Spitze auf den Hals des Mannes deutete. »Jesper Fledelius!«

»Hä? Wer ist das? Nie von ihm gehört.«

Dem ängstlichen Kreischen von weiblichen Stimmen aus den Hinterräumen folgte rauhes Lachen der Landsknechte. »Aha, richtig«, grinste Sverdrup. »Der Wirt hat ein hübsches Töchterlein.« Er musterte Lockridge und Auri. »Auch ein nettes Hühnchen, das Sie mit sich führen, Herr. Und welchem Zweck dient das Ganze?«

Ulfelds Blick durchbohrte Sverdrup und den Gastwirt. »Ich habe gehört, daß der Verräter Fledelius sich in diesem Haus aufhält.«

Sverdrup hob den Krug und trank einen mächtigen Schluck. »Man hört so manches. Genügt es Ihnen nicht, Kapitän Klement in Viborg zu haben?«

»Die Zelle neben ihm ist frei, und das Beil des Henkers wartet auf Fledelius. Diese Fremden behaupten, eine Verabredung mit ihm zu haben. Ich muß Sie bitten, sich auszuweisen.«

Sverdrup blinzelte den Gefangenen zu. »Ich möchte schon Fledelius sein, wenn ein so schönes Fräulein Sehnsucht nach ihm hat. Aber ich bin leider nur ein armer, alter Mann.« Er suchte in seinen Kleidern. »Hier. Ich hoffe, Ihre Schulkenntnisse sind weniger eingerostet als meine.«

Ulfeld blickte mit finsterer Miene auf das Dokument. Seine Leute kamen zurück. »Niemand außer der Familie des Wirtes, Herr«, meldete der eine.

»Habe ich es nicht gesagt, Herr?« schaltete sich der Gastwirt ein. »Torben ist schon in früheren Jahren Gast meines Hauses gewesen. Ich kenne ihn, und ich hatte immer einen guten Namen. Fragen Sie den Bürgermeister, ob Mikkel Mortensen nicht ein ehrlicher, treuer Mann ist.«

Ulfeld warf das Papier auf den Tisch. »Wir werden die Augen offen halten«, entschied er. »Es kann sein, daß der Verbrecher noch auftaucht. Versuchen Sie nicht, ihn zu warnen.« Er deutete auf zwei seiner Männer. »Ihr bleibt hier. Bewacht alle Türen und nehmt jeden fest, der hereinkommt. Laßt niemand hinaus. Ihr anderen folgt mir.«

»Wollen Sie keinen Krug Bier mit einem einsamen alten Mann trinken?« drängte Sverdrup.

»Nein. Ich muß diese Gefangenen vernehmen.«

Notfalls mit Daumenschrauben und glühenden Zangen, dachte Lockridge. Wie durch einen Nebel starrte er auf den Mann hinter dem Tisch. »Helft uns«, krächzte er heiser.

»Es tut mir leid«, murmelte Sverdrup. »Aber so viele sind tot, und viele andere werden bald sterben.« Er machte das Zeichen des Kreuzes.

Eine Hand stieß Lockridge auf die Tür zu. Er stemmte sich gegen den Druck. Eine Lanzenspitze krachte auf sein Knie nieder. Schmerz durchzuckte ihn; er taumelte und fluchte. Auris Kapuze war zurückgefallen, und einer der Soldaten packte sie beim Haar.

»Nein!« schrie das Mädchen. »Wir gehören *Ihr!*«

Sverdrups Krug knallte auf das Brett. Auri malte ein Zeichen in die Luft, etwas aus dem Ritual …

Der große Mann griff unter den Tisch und kam schwerfällig auf die Beine. Eine Armbrust, die gespannt und geladen unter dem Mantel am Boden gelegen hatte, hob sich drohend.

»Nicht so hastig, Herr«, schnaufte er. »Nicht so eilig, wenn ich bitten darf.«

Ulfeld fuhr herum. Das Schwert blitzte. Speere senkten sich. Wenn ein Bär hätte grinsen können, hätte er ausgesehen wie der Mann, der Jesper Fledelius sein mußte. »Ruhig, ganz ruhig«, sagte er. »Eine Bewegung, eine ganz kleine Bewegung, und unser Herr Ritter wird nicht länger so gut aussehend sein. Wir wollen doch die Damen von Viborg nicht um ihr Vergnügen bringen, nicht wahr?«

»Sie werden Sie umbringen«, jammerte der Gastwirt. »Jesus sei uns gnädig.«

Fledelius nickte. »Mag sein, daß sie es versuchen. Aber hier ist auch noch mein Schwert. Es hat das Blut von Schweden, Holsteinern und sogar Dänen gekostet. Versuchen wir, unseren kleinen Streit friedlich beizulegen, wie es sich für gute Christen geziemt.«

Er wandte sich dem Gastwirt zu. »Mikkel, mein guter Mann, du mußt irgendwo ein Stück Seil haben, mit dem wir diese Burschen hier fesseln können.« Er strahlte Auri an. »Die Schrift spricht wahrlich von Weisheit in Unschuld, kleines Mägdelein. Worte hätten diesen feigen alten Körper kaum in Bewegung versetzt, denn Worte sind billig. Aber du hast mich *Ihr* Zeichen sehen lassen, das nicht lügt. Ich danke dir.«

Der Gastwirt begann zu schluchzen. Eine Frau und zwei Kinder schoben ihre erschreckten Gesichter durch die Hintertür. »Sei guten Mutes, Mikkel«, sagte Fledelius. »Natürlich mußt du diese Stadt mit uns verlassen. Ein Jammer, dieses schöne Gasthaus in die plumpen Hände der Gerichtsdiener des Junkers fallen zu lassen, aber der Bund wird dich nähren und beherbergen. Und wenn *Sie* zurückkehrt, wirst du belohnt werden.«

Er gab Lockridge einen Wink. »Herr, seien Sie so nett, denen dort die Waffen abzunehmen und sie zu fesseln. Wir müssen fort. Die Sache unserer Dame verbietet jeden Aufschub.«

11

Regen prasselte auf das Dach der Hütte, die sonst einem Schäfer als Zuflucht diente. Auri schlief zusammengerollt auf dem kahlen Boden, den Kopf in Lockridges Schoß. Mikkel Mortensen kauerte mit Frau und Kindern vor der Hütte. Fledelius hatte darauf bestanden. »Wir beide müssen uns über geheime Dinge unterhalten, und meine morschen alten Knochen werden mich morgen nicht dazu kommen lassen, wenn wir den Weg zu Fuß fortsetzen.«

Es hatte keine Möglichkeit gegeben, Pferde durch den Schmugglergang, der unter den Mauern Viborgs hindurchführte, aus der Stadt zu bringen. Die Flüchtlinge befanden sich nicht weit von der Stadt. Aber draußen gab es nur Leere, Regen und Dunkelheit, die gelegentlich von einem Blitz erhellt wurde. In der Hütte, die keine Feuerstelle hatte, war es kalt. Lockridge hatte sich wie Fledelius der nassen Kleidungsstücke bis auf die langen Strümpfe entledigt; er rieb seine Rippen und versuchte, das Klappern seiner Zähne zu unterdrücken. Er hätte lieber eines der Gastwirtskinder in die Hütte genommen, aber Auri brauchte seine Gegenwart in dieser Welt der Grausamkeit nötiger, als die anderen das Dach über dem Kopf.

Wieder spaltete ein Blitz den Himmel. Donner folgte krachend. Dann herrschte wieder Dunkelheit. Der Wind heulte.

»Verstehen Sie mich recht«, sagte der Däne ernst. »Ich bin ein guter Christenmensch. Ich will nichts mit der lutherischen Ketzerei zu tun haben, die die Junker und ihr Puppenkönig dem Reich aufzwingen wollen, noch mit dem Heidentum der Hexen. Aber es gibt ebensogut Weiße wie Schwarze Magie, oder nicht? Und es ist alter Brauch, Opfergaben für die Unsichtbaren zu hinterlassen. Sie rufen in Wirklichkeit gar nicht den Satan an, diese armen unwissenden Bauern, die sich morgen versammeln. Viborg war einst *Vebjörg* — der Heilige Berg. Wo jetzt sich die Kathedrale erhebt, war einst ein altes Heiligtum, bevor Odin sein Volk aus dem Osten hierher führte. Die Geister der Erde und des Wassers — kann man sie nicht anrufen, ohne schwere Sünde zu begehen? In diesen Tagen wissen die Bauern nicht, wohin sie sich sonst wenden sollen. Ich selbst stehe jedoch mit dem Bund nur in Berührung, ich gehöre ihm nicht an.«

»Ich verstehe«, sagte Lockridge. »Und wie ist Sie zu Ihnen gekommen?«

»Es ist eine lange Geschichte«, berichtete Fledelius mit heiserer Stimme. »Sie müssen wissen, daß ich Gutsbesitzer nahe Lemvig war, wie meine Vorväter seit dem ersten Waldemar. Es ist ein armes Gebiet, und wir Fledelius waren nie hochmütig, gehörten immer zur gleichen Klasse wie die armen Bauern. Auf meinem Boden gibt es einen *kaempehoi* ...« Ich kenne diesen Dolmen, dachte Lockridge, »... an dem die Leute kleine Opfer darbrachten. Sie sprachen von Wundern, die ihnen ab und zu begegneten, von Kommen und Gehen und was weiß ich. Wenn der Priester nichts sagte, wer war ich, mich in die alten Bräuche zu mischen?

Ich focht in den Kriegen. Ich will nichts gegen meinen Herrn König Christian sagen. Schweden gehörte ihm nach altem Recht, das auf Königin Margarete zurückging, und ich nenne Sten Sture einen Verräter, daß er das Reich gegen die dänische Herrschaft aufwiegelte. Und doch ... ich bin kein Weichling, verstehen Sie ... als wir Stockholm betraten, war Amnestie erteilt worden, aber noch immer lagen die Toten wie Holz in der eisigen Kälte gestapelt. Krank im Herzen kehrte ich nach Hause zurück und schwor, auf meinen eigenen sandigen Äckern zu bleiben. Meine Frau starb, und mein Sohn, der in Paris studierte, blickte zweifellos auf mich herab, der ich kaum meinen Namen schreiben kann.

Und dann erschien *Sie* mir an einem Sommerabend,

als ich in den Feldern nahe dem sonderbaren Dolmen wanderte.«

Aus den unbeholfenen Worten, mit denen er sie zu beschreiben versuchte, erkannte Lockridge Storm Darroway.

»Hexe oder Heilige oder Geist des Landes, ich kann nicht sagen, was sie ist. Jedenfalls zog sie mich in ihren Bann. Sie versuchte nicht, mich von der Ausübung des Christenglaubens abzuhalten, sondern erzählte mir von Dingen, von denen ich nichts geahnt hatte, wie von dem Bund, und warnte mich, daß beschwerliche Tage kommen würden. Und sie zeigte mir Wunder. Mein armer, alter Verstand begreift nicht leicht, was Sie über Reisen aus der Vergangenheit in die Zukunft und zurück erzählte, aber sind bei Gott nicht alle Dinge möglich? Sie gab mir Gold, das ich brauchen konnte, nachdem der Krieg so lange gedauert und so wenig Beute gebracht hatte. Aber in erster Linie diene ich Ihr um ihrer selbst willen und in der Hoffnung, Sie eines Tages wiederzusehen.

Meine Aufgabe ist leicht. Ich habe mich zwanzig Jahre lang an jedem Allerheiligen im Gasthof zum Goldenen Löwen aufzuhalten. Sie führt einen Krieg, verstehen Sie? Ihre Freunde und Feinde ziehen umher, sie können zu jeder Zeit überall sein. Die Hexenmeister gehören Ihr, sind ein Teil Ihres Netzes von Spionen und Agenten. Aber sie dürfen sich nicht an ehrbaren Orten sehen lassen wie ich. Wenn jemand kommt und Hilfe braucht wie Sie, muß ich da sein und sie zum Sabbath führen, wo sie starke Waffen und geheimnisvolle Maschinen finden. Ein anderer Mann war für den Maiabend bestimmt, aber er ist jetzt tot. Leichter Dienst für viel Gold, nicht wahr?«

Die Äquinoktialnächte, dachte Lockridge; sie gehörten den Göttern der Erde. Sommer- und Wintersonnenwende der Sonne — den Rangers.

Fledelius Worte wurden noch heiserer. »Zweifellos

glaubte Sie, daß ich in meiner Verbitterung neutral und damit zuverlässig in dem Kampf bleiben würde, den Sie vorausgesehen haben muß. Aber ich versagte. Viel zu oft war ich nicht zur Stelle. Glauben Sie, daß jemand deswegen sterben mußte?«

»Nein«, sagte Lockridge. »*Wir* fanden Sie. Denken Sie daran, der Kampf ist weltweit und zeitlos. Sie waren nur einer der Vorposten.«

Es überlief ihn kalt, als er sich fragte, wie viele es wohl geben mochte. Niemand konnte jeden Teil von Raum und Zeit übersehen. Storm war darauf angewiesen, sich solche kleinen, nur halb verstehenden Verbündeten zu schaffen — wie einen heidnischen Kult, geboren aus der Verzweiflung, gegründet auf undenklichen Symbolen, die sie beschaffte und auslegte. Andere Zeitalter hatten andere Geheimnisse. Alle waren nur geschaffen, um da zu sein, wenn sie gebraucht wurden.

Und sie wurden jetzt sehr gebraucht. Das Bedürfnis lag in Branns Triumph vor 3300 Jahren begründet; als seine Techniker erschienen, hatten sie aus ihr herausgeholt, was sie an Kenntnissen besaß, und danach ihre Hülle fortgeworfen; mehr und mehr wurde Lockridge klar, welche Schlüsselstellung sie in ihrer Sache einnahm. Wenn diese eine Gruppe von Jütländern ihr helfen konnte, würden dadurch vielleicht Tausende und aber Tausende überall in Europa gerechtfertigt werden, die von den Hexenjägern gefangen und auf dem Scheiterhaufen verbrannt wurden.

Er sträubte sich, diesen Gedanken weiter zu verfolgen. Statt dessen überlegte er, in welchen Enklaven sich die Rangers behaupten mochten. Am Hof Achnatons? Cäsars? Mohammeds? Im Manhattanprojekt?

»Sehen Sie«, fuhr Fledelius fort, »nachdem der König nach Holland floh — nun, ich hatte ihm Stockholm verziehen, als er dem Volk so viele Rechte gab; selbst Zauberer wurden nur noch aus der Stadt gepeitscht —, schloß ich mich Sren Norby an, um gegen den unrechtmäßigen Machthaber zu kämpfen. Danach fuhr ich mit Kapitän Klement und stand im vergangenen Jahr bei Aalborg, als sie uns schließlich vernichteten. Seitdem bin ich ein Geächteter. Aber ich fand einen Priester, der für mich einen Brief fälschte und siegelte, der es mir ermöglichte, Viborg zu betreten. Und Mikkel kennt mich seit langer Zeit und gehört selbst dem Bund an. Also war ich zur Stelle, als Sie kamen. Ist es nicht so?«

»In der Tat«, sagte Lockridge dankbar.

Fledelius schlug auf sein Schwert. Zweifel und Schuld fielen von ihm ab. »Gott sei gelobt! Und nun ist die Reihe an Ihnen, Freund. Wer ist es, den wir zum Teufel schicken sollen?«

Lockridge erklärte es ihm.

Auf einem Hügel in der Einöde loderte das Hexenfeuer. Rot tanzte der Widerschein der Flammen auf einem hohen Felsen, dem Auri ihre Ehrerbietung erwies. Früher war der Felsen ein Altar gewesen. Tausendfach und unendlich fern flimmerten die Sterne des Allerheiligenabends am Himmel. Das Land lag still, Frost hing in der Luft.

Lockridge schenkte den Anbetern wenig Beachtung. Sie waren nur eine Handvoll: zottige Bauern in Blusen und Wollmützen, Dörfler in geflickten Hosen und gestopften Strümpfen mit ihren halbwüchsigen Kindern, eine Kupplerin aus Viborg, deren Putz bei diesem Anlaß pathetisch wirkte. Sie hatten sich aus Hütten und Häusern fortgestohlen und waren Meilen gewandert, um für eine Stunde Kraft und Ermutigung aus den alten Mächten des Landes zu schöpfen, so daß sie ihren Herren am nächsten Tag wieder entgegentreten konnten.

Lockridges Blick und Gedanken wandten sich wieder dem Meister zu.

Groß und schlank reckte sich Marcus Nielsen, die fremdländischen Gesichtszüge von der Kapuze eines zerlumpten Dominikanergewandes beschattet. In diesem Zeitalter wurde er als Winkelpriester angesehen. Im Gegensatz zu England, wo er sich Mark von Salisbury nannte, verfolgte Dänemark die Katholiken nicht; aber Zauberer mußten wieder für ihr Leben fürchten. Er war als Mareth, der Warden, geboren, 2000 Jahre nach Lockridge, und wanderte über die Schleichwege des Europas der Reformation, um Storm Darroway, seiner Königin, zu dienen.

»Sie bringen schlechte Nachrichten«, sagte er. Der Diaglossa versetzte ihn in die Lage, Französisch und Amerikanisch zu sprechen, so daß er von seinen Anhängern und dem unerschütterlichen Fledelius nicht verstanden wurde, und er hatte Auri befohlen, sich nicht in Hörweite aufzuhalten.

»Sie sind also gewarnt«, sagte Lockridge kurz. »Ich nehme an, daß Sie Zugang zur Zukunft haben. Organisieren Sie eine Rettungsgruppe.«

»Die Sache ist nicht so einfach«, erwiderte Mareth. »In der ganzen Geschichtsperiode von Luther bis über Ihre Zeit hinaus herrschen die Rangers. Die Kräfte der Wardens sind zu anderen Zeitpunkten an der Macht. In diesem Jahrhundert haben wir nur wenige Agenten.« Er verschränkte die Hände und blickte mit gerunzelter Stirn auf sie herab. »Offen gestanden, es sieht so aus, als seien wir von allen Verbindungen abgeschnitten. Nach dem, was unser Nachrichtendienst erfährt, steht jedes Tor, durch das man sehr weit in die Zukunft gehen könnte, unter Beobachtung. Sie hätte Ihnen raten sollen, sich für einen Abschnitt der Dänenzeit zu entschließen, in dem die Wardens fester im Sattel sitzen. Während Frodhis Regierung, zum Beispiel. Da sie jedoch persönlich an der Errichtung dieses Vorpostens beteiligt war, nehme ich an, daß er ihr als erstes in den Sinn kam in der kurzen Zeit, in der sie mit Ihnen sprechen konnte.«

Wieder glaubte Lockridge, sie zu sehen, zu fühlen. Er

packte das Gewand des anderen Mannes. »Zum Teufel, man erwartet von Ihnen die Lösung solcher Probleme. Wir müssen etwas unternehmen können.«

»Ja, ja.« Ärgerlich löste sich Mareth aus dem Griff. »Gewiß müssen wir handeln. Aber nicht überstürzt. Sie haben noch keine Erfahrungen mit der Einheit der Zeit. Respektieren Sie also diejenigen, die diese Erfahrungen schon besitzen.«

»Hören Sie, wenn wir durch den hiesigen Tunnel hierher gelangten, können wir ihn auch in der entgegengesetzten Richtung benutzen. Wir können sogar vor Brann im Steinzeitalter ankommen und ihn dort erwarten.«

»Nein!« sagte Mareth wild. »Die Zeit ist unveränderlich.« Er holte tief Atem und fuhr ruhiger fort: »Der Versuch wäre von vornherein zum Scheitern verurteilt. Wir würden sicher im Tunnel auf eine überlegene feindliche Streitmacht stoßen. Ich sehe überhaupt keinen Sinn darin, den dänischen Schacht zu benutzen. Hier haben wir niemanden, der uns helfen könnte, als die dort.« Seine auf die furchtsam am Rand des Feuerscheines knienden Gefolgsleute des Bundes gerichtete Geste war verächtlich. »Zugegeben, wir könnten ihn allein benutzen und Verstärkungen aus dem Vor-Wiking-Zeitalter holen. Aber warum sollen wir das tun? Warum das Risiko auf uns nehmen, unsere Stützpunkte im Orient und in Afrika aufzusuchen, wenn wirksame Hilfe ganz in der Nähe wartet?«

»Was?« Lockridge starrte den andern mit offenem Mund an. Der Warden legte seine dozierende Art ab. Er marschierte hin und her, ein Heerführer im Gewand des Mönches.

»Brann kam allein, da er wußte, daß die Koriach — Sie — auch allein war, und er verfügt nicht über mehr Streitkräfte als wir. Da Sie aber in seine Gefangenschaft geriet, wird er Verstärkungen anfordern, um seine Stellung zu festigen. Damit müssen wir rechnen. Da wir nicht in jener Nacht erschienen, um sie zu retten, wird man annehmen, daß wir sie erst zu befreien versuchen werden, wenn er eine Anzahl von Rangers bei sich hat. Ganz offensichtlich werden sie einen Posten am Tunneltor aufstellen. Aber im gegenwärtigen Jahrhundert liegt unsere wahre Stärke nicht in Dänemark. Hingegen sind wir in England stark vertreten. König Heinrich hat der römischen Kirche den Rücken gekehrt, aber wir haben dafür gesorgt, daß er nicht zum lutherischen Glauben übertrat, und sein Königreich bildet für uns den Angelpunkt. Was Sie als die Episode der beiden Königinnen Mary kennen, ist eine Zeit des Gewinns für die Wardens; die Rangers werden sich mit Cromwell wieder erheben, aber wir werden sie mit der Restauration wieder vertreiben.

Ich weiß. Sie fragen sich, warum jemand einen Feldzug führt, dessen Ausgang von vornherein bekannt ist. Nun, einmal aus dem Grunde, daß die Führung des Feldzuges dem Gegner Verluste beibringt. Wichtiger jedoch ist, daß jede behauptete Position eine Quelle des Nachwuchses bedeutet, eine Macht, auf die man zählen kann, ein weiteres Gewicht, das man in die Waagschale der Zukunft werfen kann, wenn die Zeit der endgültigen Entscheidung naht.

Um aber fortzufahren. Ich habe auch in England eine Gemeinde, und dort bin ich nicht der heidnische Ritenbeschwörer für ein paar halbverhungerte Bauern, sondern ein Prediger für Ritter und Gutsbesitzer, der sie anhält, dem katholischen Glauben die Treue zu halten. Und ... wir haben dort einen Tunnel mit eigenem Tor zum Steinzeitalter, von dem die Rangers nichts ahnen. Das Tor mündet hinter dem dänischen, aber es gibt einige wenige sich überschneidende Momente, wenn wir ein bestimmtes Jahr erreichen.«

Er packte Lockridge bei den Schultern. »Mann, sind Sie auf meiner Seite? Für *Sie?*«

12

»Hai-ee-ee! Hingst, Hest, og Plag faar flygte Dag! Kommer, kommer, kommer!«

Das Gewand umflatterte den Hexenmeister wie Schwingen. Als er Arme und Gesicht zum Himmel hob, riß ihn und seine Erwählten ein unsichtbarer, unhörbarer Wirbelwind aufwärts. Immer weiter aufwärts stiegen sie, bis sie zwischen kalten Sternenbildern unsichtbar wurden. Das Signalfeuer flackerte über den Kohlen, sandte seinem Herrn Funken und Flammen nach und sank wieder zusammen. Die Gefolgsleute des Bundes schauderten und verstreuten sich.

Auri unterdrückte einen Schrei, schloß die Augen und umklammerte Lockridges Hand. Jesper Fledelius jubelte wie ein Kind. Der Amerikaner teilte seine Erregung. Er war schon geflogen, nie aber am Ende eines Schwerkraftstrahls.

Es gab keinen Fahrtwind. Die Kraft, die dem Gurt unter Mareths Gewand entströmte, lenkte ihn ab. Es war ein lautloses Fliegen, mehrere hundert Fuß über der Erde, mit einer Geschwindigkeit, die Hunderte von Meilen pro Stunde betrug.

Dunkelheit wogte über die Heide; Viborg war ein matter Fleck, der für den Bruchteil einer Sekunde auftauchte und wieder verschwand, der Limfjord schimmerte, die Dünen im Westen blieben zurück, und die Nordsee war von riesigen Wellen aufgewühlt, deren Kämme die dünne Mondsichel mit eisigem Glimmern überzog.

Sie überflogen das Flachland Ostenglands. Dörfer mit strohgedeckten Häusern lagen zwischen Stoppelfeldern, ein Schloß erhob sich an einem Fluß; es war wie ein Traum, und es schien unmöglich, daß er, Malcolm Lockridge, einem Hexenmeister über dem Himmel folgte, während in der gleichen Nacht König Heinrich neben Anna Boleyn schnarchte ... arme Anna, deren Kopf in weniger als einem Jahr unter dem Beil fallen würde.

Kultivierter Boden wich der Wildnis, in der Inseln sich aus sumpfigen Strömen abhoben — das Moor von Lincolnshire. Mareth schwebte dem Boden entgegen. Das letzte verwitterte Laub teilte sich vor ihm, er landete und zog die andern geschickt mit sich. Vor dem bleichen Himmel erkannte Lockridge eine Hütte aus Flechtwerk.

»Dies ist mein englischer Stützpunkt«, erklärte ihm der Warden. »Das Zeittor liegt unter ihm. Sie bleiben hier, während ich die Männer zusammenrufe.«

Hinter der primitiven Fassade entpuppte sich die Hütte als fast luxuriöse Unterkunft mit hölzernem Fußboden und getäfelten Wänden, zahlreichen Möbeln und einer überraschend großen Büchersammlung. Lebensmittel und andere Vorräte aus der Zukunft waren hinter Schiebetüren verborgen, man sah nichts, was für dieses Jahrhundert zu fremdartig gewesen wäre. Vielleicht wäre einem Eindringling aufgefallen, daß es in der Hütte zu jeder Jahreszeit warm und trocken war. Aber es gab keine Eindringlinge, niemand besuchte diesen Ort. Die Bauern waren abergläubisch, die Edelleute uninteressiert.

Die drei aus Mareths Vergangenheit waren dankbar für die Ruhepause. Sie waren gewöhnliche menschliche Wesen, keine Meisterwerke eines Zeitalters, das Erbmasse in jeder gewünschten Form schaffen konnte, und ihre Nerven waren zum Zerreißen gespannt. So hießen sie die nächsten Tage willkommen, in denen tiefer Schlaf der Erschöpfung und dämmriges halbes Wachsein einander ablösten.

Am dritten Morgen suchte Auri die Nähe Lockridges. Er saß auf einer Bank vor der Tür und ließ sich eine Pfeife schmecken. Er hatte den Tabak vermißt, obwohl er kein leidenschaftlicher Raucher war, und empfand es als rücksichtsvoll, wenn auch leicht anachronistisch, daß die Wardens die Hütte mit Tabak und Tonpfeifen versehen hatten. Er hörte Auris Schritte und blickte auf.

Bisher hatte er in ihr nur das Kind gesehen, das er unter seinen Schutz gestellt hatte, aber heute morgen war sie unbekleidet zur Erkundung des Sumpfes aufgebrochen, der ihrem früheren Zuhause ähnelte, und nun bot sie sich Lockridges Blick als eine völlig andere dar. Sie bewegte sich mit der Geschmeidigkeit eines Rehes, die blauen Augen groß und glänzend im kecken Gesicht. Sie lächelte, als Lockridge aufstand, weil sein Puls zu jagen begann.

»Komm mit und sieh es dir an«, rief sie. »Ich habe das herrlichste Boot gefunden.«

»Großer Gott!« Er begann zu schlucken. »Zieh dir etwas über, Mädchen.«

»Warum? Die Luft ist warm.« Sie tanzte vor ihm. »Malcolm, wir können aufs Wasser hinausfahren und fischen. Der ganze Tag gehört uns, und die Göttin ist glücklich, und du mußt dich inzwischen ausgeruht haben, worauf wartest du also noch?«

»Nun, warum nicht? Du mußt dir aber trotzdem etwas überziehen, verstanden?«

»Wenn du es wünschst.« Verwirrt, aber gehorsam streifte sie in der Hütte, in der Fledelius noch geräuschvoll schlief, ein Kleid über, griff nach dem Angelgerät und tanzte vor Lockridge durch das Gehölz. Das kleine Boot, das an einem Baumstumpf vertäut war, sah unkompliziert aus, obwohl bei seinem Bau richtige Metallnägel verwendet worden waren. Auri beobachtete erstaunt, wie Lockridge ruderte, statt zu paddeln. »Sicher stammt das Boot aus Kreta«, sagte sie atemlos.

Er hatte nicht das Herz, ihr zu erklären, daß Kreta inzwischen von den Venetianern ausgeplündert und unterdrückt wurde und im nächsten Jahrhundert eine Invasion durch die Türken erwartete.

Er zog die Ruder ein, als offenes Wasser sie umgab. Auri warf die Angel aus, während Lockridge sich zurücklehnte und die Pfeife wieder in Brand setzte.

»Es ist ein seltsamer Brauch, dem du huldigst«, sagte Auri.

»Ich tue es nur zu meinem Vergnügen.«

»Kann ich auch einmal versuchen? Bitte!«

Sie drängte ihn, bis er nachgab. Heiser krächzend und mit Tränen in den Augen gab sie ihm die Pfeife zurück. »Nein. Zu stark für Mädchen wie mich.«

Lockridge lachte. »Ich habe dich gewarnt, meine Kleine.«

»Ich hätte auf dich hören sollen. Du hast immer recht.«

»Ich ...«

»Aber ich wünschte, du würdest mit mir nicht immer wie mit einem Kind sprechen.« Sie errötete und senkte die Augen. »Ich bin bereit, eine Frau zu sein, wann immer du es willst.«

In Lockridges Adern begann das Blut zu hämmern. »Ich habe versprochen, den Bann von dir zu nehmen«, murmelte er. »Du bist längst frei, es bedarf keiner weiteren Magie. Hm ... Reise durch die Unterwelt, verstehst du ... Wiedergeburt ...«

Ihr Gesicht strahlte vor Freude. Sie näherte sich ihm. »Nein, nein, nicht«, sagte er verzweifelt. »Ich selbst — darf es nicht ...«

»Warum nicht?«

»Sieh dich um! Es ist nicht Frühling.«

»Ist das wichtig? Alles andere hat sich gewandelt. Malcolm, ich mag dich so gern!«

Sie preßte sich gegen ihn. »Ich werde dich verlassen müssen, Auri ...«

»Dann lasse mich mit einem Kind von dir zurück! Darüber hinaus will ich heute nicht denken.«

Er sah nur noch einen Ausweg. Er ließ sich von ihr gegen die Bootswand drängen, und das Boot kenterte.

Als sie es wieder umgedreht und das Wasser ausgeschöpft hatten, beherrschten sie ihre Gefühle wieder. Auri sah das Kentern als göttliches Zeichen an und zeigte keine Enttäuschung. Sie schlüpfte aus ihrem nassen Gewand und kicherte, als Lockridge sich weigerte, ihrem Beispiel zu folgen. »Dann eben später, wenn du Avildaro befreit hast«, sagte sie.

Seine Miene verfinsterte sich. »Der Ort, den du kanntest, wird nicht wiederkommen«, sagte er. »Denke an alle, die fielen.«

»Ich weiß«, antwortete sie ernst. »Echegon, der immer so freundlich war, Vurowa, der immer Lustige, und so viele andere.« Aber was seitdem geschehen war, hatte sie von ihrem Kummer abgelenkt. Außerdem trauerten die Tenil Orugaray nicht so tief wie die, die nach ihnen kamen. Sie hatten gelernt, sich mit den Tatsachen abzufinden.

»Und du mußt immer noch mit den Yuthoaz rechnen«, sagte Lockridge. »Diesmal mögen wir imstande sein, diese eine Gruppe zu vertreiben. Aber es gibt andere. Sie sind stark und hungern nach Land. Sie werden zurückkehren.«

Sie bereiteten ein Mahl aus dem, was Auri gefangen hatte, als ein Horn blies. Lockridge war verblüfft. So schnell? Er ruderte mit voller Kraft zurück.

Mareth war tatsächlich wieder da. Mit ihm sechs andere Wardens. Sie hatten die Verkleidungen als Priester, Ritter, Kaufmann, Bauer, Bettler gegen eine Uniform vertauscht, die hauteng wie die der Rangers war, aber von dunklem Grün und mit Mänteln, die in allen Regenbogenfarben von ihren Schultern wallten. Unter den bronzefarbenen Helmen musterten dunkle Augen in Gesichtern, die an Storm erinnerten, aufmerksam die Helfer.

»Wir haben noch einen weiteren Agenten auf den britischen Inseln«, sagte Mareth. »Er bringt unsere

Truppen nach Einbruch der Dunkelheit. Inzwischen müssen wir alle Vorbereitungen treffen.«

Lockridge, Auri und Fledelius wurden mit Aufgaben betraut, die sie nicht verstanden. Da dieser Tunnel dem Gegner unbekannt war, und sein Tor sich auf einen wichtigen Zeitabschnitt öffnete, war der Vorraum voller Kriegsgerät, und die Zugänge waren breit genug, dieses hindurchzulassen. Über den Verwendungszweck einiger der Geräte war Lockridge sich klar — Fahrzeuge, Kanonen, Handfeuerwaffen. Was aber steckte hinter der Kristallkugel, in der Punkte wirbelten, die Sternen ähnelten? Was stellte der Schneckengang aus gelbem Feuer dar, das sich kalt anfühlte? Seine Fragen blieben unbeantwortet.

Die Dämmerung setzte ein, es wurde dunkel. Vom Himmel sanken die Männer herab. Sie waren eine wilde, harte Bande, etwa hundert Mann stark. Entlassene Soldaten, Seeleute, die zu Piraten geworden waren, Glücksritter, Straßenräuber, Kesselflicker, rebellische Waliser und Viehdiebe, aufgesammelt zwischen Dover und Lands End, den Cheviot Hills und den Straßen Londons. Lockridge konnte nur vermuten, wie sie angeworben worden waren. Einige unter religiösem Vorwand, andere für Geld oder auf der Flucht vor dem Henker — einen nach dem anderen hatten die Wardens sie gefunden und zu einer geheimen Gruppe vereinigt, und nun war die Stunde gekommen, sich ihrer zu bedienen.

Mareth, der vor dem Eingang zur Hütte Posten gefaßt hatte, richtete sich auf. Sobald er die Stimme hob, verstummten alle Gespräche.

»Männer«, sagte er, »lange sind die meisten von euch in der Bruderschaft, und nicht wenige werden sich der Zeit erinnern, da sie von ihr vor dem Kerker oder dem Galgen bewahrt wurden. Ihr wißt, daß ihr für die Sache weißer Zauberer angeworben wurdet, die durch ihre Künste dem katholischen Glauben helfen. Heute nacht haben wir euch zusammengerufen, damit ihr eure Versprechen einlöst. Weit und sonderbar wird der Weg sein, bis ihr gegen wilde Männer kämpft, während wir, eure Herren, den Kampf gegen die Zauberer aufnehmen, denen sie dienen. Geht in Gottes Namen tapfer vor, und diejenigen, die den Tag überleben, werden reich belohnt werden, während diejenigen, die fallen, im Himmel noch reichere Belohnung erwartet. Kniet nun nieder und empfangt die Absolution.«

Lockridge verspürte einen üblen Geschmack im Mund, während er das Ritual über sich ergehen ließ. War soviel Zynismus nötig?

Nun — es ging um die Rettung Storm Darroways. Ich werde sie wiedersehen, dachte er, und sein Herz klopfte schneller.

Schweigsamer und ernster, als er es für möglich gehalten hatte, zogen die Engländer in langer Reihe durch den Eingang der Hütte und die geschwungene Rampe hinab. Im Vorraum, gegenüber dem Vorhang in den Regenbogenfarben, nahmen sie ihre Waffen in Empfang: Schwert, Pike, Streitaxt, Armbrust. Pulver würde nutzlos gegen die Rangers sein, unnötig gegen die Yuthoaz. Mareth winkte Lockridge zu sich. »Sie bleiben am besten als Führer bei mir«, sagte er und drückte dem Amerikaner eine Energiepistole in die Hand. »Hier, Sie kommen aus einer genügend aufgeklärten Zeit, um damit umgehen zu können. Die Handhabung ist einfach genug.«

»Ich kenne mich aus«, sagte Lockridge kurz.

Mareth stieg von seiner Höhe herab. »Ja, sie hat Sie ausgewählt, nicht wahr?« murmelte er. »Sie sind kein gewöhnlicher Mensch.«

Auri drängte näher. »Malcolm«, bat sie, »bleibe bei mir.« Die Furcht saß ihr wieder in den Gliedern.

»Lassen Sie sie warten«, befahl Mareth.

»Nein«, sagte Lockridge. »Sie kommt mit, wenn sie es will.«

Mareth zuckte die Achseln. »Sorgen Sie dann wenigstens dafür, daß sie uns nicht im Wege ist.«

»Ich muß in vorderster Front sein«, erklärte Lockridge ihr. Er fühlte, wie sie zitterte.

»Komm, Kleines«, sagte Jesper Fledelius und legte einen Gorillaarm um ihre Schultern. »Bleibe bei mir. Wir Dänen sollten inmitten dieser englischen Bauernlümmel zusammenhalten.« Sie verschwanden in der Menge.

Während des Tages half Lockridge, mehrere Flugkörper durch das Tor zu bringen. Sie waren glänzende, durchsichtige, eiförmige Gebilde, aber es blieb Lockridge unklar, welche Kräfte sie bewegten. Jeder dieser Flugkörper faßte zwanzig Personen. Lockridge schob den vordersten zusammen mit Mareth in den Vorraum. Die Männer, die sich dort schon versammelt hatten, atmeten schwer, flüsterten Gebete oder Verwünschungen.

»Würden sie nicht in Panik geraten, wenn sie kämpfen sollen?« fragte Lockridge.

»Nein, ich kenne sie«, erwiderte Mareth. »Außerdem läuft mit den Einweihungszeremonien eine unbewußte Gewöhnung parallel. Ihre Furcht wird sich in Zorn verwandeln.«

Die Maschine erhob sich lautlos und glitt in den kaltweißen Schacht. Mit einem Warden an jeder Konsole folgten die anderen nach.

»Warum haben Sie, da Sie diesen Tunnel besitzen, nicht aus anderen Zeitabschnitten weitere Verstärkungen geholt?« fragte Lockridge.

»Es stehen keine mehr zur Verfügung«, sagte Mareth. Er sprach geistesabwesend, während sich seine Hände über die Kontrollampen bewegten, und sein Gesicht voll gespannter Konzentration war. »Der Tunnel wurde hauptsächlich erbaut, um Zugang zu diesem Abschnitt zu gewähren. Er wird im 18. Jahrhundert enden, wenn wir einen weiteren Stützpunkt in Indien besitzen. Die Rangers sind besonders aktiv im England zwischen der normannischen Eroberung und den Kriegen der Rosen, darum haben wir überhaupt keine Tore, die in das Mittelalter führen und auch nur wenige in frühere Epochen, da die kritischen Gebiete, die Schauplätze der hauptsächlichsten Konflikte, anderswo liegen. Tatsächlich dienen Tore durch die Steinzeit und das Bronzealter bestenfalls als Umschlagplätze. Es ist einem glücklichen Zufall zuzuschreiben, daß wir hier einen Tunnel haben, der sich zeitlich mit dem in Dänemark überschneidet.«

Lockridge wollte weitere Auskünfte, aber der unheimlich schnelle Flugkörper war schon an dem Jahr angelangt, das sie suchten. Mareth steuerte ihn hinaus. Er stieg aus, um einen Blick auf die Kalenderuhr in dem Schrank zu werfen. »Gut«, sagte er eifrig, als er zurückkam. »Wir hatten Glück und brauchen nicht zu warten. Dies ist die Nacht; der Sonnenaufgang steht kurz bevor, und es muß nahe dem Augenblick sein, als sie gefangengenommen wurde.«

Kraftstrahlen hatten die Flotte zusammengehalten, während sie die Zeitschwelle überquerte. Sie schwebten den Eingang hinauf, der sich für sie öffnete und sich wieder hinter ihnen schloß. Mareth schaltete die Instrumente auf niedrigen Flug in östlicher Richtung.

Lockridge starrte hinaus. Unter dem Mondlicht des Steinzeitalters wirkten die Sümpfe noch größer und wilder. Aber hinter ihnen, an der Küste, erspähte er Fischerdörfer, die man für Avildaro hätte halten können.

Das war kein Zufall. Bevor die Nordsee entstanden war, waren Männer von Dänemark nach England gewandert. Später kreuzten ihre Boote die Meere, und ihre Missionare kamen aus dem Süden in beide Länder. Der Diaglossa in seinem linken Ohr verriet ihm, daß die Stämme von Ostengland und Westjütland einander noch verstehen konnten, wenn sie langsam sprachen.

Mit jeder Meile landeinwärts verlor dieser Ausdruck

verwandtschaftlicher Beziehung mehr an Bedeutung. Nordengland wurde von den Jägern und Herstellern der Äxte beherrscht, deren Zentrum am Langdale Pike lag, die aber ihren Handel über die ganze Insel erstreckten. Das Themsetal war friedlich durch Einwanderer von jenseits des Kanals besiedelt worden, und die Bauern der südlichen Niederungen hatten ihre schrecklichen Riten aufgegeben, wegen deren man sie gemieden hatte. Eine alte Ära starb in Dänemark, eine neue wurde in England geboren — dieses westliche Land lag der Zukunft näher. Lockridge blickte zurück und sah Flüsse und grenzenlose Wälder; wie aus einem Traum wußte er, wie sich Millionen von Vögeln in den Himmel schwangen, wie die Elche ihre Geweihe schüttelten, und wie die Menschen glücklich waren. Plötzlich wußte er, daß er hierher gehörte.

Die See wogte unter ihm. Er war auf dem Weg nach Hause zu Storm.

Mareth schlug ein Bummeltempo ein; er wartete darauf, daß der Himmel sich erhellte. Selbst bei dieser langsamen Fahrt waren erst zwei Stunden vergangen, als der Limfjord sichtbar wurde.

»Aufschließen!«

Die Flugkörper schwangen sich herab. Wasser blitzte stählern, Tau glitzerte auf dem Gras, die Blätter eines jungen Sommers grünten, als die Dächer Avildaros hinter dem heiligen Hain auftauchten. Lockridge sah, daß die Männer der Streitäxte noch immer auf den weiter hinten liegenden Feldern ihre Lager aufgeschlagen hatten. Er entdeckte einen Wachtposten neben einem erlöschenden Feuer, er hörte seine Rufe, die die Männer aus den Decken jagten.

Ein anderes schimmerndes Schiff stieg vor dem Langhaus auf. Brann hatte also Zeit gefunden, seine Leute herbeizurufen. Mareth schnarrte eine Reihe von Befehlen in einer unbekannten Sprache herunter. Zwei der Flugkörper schwenkten auf das Schiff der Rangers ein. Eine Flamme wütete, wie eine Blase zerplatzte das gegnerische Schiff. Schwarzgekleidete Gestalten wirbelten durch die Luft und schlugen krachend auf die Erde.

»Wir gehen herunter«, sagte Mareth. »Sie haben keinen Angriff erwartet, der Widerstand wird gering sein. Wenn sie aber Hilfe anfordern — Wir müssen schnell Herr der Lage werden.« Der Flugkörper glitt längs der Bucht abwärts, setzte auf. Das Kraftfeld wurde ausgeschaltet. »Aussteigen!« schrie Mareth.

Lockridge war der erste. Die Engländer folgten ihm. Ein anderer Flugkörper landete neben ihnen. Jesper Fledelius führte die Gruppe, die sich aus ihm ergoß. Sein Schwert funkelte. »Gott und König Christian!« brüllte er mit dröhnender Stimme. Die anderen Flugkörper waren weiter abseits auf den Feldern bei den Yuthoaz gelandet. Sie stiegen wieder auf, nachdem sie ihre Besatzungen ausgeladen hatten. Kühl und gelassen beobachteten die Wardenpiloten die Entwicklung des Kampfes, gaben ihre Befehle, machten jeden Mann zu einer Figur auf ihrem Schachbrett.

Metall klirrte auf Stein. Lockridge stürmte zu der Hütte, an die er sich erinnerte. Sie war leer. Mit einer Verwünschung machte er kehrt und eilte dem Langhaus zu. Ein Dutzend Yuthoaz hielt Wache. Tapfer der übernatürlichen Gefahr ins Gesicht blickend, standen sie mit erhobenen Äxten. Brann trat vor.

Sein langes Gesicht verzog sich zu einem beunruhigenden Grinsen. Eine Energiepistole blitzte in seiner Hand. Lockridges eigene Waffe war auf Abwehr eingestellt. Er durchbrach den Feuergeiser und warf sich auf Brann. Der Anprall warf beide zu Boden. Ihre Waffen entglitten ihren Händen. Sie suchten sich gegenseitig an den Kehlen zu packen.

Fledelius' Schwert zischte herab und hob sich wieder. Ein Krieger mit der Axt taumelte blutüberströmt. Der Däne konterte einen anderen Hieb, seine englischen Gefolgsmänner kamen hinzu, und der richtige Kampf brach los.

Aus dem Augenwinkel bemerkte Lockridge zwei weitere schwarzgekleidete Gestalten, von deren Schilden Funken stoben. Er selbst war vollauf mit dem Kampf gegen Brann beschäftigt. Der Ranger war unmenschlich kräftig und geschmeidig. Aber plötzlich, als sie sich Angesicht zu Angesicht gegenüberstanden, erkannte er, wer Lockridge war, und Entsetzen verzerrte sein Gesicht. Er zuckte zurück und machte eine abwehrende Bewegung. Lockridge schlug ihm die Handkante gegen den Kehlkopf. Brann ging zu Boden, und Lockridge schmetterte seinen Kopf gegen harten Grund, bis der andere schlaff liegen blieb.

Der Amerikaner sprang auf; jetzt war nicht der Augenblick, nachzudenken, was in dem Schädel seines Gegners vorgegangen war. Fledelius und seine Männer verfolgten die Wachen der Yuthoaz. Die anderen Rangers lagen verkohlt vor Mareth und seinen Wardengefährten. Lockridge hielt sich nicht mit ihnen auf. Er stürmte durch den Eingang des Langhauses. Dunkelheit erfüllte den weiten Raum. Er tastete sich vorwärts. »Storm«, rief er mit bebender Stimme, »Storm, bist du hier?«

Ein Schatten in der Schwärze, lag sie gefesselt auf einer Estrade. Er fühlte kalten Schweiß auf ihrer nackten Haut, als er die Drähte von ihrem Kopf riß und sie schluchzend an sich zog. Für einen Augenblick, der ihn wie eine Ewigkeit dünkte, rührte sie sich nicht, und er glaubte, sie sei tot. Dann flüsterte sie: »Du bist also gekommen«, und er fühlte ihre Lippen auf den seinen.

13

Die Nachricht lief durch die Wälder, die Flüchtlinge kehrten heim, Jubel herrschte in Avildaro. Die Fremden, deren Metallwaffen die Yuthoaz vertrieben hatten, nahmen an den Freudenfeiern teil. Ihre Sprache war unverständlich, aber was tat das? Ein Schwein, das am Spieß briet, sprach mit seinem Duft zu ihnen, ein Mann mit seinem Lachen, die Frauen mit ihrem ganzen Wesen.

Nur im Langhaus herrschte Stille. Dort wohnten die grünen Götter, die ihr Volk befreit hatten. Nahrung und Getränke wurden an die Tür gebracht, und jeder männliche Erwachsene drängte sich nach der Ehre, als Diener oder Bote Verwendung zu finden. Um die Mittagszeit des zweiten Freudentages näherte sich einer von ihnen Lockridge, der den Tänzern auf einer Wiese zuschaute und meldete ihm, daß seine Anwesenheit gefordert würde.

Voll gespannter Erwartung machte er sich auf den Weg. Sorge um Storm hatte ihn davon abgehalten, sich an den Spielen zu beteiligen. Nun erfuhr er, daß Sie ihn zu sich rief. Mit angehaltenem Atem betrat er das Haus. Das Feuer war noch nicht wieder entzündet worden, aber den Einwohnern war versprochen worden, daß Sie diese heilige Handlung vollziehen würde, wenn Sie die Zeit für gekommen hielt.

Sieben Wardens warteten auf den Estraden auf ihre Königin. Sie ließen sich nicht herab, Lockridge zu begrüßen, aber alle erhoben sich, als Storm erschien. Der hintere Teil des Hauses war nun abgeteilt, nicht durch einen Vorhang aus festem Stoff, sondern durch ein Kraftfeld, das verschwenderisch Licht verströmte. Durch dieses Licht kam sie und leuchtete selbst wie eine Flamme neben soviel Dunkelheit. Die drei Tage und Nächte ihres Leidens in der Gefangenschaft hatten sie gezeichnet; die Wangenknochen traten scharf hervor, und die Augen glänzten wie im Fieber. Aber sie hielt sich aufrecht, und das blauschwarze Haar hob sich glänzend von der Blässe ihres Gesichtes und Halses ab. Vom Tor König Frodhis war an Ausstattung herbeigebracht worden, was ihr nach Zeit und Rang zustand. Das durchsichtige blaue Gewand, um die Hüften von dem kupfernen Kraftgürtel gehalten, dann im Farbton zu dunklem Purpur wechselnd und weit und lose bis an die Knöchel fallend, trug silberne Sinnbilder eingewebt. Eine Brosche hielt den Umhangmantel aus grauem Stoff, an der Innenseite weiß gefüttert. Die Schuhe waren aus Gold, mit Diamantenstaub übersät. Ein Halbmond aus gehämmertem Silber krönte ihre Stirn.

Mareth begleitete sie. Er sagte etwas in der Wardensprache. Storms Geste schnitt ihm das Wort ab. »Sprich so, daß Malcolm dich verstehen kann«, befahl sie auf orugaray. »In der Sprache Kretas. Auch er soll wissen, was du zu sagen hast.«

Sie ging auf Lockridge zu und lächelte, als er sich ungeschickt über ihre Hand beugte, um sie zu küssen. »Ich habe dir noch nicht gedankt für das, was du getan hast«, sagte sie. »Aber es gibt keine Worte, die das ausdrücken könnten. Du hast nicht nur mich gerettet, sondern einen Sieg für unsere ganze Sache errungen.«

»Ich — ich bin froh darüber«, sagte er stockend.

»Nimm Platz, wenn du magst.« Wie ein geschmeidiges Raubtier wandte sie sich von ihm ab. Ihre Schritte waren lautlos. Mit weichen Knien ließ sich Lockridge neben einem Warden nieder, der ihm ehrerbietig zunickte.

Storms Miene wurde lebhaft. »Brann ist lebend in unserer Gewalt«, sagte sie in der klingenden weichen Sprache Kretas. »Was wir von ihm erfahren, versetzt uns in die Lage, für die nächsten tausend Jahre in Europa die Oberhand zu gewinnen. Fahre fort, Mareth.«

Er, der Priester und Zauberer, war stehengeblieben. »Ich begreife nicht, wie du es erduldest, Leuchtende«, sagte er. »Branns Widerstandskraft ist bereits gebrochen. Die Geheimnisse, die jetzt noch tropfenweise aus seinem Mund kommen, werden bald zur Flut werden.«

»Er verstand es, ebensoviel aus *mir* herauszuholen«, sagte Storm grimmig. »Wäre er in der Lage gewesen, von diesen Informationen Gebrauch zu machen — nein, ich will nicht daran erinnert werden.«

Lockridge blickte auf den dunklen Schleier und dann schnell wieder fort. Sein Magen wollte sich umdrehen. Hinter dem Vorhang lag Brann.

Lockridge wußte nicht, was mit Brann geschehen war. Sicher war er nicht gefoltert worden. Storm würde sich dazu nicht hergeben, außerdem wäre es wahrscheinlich sinnlos angesichts des eisernen Willens der Herren der Zukunft und ihrer Ausbildung. Storm war einer Behandlung mit Drogen unterzogen worden; elektrische Ströme hatten ihr Gehirn bis in seine tiefsten Verästelungen abgetastet. Man wollte sie nicht sterben lassen, sondern nur ihr Ego zerbrechen und hatte ihren Gedanken einen gespenstischen Automatismus aufgezwungen, so daß nach und nach alles, was sie je gewußt und getan hatte, ja selbst ihre Träume, an die Oberfläche gebracht und aufgezeichnet worden waren.

Kein menschliches Wesen sollte einer solchen Behandlung unterzogen werden! Lockridge kochte innerlich. Nun schluckt Brann seine eigene Medizin, dachte er, nachdem er meine Freunde, die ihm nie etwas zuleide taten, umbringen ließ.

Mareth räusperte sich. »Wir sind also über die augenblickliche Lage genau im Bilde«, sagte er. »Als Lockridge durch den Tunnel nach draußen entkam, ahnte Brann natürlich nichts von der Hilfe, die in England zur Verfügung stand. Aber die Möglichkeit beunruhigte ihn, daß es Lockridge gelingen könnte, den Wardens Mitteilung von dem Geschehenen zu machen. Also informierte Brann seine Agenten in der dänischen Geschichte. Sie suchen zweifellos noch immer nach unserem Mann, wie auch nach Anzeichen für die Organisation einer Rettungsmannschaft.

Inzwischen mußte Brann das Risiko abwägen, dich, du Leuchtende, hierzubehalten oder irgendwann an einen andern Ort zu bringen. Da er Grund zu der Annahme hatte, Lockridge würde nicht zum Verräter werden, entschloß er sich zum Bleiben. Dies ist ein einsamer und selten besuchter Ort. Wenn er nur einige wenige Rangers herbeiholte und sich auf die Streitaxtmänner als Hauptverbündete verließ, glaubte er, ziemlich sicher vor Entdeckung zu sein.

Statt dessen befindet er sich jetzt, und ohne daß seine Organisation etwas davon weiß, in unserer Gewalt. Wenn wir seine Vernehmung beendet haben, werden wir im Besitz aller Informationen sein, die es uns ermöglichen, in allen Zeitabschnitten überraschende Überfälle auf Rangerstellungen auszuführen, einzelne Agenten auszuschalten — mit einem Wort, ihm die härtesten Schläge zuzufügen.«

Storm nickte. »Ja, ich habe auch darüber nachgedacht«, sagte sie. »Wir können den Gegner zu dem Glauben bringen, wir hätten einen Stellungswechsel vorgenommen, während wir tatsächlich hierbleiben. Brann hatte vollkommen recht mit seiner Meinung, dies sei eine gute Operationsbasis. Alle Aufmerksamkeit ist auf Kreta, Anatolien und Indien gerichtet. Die Rangers glauben, die Zerstörung dieser Zivilisationen werde uns ernstlich schaden. Lassen wir sie in diesem Glauben. Sollen sie ruhig einem indo-europäischen Sieg, der sich jetzt schon voraussagen läßt, Beistand leisten, ohne es zu ahnen. Beide Seiten neigten dazu, den Norden zu vergessen.«

Ihr Mantel bauschte sich, als sie herumwirbelte. Sie schlug die Faust in die andere Hand und rief: »Ja! Nach und nach werden wir unsere Streitkräfte hierher zusammenziehen. Wir können diesen Teil der Welt in aller Ruhe nach unseren Wünschen organisieren. Wieviel von dem, was Barbaren in diesem vergessenen Flecken Erde tun, wird schon nach dem Süden gemeldet werden? Wenn das Bronzealter kommt, wird es *unseren* Stempel tragen, wird *uns* Menschen und Material liefern, wird die Stützpunkte der Wardens bewachen. Der letzte große Sturm in die Zukunft mag wohl hier seinen Anfang nehmen.«

Flammend vor Energie, wandte sie sich ihren Männern zu. »Sobald wie möglich müssen wir einheimische Streitkräfte aufstellen, die stark genug sind, das Eindringen fremder Kulturen zu verhindern. Jusquo, zerbrich dir den Kopf über diesen Punkt, ich erwarte morgen entsprechende Vorschläge. Sparian, sorge dafür, daß diese Briten mit ihrem Schlendrian Schluß machen und organisiere sie als Wachtruppe. Da sie äußerlich zu auffallend sind, dürfen wir sie nur so lange behalten, wie sie unbedingt benötigt werden. Das Tor in ihrem Land ist unbemannt, nicht wahr? Urio, such dir ein paar von ihnen aus und kehr mit ihnen dorthin zurück. Gib ihnen den nötigen Schliff, damit sie für die wenigen Wochen, die das Tor noch offen sein wird, als Wachen eingesetzt werden können. Es kann sein, daß wir einen solchen Schlupfwinkel brauchen werden. Kreta muß wissen, daß wir hier sind, eine Beratung muß arrangiert werden. Radio und Gehirnwelle sind zu riskant. Zarech und Nygis, bereitet euch darauf vor, nach Einbruch der Dunkelheit als Kuriere dorthin aufzubrechen. Chilon, dir fällt die Aufgabe zu, detailliertes Material über dieses ganze Gebiet zu beschaffen. Mareth, du wachst weiterhin über die Brann zuteil werdende Behandlung.«

Etwas in ihren Mienen mußte ihr aufgefallen sein. Sie sagte ungeduldig: »Ja, ja, ich weiß, daß ihr eure Plätze im 16. Jahrhundert habt und euch hier nicht zuständig fühlt. Lernt umzudenken. Die Basis auf Kreta ist voll ausgelastet. Sie können niemanden erübrigen, bis die Reorganisation größtenteils durchgeführt ist.

Wenn wir nach Hilfe rufen, geben wir dem Feind Gelegenheit, zu entdecken, was sich abspielt.«

Der achte Warden hob die Hand. »Ja, Hu?« fragte Storm.

»Müssen wir nicht unser eigenes Zeitalter unterrichten, Leuchtende?« fragte der Mann ehrerbietig.

»Natürlich. Diese Meldungen können von Kreta aus auf den Weg gebracht werden.« Die Jadeaugen wurden schmal. »Du selbst wirst auf einem anderen Weg nach Hause zurückkehren — mit Malcolm.« Sie näherte sich Lockridge und legte ihm eine Hand auf die Schulter, als er aufstand. »Vielleicht habe ich kein Recht, das zu verlangen. Aber die Tatsache ist nicht zu umgehen. Auf die eine oder andere Art wirst du Brann in seinem eigenen Land suchen und ihm berichten, wohin ich geflohen bin. Damit wirst du die Kette von Ereignissen auslösen, die zu seiner Vernichtung führen wird. Sei stolz. Nicht vielen wird die Ehre zuteil, Schicksal zu spielen.«

»Ich weiß nicht — ich bin nur ein Wilder, an ihm gemessen oder an dir.«

»Ein Glied in der Kette bin ich selbst, mit Blindheit geschlagen«, flüsterte Storm. »Die Narben werden nie von meiner Seele weichen. Glaubst du, ich würde es nicht anders wünschen? Aber wir haben nur diesen einen Weg und müssen ihn gehen. Dies ist die letzte Bitte, die ich an dich habe, Malcolm, und die größte. Danach magst du in dein eigenes Land zurückkehren. Und ich werde immer an dich denken.«

»In Ordnung, Storm«, entfuhr es ihm auf englisch. »Für dich werde ich es tun.«

Ihr Lächeln, sanft und mit einer winzigen Spur Trauer, bedeutete ihm mehr Dank, als er verdient zu haben glaubte.

»Gehe hinaus zu den Schwelgern«, sagte sie. »Sei glücklich, solange du es kannst.«

Er verbeugte sich und taumelte hinaus. Die Sonne blendete ihn. Es lag ihm nichts daran, sich zu vergnügen. Statt dessen wanderte er an der Küste entlang. Ein Hügel schob sich zwischen ihn und die Stadt. Er stand allein und blickte über die Bucht. Brausend überschlugen sich die Wellen, Möwen kreisten weiß vor der Bläue des Himmels, von der Eiche hinter ihm sang eine Drossel.

»Malcolm!«

Er wandte sich um. Auri kam auf ihn zu. Wieder trug sie die Kleidung ihres Volkes, den Bastrock, die Tasche aus Fuchsfell, den Halsschmuck aus Bernstein. Der kupferne Armreif, der Echegon gehörte, umschloß ihr Handgelenk, und ein Kranz aus Löwenzahn schimmerte golden in ihrem hellen Haar. Aber ihre Lippen bebten, und Tränen verschleierten ihren Blick.

»Was gibt es, meine Kleine? Warum bist du nicht bei dem Fest?«

Sie blieb neben ihm stehen und senkte den Kopf. »Ich habe dich gesucht.«

Es kam ihm zu Bewußtsein, daß er sie nicht mit den andern hatte tanzen oder singen gesehen. »Stimmt etwas nicht? Ich habe allen erklärt, daß der Bann von dir genommen ist. Glauben sie mir nicht?«

»Doch«, seufzte sie. »Nach allem, was geschehen ist, glauben sie, daß ein Segen auf mir ruht. Ich habe nicht gewußt, daß ein Segen so schwer zu ertragen sein kann.«

Lockridge setzte sich, und sie weinte sich an seiner Brust aus. In stockenden Worten berichtete sie von ihrem Kummer. Der Ausflug in die Unterwelt hatte sie mit *mana* erfüllt. Sie war ein Gefäß der unbekannten Mächte geworden. Die Göttin mußte sie für irgendeinen Zweck vorgesehen haben. Wer sollte also wagen, sich mit ihr einzulassen? Sie wurde nicht etwa gemieden, im Gegenteil, man behandelte sie mit Achtung. Alle würden sofort tun, worum sie bat, aber sie dachten nicht daran, sie als ihresgleichen zu behandeln.

»Es ist nicht ... daß sie mich nicht mögen. Ich ...

könnte warten ... auf dich oder einen anderen, wenn du mich wirklich nicht willst. Aber wenn sie mich sehen ... hören sie auf zu lachen!«

»Armes Kind«, murmelte Lockridge in seiner Muttersprache. »Da bist du schlecht belohnt worden.«

»Hast du Angst vor mir, Malcolm?«

»Nein, natürlich nicht. Wir haben zuviel miteinander durchgemacht.«

Auri kuschelte sich an ihn. Sie barg ihr Gesicht an seiner Schulter und stammelte: »Wenn ich dir gehören würde, würden sie wissen, daß es in Ordnung ist. Sie würden wissen, daß der Wunsch der Göttin in Erfüllung gegangen ist. Ich würde wieder meinen Platz unter ihnen haben, nicht wahr?«

Sie würde immer eine besondere Stellung einnehmen, dachte er.

»Ich glaube nicht, daß je ein anderer Mann wagen wird, mich zu berühren«, fuhr sie fort. »Aber das ist gut so. Ich will keinen anderen als dich.«

Verdammt, du Idiot! tobte Lockridge gegen sich selbst. Vergiß ihr Alter. Sie ist kein amerikanisches Schulmädchen. Sie hat ihr ganzes Leben lang Geburt und Liebe und Tod gesehen, war mit den Wölfen durch den Wald gejagt, hatte leichte Boote durch den Sturm gepaddelt und Krankheiten, Winter an der Nordsee, einen Krieg und einen Ausflug in die Unterwelt überstanden. Jüngere Mädchen als sie — und sie ist älter als Shakespeares Julia — sind schon Mütter. Kannst du deine verdammten Hemmungen nicht überwinden und ihr diesen einen Liebesdienst erweisen?

Nein. An jenem Tag im Boot war er nahe daran gewesen, alle Bedenken über Bord zu werfen. Jetzt konnte er sich nur helfen, indem er mit allen seinen Gedanken bei Storm war. Wenn er lebend zurückkehrte, würde er als Belohnung fordern, daß sie ihn alles andere vergessen ließ. Er wußte, daß es ihr gleichgültig war, wie er sich zu Frauen verhielt, deren Bekanntschaft er zufällig machte. Er selbst konnte nicht länger gleichgültig sein.

»Auri«, sagte er, seine Unbeholfenheit verwünschend, »meine Arbeit ist noch nicht beendet. Ich muß bald in Ihrem Auftrag fortgehen und weiß nicht, ob ich je zurückkehren werde.«

Sie starrte ihn ungläubig an, umklammerte ihn und schluchzte. »Nimm mich mit!«

Ein Schatten fiel über sie. Lockridge blickte auf. Storm stand vor ihnen und musterte sie. Ihre Hand umschloß den Stab der Klugen Frau, der mit Hagedorn umwunden war. Sie mußte sich auf den Weg gemacht haben, um das Volk zu segnen, das nun ihr Volk war.

Ihr Lächeln war undeutbar, aber es war anders als das Lächeln, mit dem sie ihn im Langhaus bedacht hatte.

»Ich glaube«, sagte sie mit leichter Schärfe in der Stimme, »ich werde den Wunsch dieses Kindes erfüllen.«

14

Hu, der Warden, erwartete keine Schwierigkeiten auf seinem Weg in die Heimat. Lockridge war gewiß, Brann in der Zeitspanne zwischen Storms Abreise ins 20. Jahrhundert und dem vernichtenden Gegenschlag ihres Feindes zu erreichen. Diese Tatsache ruhte im Gefüge des Universums.

Einzelheiten jedoch waren unbekannt. (Wie die Nachwirkungen, dachte Lockridge trübe. Kam er lebend zurück oder nicht? Der Spielraum des Irrtums in einem Tor machte es unmöglich, etwas Derartiges im voraus zu überprüfen.) Schließlich brauchten nur Rangeragenten, die Hus Gruppe entdeckten, allzu eifrig ihre Schlüsse zu ziehen. Er setzte den Weg mit gespannter Wachsamkeit fort.

Selbst im hellen Tageslicht, ohne daß Verfolger sie behelligten, in der Gesellschaft eines Helden und eines Gottes, erschreckte Auri der grabähnliche Eingang zum Tunnel. Lockridge sah, wie ihr Rücken sich spannte, und er sagte: »Sei diesesmal auch so tapfer wie zuvor.«

Sie dankte ihm mit einem Lächeln. Lockridge hatte gegen Storms Entscheidung aufbegehrt. Aber die Wardenkönigin legte ihre Anmaßung ab und erwiderte sanft: »Wir müssen genaue Angaben über diese Kultur bekommen. Nicht nur anthropologische Daten; auch die Psyche muß restlos klar vor uns liegen, oder wir laufen Gefahr, nun, da wir mit ihnen so eng zusammenarbeiten wollen, schreckliche Fehler zu begehen. Geübte Spezialisten können viel aus der Beobachtung eines typischen Mitglieds einer primitiven Gesellschaft lernen, wenn dieses der Zivilisation ausgesetzt wird. Warum also nicht auch sie? Schlimmeres, als ihr bisher widerfahren ist, braucht sie nicht zu befürchten. Würdest du jemand anderen in ihre anomale Lage versetzen?« Er konnte nicht widersprechen.

Die Erde öffnete sich vor ihnen. Sie stiegen hinab. Niemand begegnete ihnen auf ihrem Weg in die Zukunft. Aber Hu führte sie bereits im 7. Jahrhundert vor Christus wieder auf die Erde zurück. »An diesem Tor herrscht Frodhi über die dänischen Inseln«, erklärte er. »Zudem ist auf dem Festland Friede, und die Vanir — die älteren Götter der Erde und des Wassers — haben noch die gleiche Macht wie die Aesir. Ein wenig weiter werden uns die Rangers zurücktreiben, und die Wikinger beginnen mit ihren Fahrten über die Meere. Die Wahrscheinlichkeit, feindliche Agenten in jenem Teil des Schachtes zu finden, ist zu groß.«

Draußen war Winter. Verharschter Schnee lag zwischen den kahlen Bäumen eines großen Waldes, der Himmel war kalt und grau. »Wir können sofort weiterziehen«, entschied Hu. »Beobachtung von der Erde ist nicht zu befürchten. Nicht, daß es etwas ausmachte, wenn ein Einheimischer uns sähe — aber immerhin.« Er berührte den Mechanismus seines Schwerkraftgurtes. Sie stiegen in die Luft.

Dänemark blieb zurück. Deutschland, Grenzland des Christentums, lag unter dampfenden Wolkenschichten verborgen, bis sich nach einer Stunde die Alpen am Horizont abhoben. Sie durchstießen die Wolkenschicht. Lockridge erkannte ein Dorf, Holzhäuser mit torfbedeckten Dächern auf einem eingezäunten Gelände in einer sonst leeren Winterlandschaft. Der Boden war hügelig, Flüsse zogen sich schwarz durch eine dünne Schneedecke, die Ufer der Seen waren vereist. Eines Tages würde dieses Gebiet Bayern heißen.

Sie landeten auf einer geneigten Anhöhe. Sobald sie Boden unter den Füßen hatten, entfuhr Hu ein recht menschlicher Seufzer, und er sagte: »Zu Hause!«

Lockridge blickte sich um. Felsig und düster schien die Landschaft ihn zu erdrücken. »Hm, die Geschmäkker sind verschieden«, murmelte er.

Hus scharfe Gesichtszüge spiegelten Verdruß. »Dies ist das Land der Koriach; ihr Besitz in der Zukunft und darum der ihre durch alle Zeiten. Nicht weniger als sieben Tunnel wurden hier geschaffen. Einer weist ein Tor in dieses Jahrhundert auf.«

»Aber nicht in meine eigene Zeit, wie?« fragte Lockridge. »So daß sie nicht von Amerika nach Deutschland gelangen konnte. Trotzdem frage ich mich, warum sie nicht auf den Gedanken kam, aus dem Dänemark der Steinzeit auf diesem Wege, statt über Kreta zurückzukehren.«

»Überlegen Sie doch!« brummte Hu. »Nach der Begegnung mit den Rangers in jenem Tunnel — Sie waren dabei, müßten es also wissen — schien ihr das Risiko zu groß. Erst jetzt, da sich Brann in unserer Gewalt befindet, kann man diesen Weg als genügend sicher betrachten.« Er ging davon. Lockridge und Auri folgten ihm, das Mädchen sich vor Kälte schüttelnd. Sie brauchten nicht weit zu gehen. In einer niedrigen Hütte ließ Hu den Boden sich öffnen. Der Widerschein von einer Rampe mischte sich mit dem matten Tageslicht. Schweigend fuhren sie dem Morgen entgegen. Einmal wechselten sie durch ein Tor in einen Tunnel über, der, physikalisch gesehen, im 23. Jahrhundert existierte. Ein anderes Tor brachte sie in den von Hu gewünschten Gang. An seinem Ende fand sich Lockridge in einem Vorraum, der größer war als alle, die er bisher gesehen hatte. Der Boden war dick mit Teppichen belegt, rote Tücher trennten eine Unzahl Schränke voneinander. Vier Posten in Grün begrüßten Hu, indem sie die Pistolen an die Stirnen hoben. Sie ähnelten ihm wenig, glichen einander aber auffallend — klein, stämmig, mit flachen Nasen und massigen Kinnladen.

Hu schenkte ihnen keine Beachtung, suchte in einem Schrank und brachte zwei Diaglossas zum Vorschein. Lockridge entfernte den aus der Reformationszeit stammenden Diaglossa aus seinem Ohr. »Geben Sie ihn mir«, sagte Hu.

»Nein, ich werde ihn behalten«, erwiderte Lockridge. »Ich möchte mich gelegentlich noch einmal mit meinem Freund Jesper unterhalten.«

»Haben Sie nicht verstanden?« fragte Hu. »Ich gab Ihnen einen Befehl.« Die Posten näherten sich. Lockridge ging das Temperament durch. »Mit Ihren Befehlen können Sie mir nicht imponieren«, sagte er. »Haben *Sie* mich verstanden? Ich gehöre *ihr* — sonst niemandem.« Der Warden zuckte ergeben die Achseln. »Sie können mir eine Hose beschaffen«, fuhr Lockridge fort. »Dieses komische Steinzeitgewand hat nicht einmal Taschen.«

»Sie werden eine Gurttasche bekommen. Bitte kommen Sie weiter.«

Sie benutzten nicht die Rampe, sondern schwebten durch einen Schacht nach oben, um einen hochgelegenen Gang zu betreten. Der Boden war blaugrün, schien endlos breit und war mit eingelegten Fischen, Vögeln,

Schlangen und Blumen verziert, die fast lebendig wirkten. Die Füße empfanden den Boden als warm und weich. Säulen aus Jade und Korallen wuchsen in fast unglaubliche Höhen. Ihre juwelenbesetzten Kapitelle blitzten und funkelten. Nicht weniger lieblich anzusehen waren die Pflanzen, die zwischen ihnen und um einen Springbrunnen in der Mitte blühten. Das gewölbte Dach trug alle Regenbogenfarben, ein riesiges, an eine Kathedrale erinnerndes Fenster gab den Blick auf eine Landschaft voller Gärten, Parks, Terrassen und Hügel frei, über denen das Glühen des Sommers lag. Und ... was war jenes majestätische Geschöpf mit den gebogenen Stoßzähnen, das gerade aus dem Wald trat und die äsenden Hirsche winzig erscheinen ließ ... ein Mammut, über 20000 Jahre erhalten?

Sieben Jünglinge und sieben Mädchen, die sich wie Zwillinge ähnelten, schlank und schön in ihrer Nacktheit, beugten vor Hu das Knie. »Willkommen«, sagten sie im Chor. »Ein Willkommen euch, die ihr dem Mysterium dient.«

Nur einen Abend gönnten die Wardens Lockridge, bevor er weiterzog, um seinen Auftrag auszuführen. Zu viele Spione seien gesichtet worden, erklärten sie.

An dem langen Tisch, der mit den köstlichsten Speisen und Getränken überladen war, saßen mehr Frauen als Männer. Yuria, blond und mit veilchenfarbigen Augen, von hohem Rang in Storms Rat, fungierte als Gastgeberin. Sie sorgte dafür, daß es Lockridge und Auri an nichts mangelte. Nach dem Essen begaben sie sich in einen anderen großen Raum, über dessen Boden und Wände wechselnde Farben in hypnotischem Rhythmus glitten. Diener boten Erfrischungen an, und es gab keine sichtbare Quelle für die Melodien, nach denen graziöse Tänzerinnen ihre Künste zeigten.

Auri war an der Seite Lockridges eingeschlafen; der Anblick des vielen Neuen, Unglaublichen hatten sie erschöpft. Yuria deutete lächelnd auf das Mädchen. »Es ist meine Aufgabe, mich um das Wohlergehen Ihrer jungen Freundin zu kümmern«, sagte sie. »Aber es scheint, als brauchte sie mich heute nacht nicht. Möchten Sie die Nacht mit mir verbringen?«

Lockridge hatte geglaubt, daß er nur Storm allein begehrte, aber Yuria glich ihr so sehr, daß alles in ihm danach schrie, die Frage bejahend zu beantworten. Er mußte seine ganze Willenskraft aufbieten, um zu erklären, daß es seine Pflicht sei, sich für die Aufgaben des morgigen Tages auszuruhen. »Dann also, wenn Sie zurückkommen?« fragte Yuria lächelnd.

»Es wird mir eine Ehre sein.« Er zweifelte angesichts des Weines, der Musik und der schönen Frauen nicht an seiner Rückkehr.

Tareth, eine schlanke Schönheit, tanzte im Arm Hus vorüber. »Reservieren Sie für mich etwas von Ihrer Zeit, tapferer Krieger!« rief sie Lockridge übermütig zu.

Als Lockridge früh schlafen ging, war er glücklich. Er schlief so tief und fest, wie er es seit undenklichen Zeiten nicht mehr getan hatte.

Am nächsten Morgen unterrichtete Hu Lockridge in der Benutzung der Geräte, deren er sich bedienen würde. Auf diese Weise sollte er die Kenntnisse, die ihm der neue Diaglossa vermittelte, in der Praxis kennenlernen. Sie flogen hoch über endlos scheinendes parkähnliches Gelände. Nahe dem Wendepunkt ihres Fluges erspähte Lockridge einen taubengrauen Turm. Auf seiner 1500 Fuß hohen Spitze breiteten sich zwei Schwingen unter einem goldenen Rad aus, ein Symbol, das Leben bedeutete.

»Steht dieser Turm am Rand einer Stadt?« fragte Lockridge.

Hu spie aus. »Sprechen Sie mir nicht von Städten. Die Rangers errichten solche Kaninchenbaue. *Wir* lassen die Menschen nahe ihrer Mutter, der Erde, leben.

Das dort ist eine Fabrik. Nur Techniker wohnen dort. Automatische Maschinen brauchen keinen Sonnenschein.«

Sie kehrten zum Ausgangspunkt ihres Fluges zurück. Von außen gesehen, bildeten die Dächer und Türme des Palastes einen riesigen, in sanften Farbtönen schillernden Wasserfall. Hu führte Lockridge in einen kleinen Raum, in dem bereits mehrere Männer warteten.

Die Lagebesprechung dauerte lange. »Wir können Sie bis auf wenige Meilen an Niyorek heranbringen«, erklärte Hu. Er deutete auf einen Punkt der vor ihm liegenden Karte, auf die Ostküste eines seltsam veränderten Nordamerikas. »Danach müssen Sie sich allein durchschlagen. Glatt rasiert, in Rangeruniform, mit Ihrem Diaglossa und allen Informationen versehen, die wir noch beschaffen können, müßten Sie in der Lage sein, Branns Hauptquartier zu erreichen. Wir haben uns vergewissert, daß er sich im Augenblick dort aufhält, und wissen natürlich, daß Sie ihn sehen werden.«

Lockridge fühlte, wie seine Muskeln sich spannten. »Was wissen Sie sonst noch?« fragte er langsam.

»Daß Sie unbehelligt entkommen konnten. Es war ihm gemeldet worden — ich meine, es wird ihm gemeldet werden —, daß Sie in einen Zeittunnel flüchten konnten.« Hus Blick verschleierte sich. »Am besten sage ich nichts mehr. Es wäre eine zu große Belastung für Sie, wenn Sie sich als Marionette in einem Drama fühlten, das nicht mehr zu ändern ist.«

»Oder wenn ich wüßte, daß sie mich umbringen?« sagte Lockridge scharf.

»Es wird nicht geschehen«, sagte Hu. »Sie müssen sich auf mein Wort verlassen. Ich könnte lügen. Ich würde lügen, wenn es nötig wäre. Aber ich sage Ihnen klipp und klar die Wahrheit — daß Sie nicht von den Rangers gefangen oder später getötet werden. Es sei denn, möglicherweise zu einem späteren Zeitpunkt ...

weil Brann selbst nie herausbekam, was aus Ihnen wurde. Mit ein bißchen Glück jedoch sollten Sie den Tunnel durch ein anderes, weiter zurückliegendes Tor verlassen, der Stadt unbehelligt den Rücken kehren und über den Ozean hierher zurückkehren. Dann werden Sie erfahren, wie Sie wieder in die Gegenwart gelangen können. Ich hoffe, Sie noch in diesem Monat wiederzusehen.«

Lockridges Verbitterung schwand. »Okay«, sagte er. »Sprechen wir nun die Einzelheiten durch.«

15

In weitem Bogen zog das Raumschiff der Wardens westlich und abwärts über einen Ozean, auf dem ein für diese Nacht geschaffener Sturm tobte. Am Ende des langgestreckten Fahrzeugs erklang eine Stimme: »Jetzt!«, und Lockridges Kapsel wurde ausgestoßen. Einem Meteor gleich, zischte sie durch Wind und Regen, glühend von der Gewalt der Luftströmung. Das Raumschiff jagte vorbei und stieg steil in die Höhe.

Lockridge lag im Mittelpunkt dieser Glut. Hitze drohte ihn zu ersticken, die Vibrationen ließen seinen Schädel dröhnen. Dann barst die dünn gewordene Hülle, und er brachte sich mit dem Schwerkraftgürtel aus dem Bereich der Trümmer. Sobald seine Geschwindigkeit unter die Schallgrenze gesunken war, hörte er den Wind heulen, Donner grollen, das Wasser brausen. Ein blauweißer Blitz zuckte über den Himmel und blendete ihn minutenlang. Der folgende Donner traf seine Ohren wie ein Hammerschlag.

Klimakontrollfelder drängten den Sturm von der Küste zurück. Lockridge durchbrach die letzte Wolkenwand und sah Niyorek. Riesig glühte es an der Küste und weiter ins Landesinnere, als er erkennen konnte.

Die Karten und der Diaglossa hatten ein Amerika beschrieben, das eine einzige Riesenstadt war. Nur hier und dort schob sich ein Streifen Wüste, der einst grünes Land gewesen war, in die Masse aus Zement, Stahl, Energie und zehn Milliarden Sklaven, die auf engstem Raum zusammengepreßt lebten.

Geradeaus, sowie nördlich und südlich wuchsen die Mauern der Stadt auf, und nur wenige schwache Lampen neben Hunderten von glühenden Öfen erhellten den tief im Dunkel gelegenen Teil der Stadt. Ein summender, dröhnender, zuweilen schriller und die Ohren schmerzender Laut kam über das Meer — die Stimme der Maschinen. Auf den oberen Ebenen reckten sich Einzeltürme über eine Meile hoch in den Himmel; das erste Grau der Dämmerung lag fahl auf ihren fensterlosen Seiten. Kabel, röhrenförmige Übergänge und Hochstraßen verbanden sie wie ein Netz miteinander. Es ließ sich nicht leugnen, daß der Anblick von einer gewissen Großartigkeit war. Sie waren nicht kleinlich, die Menschen, die diese senkrechten Schächte in den Himmel erträumt und verwirklicht hatten. Aber die Konturen der Bauten waren brutal, sie verkörperten einen Geist, dessen einziges Ziel darauf gerichtet war, für alle Zeiten uneingeschränkter Herrscher über unvorstellbare Kräfte zu sein.

Lockridges Helm vibrierte, als der Ruf ihn erreichte: »Wer kommt dort?« Zwei Streifenposten, schwarz uniformiert wie er selbst, stießen auf ihn herab. Tief unten schoben sich die Mündungen von Waffen aus den Dächern.

Lockridge war für Fälle wie diesen geschult worden. »Wachtruppführer Darvast von der Privattruppe Direktor Branns zurück von Sonderauftrag.« Die Rangersprache klang rauh aus seinem Mund.

»Landen Sie zur Überprüfung an Tor 43«, befahl die Stimme.

Lockridge gehorchte. Er setzte auf einer Plattform

auf, die über das Wasser ragte. Sie war, wie das mächtige Tor vor ihm in der Mauer, aus kaltem Stahl. Ein Wachmann trat an Lockridge heran. »Ihre Ego-Schablone«, sagte er.

Die Wardenagenten hatten gute Arbeit geleistet. Um jederzeit darauf zurückgreifen zu können, war für jeden Bewohner der Hemisphäre eine Identitätsplatte, die alle Daten seines Lebens registrierte, in einer Maschine gestanzt und eingeordnet worden. Lockridge ging zum Gedankenraster und dachte ein Kodewort. Es entsprach dem Biogramm eines Mannes namens Darvast, 05-874-623-189, geboren vor 30 Jahren, erzogen in Crèche 935 und auf der Kriegsakademie, im Sondereinsatz bei Direktor Brann stehend, politisch zuverlässig und Träger hoher Auszeichnungen für die erfolgreiche Ausführung gefährlicher Einsätze. Der Posten salutierte mit über die Brust gelegtem Arm. »Sie können passieren, Sonderagent.«

Trotz der riesenhaften Ausmaße öffnete sich das Tor fast lautlos. Der Pulsschlag der Stadt drang heraus, mit ihm eine Welle ungesunder, fauliger Luft. Lockridge betrat die Stadt.

In der kurzen Zeit, die ihnen zur Verfügung gestanden hatte, hatten Lockridges Berater ihm nur einen allgemeinen Lageplan der Stadt geben können. Er mußte sich auf seinen Instinkt verlassen, kannte aber mehr oder weniger die Richtung, in die er sich wenden mußte.

Branns Turm war unverkennbar gewesen mit seinem Stahlkleid und der Kugel aus blauer Flamme auf der Spitze. Er mußte etwa zwei Meilen entfernt liegen. Lockridge begann seinen Marsch. Er stellte fest, daß er die Stadt am Fuße menschlicher Behausungen betreten hatte; sie dehnte sich tief unter die Erde aus, aber dort unten hausten nur Maschinen mit einigen wenigen Ingenieuren und einer Million Sträflinge, die zwischen Abgasen und Radioaktivität kein langes Leben vor sich hatten. Schmutzige, rußige Mauern teilten einen schmalen Fußgängerweg ab. Die Luft vibrierte und stank. Um Lockridge drängten sich die Nichtstuer, Gesetzesübertreter, die noch nicht gefaßt worden waren. Ihre Kleidung war schäbig, mit ihrer talgigweißen Haut erinnerten sie an die Leiber toter Fische. Keiner von ihnen wirkte hungrig — von Maschinen hergestellte Nahrung wurde frei an jeden in der ihm zugeteilten Unterkunft verabfolgt —, aber Lockridge hatte trotzdem das Gefühl, daß seine Lungen vom Geruch ungewaschener Körper vergiftet würden.

Wo immer seine Uniform auftauchte, breitete sich Stille aus. Er brauchte sich nicht wie andere durch die Menge drängen; die Menschen drückten sich, ihm den Rücken kehrend, an die Wände, blickten zu Boden und taten, als existierten sie nicht.

Ihre Vorfahren waren noch Amerikaner gewesen!

Lockridge war froh, als er einen aufwärts führenden Gang erreichte, in dem er von seinem Schwerkraftgurt Gebrauch machen konnte. Oben lagen Stockwerke mit großen, peinlich sauberen Hallen und Korridoren. Die Türen waren geschlossen, nur wenige Gestalten bevölkerten die Räume, denn die Klasse der Techniker brauchte nicht ununterbrochen für ihren Lebensunterhalt zu arbeiten. Die Männer, denen er begegnete, trugen Uniformen aus gutem Material, und ihr Gang verriet das Wissen um ihre Stellung. Sie grüßten Lockridge.

Dann kam eine Gruppe grau gekleideter Gestalten vorüber, die von einem bewaffneten Soldaten angeführt wurde. Ihre Schädel waren kahlgeschoren, ihre Gesichter wirkten tot. Lockridge wußte, daß es sich um unverbesserliche Gewohnheitsverbrecher handelte. Die genetische Kontrolle erstreckte sich noch nicht auf die ganze Persönlichkeit, noch war die Schulung immer erfolgreich. Um diesen Menschen die Maschinen hier unten anvertrauen zu können, waren ihre Gehirne durch ein Kraftfeld verhärtet worden. Vollkommene Automation wäre wirkungsvoller gewesen als der Einsatz von Zwangsarbeitern, aber man brauchte abschreckende Beispiele. Noch wichtiger war es, die Bevölkerung ständig beschäftigt zu halten. Lockridges Gesicht verriet nicht, daß er gegen aufsteigende Übelkeit ankämpfte.

Er erinnerte sich daran, daß auf die Dauer kein Staat existieren konnte, der nicht der zumindest passiven Unterstützung einer großen Mehrheit gewiß sein konnte. Hier aber herrschte letzte Scheußlichkeit. Alle, gleichgültig, welcher sozialen Klasse sie entstammten, nahmen die Herrschaft der Rangers als etwas Unabänderliches hin, konnten sich ein Leben ohne Zwang von oben nicht vorstellen, erfreuten sich sogar dieses Lebens unter ständigem Druck. Ihre Herren ernährten sie, sorgten für ihre Unterkunft, kleideten sie, trugen die Verantwortung für ihre Ausbildung, pflegten sie, wenn sie erkrankten, und dachten für sie. Man konnte hoch steigen als Ingenieur, Wissenschaftler, Soldat oder Impresario immer ausgeklügelterer und raffinierterer Vergnügungsunternehmen. Um weiterzukommen, mußte man andere ausschalten. Natürlich strebte man nicht danach, in die höchsten Stellen zu gelangen. Diese wurden durch die Entscheidungen von Maschinen besetzt, die man für klüger als jeden Sterblichen hielt, und wenn jemand das Glück hatte, in der Nähe einer solchen Größe zu arbeiten, nahm er die Gewohnheiten eines Wachhundes an.

Wie Darvast, dachte Lockridge. Ich darf nicht vergessen, hinter wessen Maske ich mich verberge. Er eilte weiter.

Die Sonne brach gerade durch die Wolken, als er die Dächer hinter sich ließ und Branns Festung zustrebte. Posten machten ihre Kontrollgänge auf den Mauern, die Rohre schwerer Waffen drohten, Flugzeuge umrundeten die feurige Kugel auf der Spitze des Turmes. In dieser Höhe war die Luft rein und kalt, das Dröhnen der Stadt drang nur wie ein Flüstern herauf. Lockridge landete, wie ihm befohlen war, und mußte sich erneut ausweisen. Dann folgten drei zermürbende Stunden des Durchlaufens bürokratischer Institutionen und des Wartens, weil der Herr noch nicht bereit war, jemanden zu empfangen. Lockridge ließ sich in einem kleinen, einfach eingerichteten Raum nieder. Sein Plan war einfach genug. Zuerst mit Brann sprechen, dann Flucht. In den Kellergewölben befand sich ein Zeittor, das einen Zugang in dieses Jahr besaß. Vielleicht brachte die Flucht ihm den Tod; vielleicht vermochte er seine Verfolger abzuschütteln, nach Europa zu gelangen, einen der Tunnel zu finden, von denen man ihm berichtet hatte, und nach Hause zurückzukehren.

Eine Stimme aus der Luft sagte: »Wachtruppführer Darvast, der Direktor wird Sie jetzt empfangen.«

Lockridge durchschritt eine Mauer, die sich vor ihm teilte, und kam in ein Vorzimmer mit gepanzerten Wänden. Die Soldaten, die sich darin anfhielten, forderten ihn auf, sich zu entkleiden und durchsuchten ihn und seine Sachen sorgfältig und rücksichtsvoll zugleich. Als er sich wieder ankleidete, durfte er seinen Diaglossa behalten, nicht aber den Schwerkraftgürtel. Eine Doppeltür öffnete sich und gab den Blick auf einen großen Raum mit hoher Decke frei, dessen Wände und Fußboden in Grau ausgelegt waren.

Brann saß neben einem blitzenden Automaten. Seine schlanke, schwarz gekleidete Gestalt schien entspannt, das Gesicht hätte einer Statue gehören können. Er sagte ruhig: »Es muß Ihnen bewußt geworden sein, daß ein Mensch wie Sie mir nicht nahe genug steht, um mir dem Namen nach bekannt zu sein. Auf der anderen Seite ist die Tatsache, daß Sie die Identifizierungskontrolle passieren konnten, so bedeutend, daß ich mich entschieden habe, Sie anzuhören. Nur meine Stummen beobachten uns. Ich nehme an, daß Sie keine lächerlichen Attentatsversuche im Sinn haben. Sprechen Sie!«

Lockridge sah den anderen an, und der Gedanke traf ihn wie ein Fausthieb: Ich bin diesem Mann vor 600 Jahren begegnet und habe mit ihm gekämpft, und doch ist dies das erstemal, daß er mich sieht!

Brann wartete. Lockridge fuhr sich mit der Zunge über die Lippen. »Nein«, sagte er. »Ich meine ... ich bin kein Ranger, aber ich stehe auf Ihrer Seite. Ich habe Ihnen etwas zu berichten, von dem ich glaube, es liege Ihnen daran, es geheimzuhalten.«

Brann musterte ihn mit unbewegter Miene. »Nehmen Sie Ihren Helm ab«, sagte er. Lockridge tat es. »Archaischer Typ«, murmelte Brann. »Ich dachte es mir. Die meisten Menschen würden es nicht bemerken, aber mir sind zu viele Rassen in zu vielen Zeitabschnitten begegnet. Wer sind Sie?«

»Malcolm ... Lockridge ... USA. Mitte des 20. Jahrhunderts.«

»Aha.« Brann überlegte. Ein Lächeln veränderte ihn plötzlich. »Setzen Sie sich doch«, sagte er einladend. Er berührte ein Lämpchen des Automaten. Ein Fach öffnete sich und gab eine Flasche und zwei Gläser frei. »Sie müßten eigentlich Wein lieben.«

»Ich hätte nichts gegen einen guten Tropfen«, nickte Lockridge. Die Erinnerung, schon einmal mit Brann getrunken zu haben, ließ ihn das Glas in zwei Zügen leeren. Brann schenkte ihm wieder ein. »Lassen Sie sich Zeit«, sagte er.

»Nein, ich muß ... Hören Sie! Die Koriach aus der Westmark. Kennen Sie sie?«

Brann behielt seine Ruhe, aber sein Gesicht nahm wieder den maskenhaften Ausdruck an. »Ja. In immer neuen Zeitabschnitten.«

»Sie bereitet ein Unternehmen gegen Sie vor.«

»Ich weiß. Das heißt, sie verschwand vor einiger Zeit, zweifellos in einer wichtigen Angelegenheit.« Brann beugte sich vor. Sein Blick wurde hart. Mit tiefer Stimme fuhr er fort: »Wissen Sie Näheres?«

»Ja. Sie hat sich in mein Jahrhundert begeben — in mein Land, um einen Tunnel hierher vorzutreiben.«

»Was? Unmöglich! Wir würden es wissen.«

»Sie haben ihre Arbeit gut getarnt. Einheimische Arbeitskräfte, einheimisches Baumaterial. Wenn der Tunnel fertiggestellt ist, werden die Wardens mit allen verfügbaren Kräften anrücken.«

Branns Faust dröhnte auf die Maschine. Er sprang auf. »Beide Seiten haben das schon einmal versucht«, widersprach er. »Keiner ist es gelungen. Die Aufgabe kann nicht gelöst werden.«

Lockridge musterte die Gestalt, die vor ihm aufragte: »Diesmal hat es den Anschein, als sollte es gelingen. Die Tarnung ist vollkommen, kann ich Ihnen versichern.«

Brann begann auf und ab zu gehen. Lockridge lehnte sich zurück und beobachtete ihn. Es kam ihm zu Bewußtsein, daß Brann keineswegs bösartig war. In Avildaro hatte er — das heißt, würde er von seinen Yuthoaz lobend sprechen, weil sie unnötige Grausamkeit vermieden. Die Qual, die sich in seiner Miene spiegelte, war echt. Das Böse hatte ihn geschaffen, und er diente ihm, aber hinter diesen grauen Augen lag die Unschuld des Tigers. Lockridges Stimme klang fast mitleidig, als er fortfuhr:

»Sie müssen ihr Einhalt gebieten. Ich kann Ihnen genau sagen, wo sich der Tunnel befindet. Wenn sich sein Tor hierher öffnet, müssen Sie zuschlagen. Sie wird nur einige wenige Helfer bei sich haben. Sie werden sich ihrer nicht bemächtigen können, sie wird entkommen, aber es wird sich Ihnen später eine andere Gelegenheit bieten.«

Sich mehr oder weniger an die Wahrheit haltend, sprach er von seinen eigenen Erfahrungen bis zu dem Zeitpunkt, als er mit Storm in Avildaro ankam. »Sie behauptete, ihre Göttin zu sein«, sagte er, »und stand einem ziemlich lasterhaften Festgelage vor. Von diesem

Zeitpunkt an betrachtete ich sie mit anderen Augen. Dann kamen Sie an der Spitze einer Gruppe indo-europäischer Krieger, eroberten den Ort und nahmen uns gefangen. Ich konnte entkommen. Damals glaubte ich an Glück, aber jetzt nehme ich an, daß Sie mich absichtlich nur oberflächlich bewachen ließen. Ich schlug mich nach Flandern durch, wo ich auf einem iberischen Handelsschiff als Matrose anheuern konnte. Schließlich gelangte ich nach Kreta, wo ich Verbindung mit den Wardens aufnahm. Sie schickten mich in dieses Jahr. Ich wollte nach Hause zurückkehren. Dies ist nicht mein Krieg. Aber sie ließen es nicht zu.«

»Natürlich nicht«, sagte Brann, der seine Selbstbeherrschung wiedergefunden hatte. »Der Hauptgrund liegt in ihrem Aberglauben. Sie halten sie für heilig, eine unsterbliche Verkörperung der Göttin, wie ihre Gefährtinnen. Sie, der ihr begegnete, sind nun selbst zu heilig geworden, als daß man Sie profanierte, der gewöhnliche Bürger eines Zeitalters zu werden, das sie verabscheuen.«

Lockridge war verblüfft, wie leicht die Geschichte, die von den Wardens erdacht war, für bare Münze genommen wurde. Konnte Branns Idee am Ende wahr sein?

»Sonst wurde ich nicht schlecht behandelt«, fuhr Lockridge fort. »Ich schloß sogar Freundschaft mit einer recht angesehenen Dame.«

Brann zuckte nur die Achseln.

»Sie war es auch, die mich schließlich mit diesem Überwachungsauftrag fortschickte, zu dem ich in eine Ihrer Uniformen schlüpfen konnte. Das war gestern abend. Da ich mich mit der Identität dieses Darvast auskannte ...« Er spreizte die Hände. »Hier bin ich nun jedenfalls.«

Brann stand eine volle Minute reglos, bevor er fragte: »Wie ist die genaue geographische Lage dieses Tunnels?«

Lockridge erklärte es ihm. »Ich frage mich, warum Sie sich nicht ein paar Monate zurückversetzen, um sie zu warnen.«

»Sie können nicht«, erwiderte Brann geistesabwesend. »Was gewesen ist, muß sein. Praktisch gesprochen: eine Koriach genießt absolute Autorität, mehr als selbst ein Direktor wie ich. Sie gibt ihre Pläne niemandem preis, den sie nicht selbst erwählt. Aus Furcht vor Spionage hat sie wahrscheinlich zu niemandem außer den wenigen Technikern, die sie mitnahm, davon gesprochen. Dafür blieb Zeit genug, wenn der Tunnel fertig war. Nun fehlt die Zeit plötzlich, eine Streitmacht der Wardens aufzustellen, die wirksam in der Vergangenheit operieren kann. Die sie schicken konnte, sind wahrscheinlich durch den Unsicherheitsfaktor verwirrt worden; sie tauchten entweder zu früh oder zu spät auf. Das heißt, falls überhaupt jemand ausgesandt wurde. Sie hat Rivalen, die nicht um ihren Verlust trauern würden.« Er musterte Lockridge lange, ehe er fortfuhr: »Angenommen, Ihre Meldung entspricht den Tatsachen, so bin ich Ihnen zu Dank verpflichtet. Sie können sich darauf verlassen, zurückgeschickt und reichlich belohnt zu werden. Zuerst müssen wir jedoch Ihre ehrliche Absicht durch eine Seelenerforschung feststellen.«

Furcht stieg in Lockridge auf. Er kam dem Augenblick, nach dem seine Zukunft unbekannt war, immer näher.

»Nein«, sagte Lockridge schwach. »Bitte nicht. Ich habe gesehen, was dabei geschieht.« Er brauchte für seine Flucht einen Grund, der Brann nicht davon abhalten würde, nach Storms Zeittor zu suchen und seine Truppen hindurchzuschicken. Aber seine Furcht war echt. Er hatte nicht den verdunkelten Teil des Landhauses vergessen.

»Sie brauchen nichts zu befürchten«, sagte Brann mit leichter Ungeduld. »Die Behandlung wird oberflächlich bleiben, sofern nichts Verdächtiges zum Vorschein kommt.«

»Woher weiß ich, daß Sie die Wahrheit sprechen?« Lockridge stand auf und wich zurück.

»Sie müssen meinem Wort glauben. Und zugleich meine Entschuldigung annehmen.« Brann machte eine Geste. Die Tür öffnete sich, zwei Posten traten ein. »Bringen Sie diesen Mann auf Abteilung 8 und sagen Sie dem Abteilungsleiter, er soll mich anrufen«, befahl Brann.

Die Männer in Schwarz führten Lockridge über einen leeren Gang. Alle Laute klangen gedämpft, kein Wort wurde gesprochen. Lockridge holte tief Atem. Okay, alter Junge, dachte er. Du weißt, daß du es bis zum Zeittunnel schaffen mußt. Mit einem Schlag arbeiteten seine Gedanken klar.

Der Gang, den er brauchte, kam in Sicht. Der Eingang war ein Oval in der kahlen Wand. Die Soldaten führten Lockridge daran vorüber. Sie hatten die Energiepistolen gezogen, die Mündungen jedoch nicht auf ihn gerichtet. Gefangene machten hier selten Scherereien. Lockridge blieb mit einem Ruck stehen. Seine Handkante traf den Adamsapfel des Wächters zu seiner Rechten. Der Helm rutschte ins Genick, die Gestalt landete auf allen vieren. Lockridge wirbelte nach links herum. Die Schulter, hinter der sein Gewicht lag, traf den anderen Wächter. Der Mann taumelte rückwärts auf das Oval zu. Lockridge packte ihn und zerrte ihn mit in den Schacht. Gemeinsam stürzten sie hinab. Eine Alarmsirene schrillte. Die vieläugige Maschine, die der Bau darstellte, hatte das Ungewöhnliche wahrgenommen und rief seine Kenntnis in fast menschlicher Stimme hinaus. Die Wände des Schachtes jagten vorüber. Lockridge umklammerte den Ranger mit einem Arm, während die andere Faust während des ganzen Falls das Gesicht des Uniformierten bearbeitete, bis die Gestalt schlaff wurde und die Waffe ihrer Hand entfiel.

Lockridge tastete den Mechanismus seines Gurtes ab. Wo, zum Henker, steckte ...?

Tür nach Tür jagte nach oben vorbei. Zweimal zuckten Energieblitze aus ihnen. Und nun raste der Boden Lockridge entgegen. Er fand die Scheibe, die er brauchte, und drehte sie. Die plötzlich einwirkende Bremskraft riß den Ranger fast aus seinem Griff. Aber die Verlangsamung des Falles bewahrte sie davor, am Boden zerschmettert zu werden. Der Boden des Schachtes mündete auf einen anderen Gang. Zwei Posten starrten sie über die drohenden Mündungen ihrer Pistolen an. Eine Gruppe Uniformierter donnerte im Laufschritt durch den Gang heran.

»Nehmen Sie diesen Mann fest!« keuchte Lockridge. »Und lassen Sie mich durch!«

Er trug Uniform und die Abzeichen eines hohen Ranges. Arme zuckten salutierend empor. Lockridge sprang in den Vorraum. Die Stimme Branns dröhnte wie die Stimme des Jüngsten Gerichtes:

»Achtung! Achtung! Hier spricht der Direktor. Ein Mann in der Uniform eines Wachtruppführers hat soeben den Behelfsdurchgang auf Unterabschnitt neun betreten. Er ist unter allen Umständen gefangenzunehmen.«

Durch das Tor! Der wirbelnde Schock des Phasenwechsels brachte Lockridge zu Fall. Instinktiv rollte er über die Schulter ab, wobei sein Kopf hart auf den Boden schlug. Schmerz durchzuckte ihn, und er lag ein paar Sekunden halb betäubt. Die Furcht vor der Seelenerforschungsmaschine brachte ihn wieder zu sich. Er richtete sich auf und warf sich auf einen der wartenden Schwerkraftschlitten. Ein halbes Dutzend Verfolger strömte durch den Vorhang. Lockridge preßte sich an den Boden des Gefährts. Betäubungsstrahlen trafen die Panzerung um ihn. Er hob eine Hand und führte sie über die Beschleunigungsskala. Der Schlitten setzte sich in Bewegung.

Er entfernte sich von den Rangers. Aber sie befanden sich auf der Seite seiner Vergangenheit. Der Schlitten führte ihn der Zukunft entgegen. Er warf einen Blick zurück. Schon wurden die schwarzen Gestalten kleiner und kleiner.

»Ich habe dir gedient, Koriach«, murmelte Lockridge. »Göttin, hilf mir!«

Wie aus weiter Ferne klangen Branns Befehle durch die vibrierende Weiße des Schachtes. Die Verfolger formierten sich. Von ihren Schwerkraftgeräten angehoben, machten sie sich an die Verfolgung. Lockridge sah kein Ende des Tunnels, kein Tor voraus. Der Schlitten kam zum Stehen. Er hämmerte mit der Faust auf die Kontrollknöpfe. Die fliegenden Gestalten näherten sich. Lockridge sprang ab und begann zu laufen. Ein Strahl traf den Boden hinter ihm, streifte seine Ferse. Ein Siegesruf erklang. Und dann kamen die Nacht und die Furcht. Lockridge wußte nicht, was mit ihm geschah.

16

»Guten Morgen, Malcolm Lockridge«, sagte ein Mann. »Sie sind bei Freunden«, sagte die Stimme einer Frau. Die beiden sprachen Kentucky-Dialekt.

Er setzte sich auf. Der Mann und die Frau traten näher. Beide waren groß und von mittlerem Alter. Ihr Haar endete unterhalb der Ohren und wurde von reich verzierten Bändern zusammengehalten. Außer diesem Schmuck trugen sie nichts, wenn man von dem mit einer Tasche versehenen Band um das linke Handgelenk absah. Lockridge stellte fest, daß auch er nackt war. Er tastete nach seiner Gelenktasche. Die Frau lächelte. »Ja, Ihre Diaglossas sind da«, sagte sie. »Ich nehme an, mehr brauchen Sie nicht.«

»Wer sind Sie?« fragte Lockridge verwundert.

Sie wurden ernst. »Es tut mir leid, Ihnen sagen zu

müssen, daß Sie nicht lange bei uns sein werden«, erwiderte der Mann. »Nennen Sie uns John und Mary.«

»Und ... jetzt ist wann?«

»Tausend Jahre später.«

Die Stimme der Frau klang mitleidig, als sie sagte: »Wir wissen, daß Sie durch einen Alptraum gegangen sind. Aber wir hatten keine andere Möglichkeit, diese Leute zurückzuschlagen, wenn wir sie nicht umbringen wollten. Ihre Heilung vollzog sich, während Sie schliefen.«

»Sie werden mich in meine Heimat schicken?«

Schmerz zeigte sich in den Zügen der Frau. »Ja.«

»Ich meine nicht meine eigentliche Heimat. Ich meine Europa zur Zeit der Wardens.«

»Ich weiß. Kommen Sie.«

Sie gingen hinaus. Lockridge suchte zu begreifen. »Ich verstehe, daß Sie mit niemandem aus der Vergangenheit zu tun haben wollen. Was bedeute ich Ihnen also?«

»Bestimmung«, sagte John. »Das grausigste Wort, das ein Mensch aussprechen kann.«

»Sie meinen ...? Meine Arbeit ist noch nicht beendet?«

»Nein«, sagte Mary und griff nach seiner Hand.

»Ich darf Ihnen nicht mehr erzählen«, sagte John. »In Ihrem eigenen Interesse. Der Zeitkrieg war der Tiefpunkt menschlicher Erniedrigung, nicht zuletzt, weil er den freien Willen verleugnete.«

»Aber die Zeit ist etwas Feststehendes, nicht wahr?«

»Vom göttlichen Standpunkt aus vielleicht«, sagte John. »Aber die Menschen sind keine Götter. Sehen Sie sich selbst an. Sie wissen, daß Sie Ihre Wahl frei treffen. Oder nicht? Im Zeitkrieg versuchten die Menschen, alles Schreckliche, was sie taten, dadurch zu rechtfertigen, daß es sich ohnehin ereignen würde. Doch sie waren selbst und direkt für mehr Tyrannei, Tod, Haß und Leiden verantwortlich, als ich aufzählen könnte. Wir von heute sind klüger, als daß wir in unsere eigene Zukunft blicken, und wir begeben uns nur heimlich, als Beobachter, in die verdammenswerte Vergangenheit.«

»Mich ausgenommen«, sagte Lockridge leicht verärgert.

»Es tut mir leid. Dies ist ein Unrecht, das wir begehen müssen, um ein größeres Unrecht zu verhindern.« Er sah Lockridge fest an. »Ich tröste mich damit, daß Sie Manns genug sind, es zu ertragen.«

»Nun ...« Lockridge spürte die Trockenheit seiner Lippen. »Okay. Ich bin Ihnen jedenfalls dankbar, daß Sie dort im Tunnel eingriffen.«

»Wir werden es nicht wieder tun«, sagte Mary.

Sie traten auf die Straße hinaus. Dies schien eine stattliche Ortschaft zu sein, mit Häusern, die sich weit unter hohen Bäumen erstreckten. Eine Maschine, die von niemandem bedient wurde, mähte den Rasen. Gut aussehende Menschen schritten ohne Eile dahin. Einige waren nackt, andere schienen der Ansicht zu sein, daß eine leichte Tunika dem Wetter besser entsprach. Lockridge bemerkte, daß John mit Achtung gegrüßt wurde.

»Sie müssen ein bedeutender Mann sein«, sagte er.

»Festländischer Ratsherr.« Liebe und Stolz sprachen aus Marys Stimme.

Nach einer Weile kamen sie an ein Gelände, das durch eine Hecke abgegrenzt war. John berührte ein Blatt, und die Zweige teilten sich. Dahinter lag ein wie ein Torpedo geformtes Fahrzeug, in das sie stiegen. Die vordere Kabine war eine durchsichtige Blase, aber es waren keine Steuergeräte sichtbar. Am Heck, hinter einem Durchgang, sah Lockridge — Maschinen? Formen? Was immer die Gebilde sein mochten, sie hatten keine festen Umrisse, sondern schienen unmöglichen Kurven in unendliche Ausdehnungen zu folgen.

John setzte sich. Lautlos hob sich das Schiff. Schnell blieb die Erde zurück, bis Lockridge unter dunklem Himmel die ganze Ostküste überblicken konnte. Größtenteils war das Land grün — wie lange hatten die Menschen gebraucht, um das unheilvolle Wirken der Rangers vergessen zu machen? —, aber im Süden dehnte sich mehrere Meilen weit ein mächtiger Gebäudekomplex. Die Gebäude zeugten von Geschmack, die Luft um sie war rein, und Lockridge erkannte Parkanlagen. »Ich dachte, die Wardens bauten keine Städte«, sagte er.

»Sie tun es auch nicht«, erwiderte John. »Aber wir.«

Lockridges Überlegungen wurden durch das Erscheinen eines silbrig leuchtenden eiförmigen Körpers unterbrochen, der sich über den Horizont hob. Er schätzte die Entfernung ab und dachte: Mein Gott, dieses Ding muß eine halbe Meile lang sein! »Was ist es?«

»Der Plejadenkreuzer«, sagte John.

»Aber in Storms Jahren konnten sie die Sterne nicht erreichen!«

»Nein. Sie waren zu beschäftigt damit, einander umzubringen.«

Ihr Gefährt beschleunigte. Amerika verschwand in der Einsamkeit eines Ozeans, der sich nie veränderte. Lockridge begann, weitere Fragen zu stellen. Mary schüttelte den Kopf. Tränen verschleierten ihren Blick.

Nach kurzer Zeit kam Europa in Sicht. Das Gefährt, das sie trug, verursachte kein Geräusch, als es sich abwärts senkte. Sie waren immer noch so hoch, daß die Küste wie eine Landkarte unter ihnen abrollte.

»Sie steuern ja Dänemark an!«

»Wir müssen«, sagte John. »Sie können Ihren Bestimmungsort auf dem Landwege erreichen.«

Das Fahrzeug blieb in der Luft stehen und hing in Sicht des Limfjords. Lockridge sah eine Herde bunt gemusterter Tiere. Waren sie von einem anderen Planeten? Nahe der Einmündung der Bucht erhob sich eine Stadt. Sie hatte keine Ähnlichkeit mit der, die er gerade verlassen hatte, und er war froh darüber. Er hatte sich nie mit dem Gedanken an eine Welt, in der alles gleichförmig war, abfinden können. Rote Mauern und kupferne Turmspitzen erinnerten ihn an das Kopenhagen, das er gekannt hatte.

Nun gut, sagte er sich, was immer mir noch zu tun bleibt, wird wahrscheinlich für eine gute Sache sein.

»Ich wünschte, wir könnten Ihnen mehr zeigen, Malcolm«, sagte Mary leise. »Aber hier verlassen wir Sie.«

»Wie? Wo ist Ihr Tunnel?«

»Wir haben einen anderen Weg gefunden«, sagte John. »Dieses Gerät wird uns ans Ziel bringen.« Die Maschine landete weich. »Steigen Sie schnell aus. Wir dürfen nicht riskieren, beobachtet zu werden.« Er griff nach der Hand seines Passagiers. »Leben Sie wohl!« sagte er rauh.

»Leben Sie wohl«, sagte auch Mary und küßte ihn. Die Tür glitt zurück. Er sprang hinaus. Das Gefährt hob sich und verschwand.

17

Das sommerliche Land, das er gesehen hatte, wartete noch lange Jahre darauf, geboren zu werden. Er stand in einer Wildnis, die so dicht war, wie sie die Tenil Orugaray je gekannt hatten. Die Bäume waren zumeist Buchen, hoch und weiß, aber mit Zweigen, die sich kahl gegen den dunkler werdenden Himmel reckten. Das abgefallene Laub raschelte trokken in einem kühlen Wind. Ein Rabe zog mit schnellem Flügelschlag dahin.

Lockridge stöhnte. Zu welcher Art von Freunden gehörten diese Menschen, die ihn nackt und allein abgesetzt hatten? Sie mußten es tun, dachte er. Aber, zum Teufel, niemandem war damit gedient, wenn er verhungerte, also mußte jemand in der Nähe leben. Er starrte in die Dämmerung und fand einen Pfad. Schmal und offensichtlich selten benutzt, wand er sich durch

Büsche und Baumstämme der Bucht zu. Entgegen dem letzten Funkeln der untergehenden Sonne brach ein Glühen durch den Wald. Der Mond der Jäger, dachte er. Auri mußte ihn seit drei Monaten erwartet haben. Armes einsames Mädchen. Nun, sie mußten sich auf jeden Fall erst mit ihr vertraut machen, und er würde zu ihr eilen, sobald er ein Transportmittel fand.

Plötzlich blieb er stehen. Kalt lief es ihm den Rücken hinab. In weiter Ferne hatte er das Bellen von Hunden gehört. War das ein Grund, sich zu fürchten? Warum war er so nervös? Er setzte sich wieder in Bewegung. Die Dämmerung ging in die Nacht über. Zweige brachen und stachen ihn, als er halbblind über den Pfad taumelte. Der Wind wurde lauter. Immer näher erklang des Kläffen der Meute. War das ein Horn, was er hörte? Es konnte nichts anderes sein, dem Klang nach zu urteilen.

Wahrscheinlich benutzen sie den gleichen Pfad, dachte er. Warten wir ab ... Nein. Er ging zum Laufschritt über. Aus irgendeinem Grunde wollte er der Gruppe nicht begegnen. Der Mond stieg höher. Seine Strahlen zwischen den mächtigen Baumstämmen wurden zu einem geisterhaften Grau, das seine Schatten auf den Boden warf. Immer mehr hatte Lockridge das Empfinden, durch einen endlosen Tunnel zu fliehen. Er begann schwer zu atmen. Jaulen warf sein Echo in den Wald, wieder wurde das Horn geblasen, er glaubte Hufe auf der kalten Erde trommeln zu hören.

Vor ihm öffnete sich der Wald. Rauhreif blitzte auf Heidekraut, und der Limfjord lag schwarz und silbrig unter funkelnden Sternen. Lockridge hörte sich erleichtert aufatmen. Aber plötzlich kläfften und winselten die Hunde, das Horn schrillte, der Galopp wurde zum Donner. Sie haben meine Witterung, dachte er. Er war machtlos gegen die Furcht, die in ihm aufstieg. Als säße ihm der Teufel im Nacken, jagte er davon.

Näher kam die Meute. Eine Frau schrie wie eine

Wildkatze. Er brach in funkelnden Mondschein hinaus. Eine Meile entfernt, nahe der Küste, sah er eine schwarze Masse, in der es gelb glimmerte. Häuser — er stolperte, stürzte in Stechginster, der ihn blutig schrammte. Er würde die rettende Unterkunft nie erreichen. In einer Minute mußten die Hunde da sein. Zum Waldrand also ... auf einen hohen Baum! Auf einem Ast balancieren, sich an den Stamm klammern, zum Schatten werden und abwarten!

Über den Pfad und auf die Heide brach die Meute! Das waren keine Hunde, sondern wolfsähnliche Ungeheuer und riesige Reittiere, die Einhörnern ähnelten. Die da ritten, waren menschliche Wesen — zwei Männer und vier Frauen in Wardenuniform. Langes blondes Haar flatterte im Wind. Und auch das andere, ein zerrissener Körper über einem Sattel, war menschlich.

Ein Mann stieß fast genau unter Lockridge in sein Horn. Um ein Haar hätte der Amerikaner den Halt verloren. Der Hörnerschall verursachte panische Angst! Es durchzuckte ihn, und er umklammerte den Baum, daß die harte Borke ihm die Haut zerriß.

»Ho-yo! Ho-yo!« Die Frau, die die Gruppe anführte, schwenkte ihren Speer. Ihr Gesicht ähnelte den Zügen Storms. Im Galopp donnerte sie fort, bis die Hunde die Witterung verloren und winselnd zu schnüffeln begannen. Die Reiter zügelten ihre Tiere. Lockridge hörte, wie sie einander zuriefen. Ein Mädchen deutete eifrig auf den Wald. Sie wußte, was ihr Wild getan hatte. Aber die andern schienen keine Neigung zu verspüren, den Wald mit seinem dichten Buschwerk zu durchkämmen. Nach einer Weile jagten sie in breiter Reihe östlich über das kahle Land.

Lockridge glitt von dem Baum herab. Vielleicht rechneten sie nicht damit, daß er in das Dorf drüben floh. Er füllte seine Lungen, winkelte die Arme an und begann zu laufen. Mondlicht tränkte die Erde, die Heide war grau, und das Wasser blitzte. Sicher würden sie ihn sehen, aber es blieb ihm nichts anderes übrig als zu laufen. War es die Furcht, die ihm diese Geschwindigkeit verlieh, oder hatten Mary und John ihm etwas injiziert?

Die Siedlung bestand nur aus einer Ansammlung von Hütten. Obwohl sie feste Mauern hatten und ihre Dächer aus einer blitzenden synthetischen Masse zu bestehen schienen, kamen sie Lockridge enger und armseliger als die Hütten der Steinzeit vor.

Er hämmerte an die erste Tür. »Lassen Sie mich ein!« rief er. »Hilfe!«

Keine Antwort kam, nichts rührte sich. Er taumelte zur nächsten Hütte, trommelte mit den Fäusten gegen das Holz. »Hilfe! In *Ihrem* Namen — Hilfe!«

Jemand wimmerte, eine bebende Männerstimme rief: »Gehen Sie fort!«

Fern auf der Heide verstummten die Geräusche der Meute, setzten wieder ein und kamen näher.

»Verschwinden Sie!« rief der Mann hinter der Tür. Lockridge warf sich gegen das Holz und prallte schmerzhaft zurück. Er lief weiter in die Ortschaft, in deren Mitte eine Art Platz war. Neben einem primitiven Brunnen erhob sich ein zwanzig Fuß hohes Antoniuskreuz, an dem ein Mann hing. Er war tot. Lockridge eilte weiter. Wieder hörte er das Trommeln der Hufe. Am andern Ende der Siedlung lagen Felder, die Kartoffeln getragen haben mochten. Im klaren Mondlicht sah Lockridge die Spuren der Reiter. Eine Hütte, die noch schäbiger als die anderen war, erhob sich daneben. Kreischend öffnete sich die Tür. Eine alte Frau trat heraus und rief: »Hierher, Sie! Schnell!«

Lockridge stolperte über die Türschwelle. Die Frau schloß die Tür hinter ihm und verriegelte sie. »Sie werden nicht in die Ortschaft kommen«, murmelte sie betrunken. »Ist kein Sport, einen zusammengeschlagenen Mann zu töten. Und ich sage, ein Wildläufer *ist* ein Mann. Soll sie vor Wut platzen, wenn sie es entdeckt.

Ich kenne meine Rechte. Sie haben mir meinen Ola genommen, aber dadurch bin ich als seine Mutter für ein Jahr heilig. Keine Geringere als die Koriach darf über mich zu Gericht sitzen, und meine Hohe Frau Istar wird *Sie* wegen einer so lächerlichen Sache nicht belästigen.«

Lockridge fühlte seine Kraft zurückkehren. Er raffte sich auf. Die Frau sagte hastig: »Denken Sie daran, daß ich nur an die Tür zu gehen brauche, wenn Sie Scherereien machen. Meine Nachbarn sind starke Männer, die sich einen Spaß daraus machen würden, einen Wildläufer in die Finger zu bekommen. Ich weiß nicht, ob sie Sie selbst in Stücke reißen oder hinausschicken würden, damit Istar Sie jagt, aber Ihr elendes Leben ist in meiner Hand, vergessen Sie das nicht.«

»Ich ... ich werde Ihnen keinen Ärger machen.« Lockridge musterte die Frau und erkannte, daß sie nicht so alt war, wie er zuerst gedacht hatte. »Wenn ich mich dankbar erweisen kann in irgendeiner Weise ...«

Sie blickte ihn überrascht an. »Sie sind kein Wildläufer!«

»Nein, gewiß nicht.« Er neigte lauschend den Kopf. Das Kläffen der Meute entfernte sich wieder. Er holte tief Luft und wußte, daß dies nicht die Zeit war, in der er sterben würde.

»Aber ... aber Sie kommen nackt aus dem Wald, sind auf der Flucht ... und sind doch glatt rasiert und sprechen besser als ich ...«

»Sagen wir, ich bin ein Fremdling, wenn auch kein Feind.« Lockridge wählte seine Worte mit Bedacht. »Ich war auf dem Wege hierher, als die Jäger zufällig meinen Pfad kreuzten. Es ist wichtig, daß ich sofort Verbindung zum Hauptsitz der Koriach aufnehme. Sie sollten gut dafür bezahlt werden, daß Sie mir das Leben retteten. Könnten Sie mir ein paar Kleidungsstücke leihen?«

Sie musterte ihn von oben bis unten, nicht wie eine Frau, die einen Mann mustert, sondern mit der unpersönlichen Vorsicht desjenigen, der sich zu einer Entscheidung durchringen muß. »Also gut. Vielleicht lügen Sie, vielleicht sind Sie ein Teufel, ausgeschickt, um armselige Kreaturen in die Falle zu locken, aber ich habe wenig zu verlieren. Olas Tunika müßte Ihnen passen.« Sie kramte in einem Schrank und gab ihm ein schäbiges Gewand. Ihre Hand strich über den Stoff. »Ein bißchen von seinem Geist muß noch darin sein«, sagte sie leise. »Vielleicht denkt er an mich. Wenn es so ist, stehe ich unter seinem Schutz.«

Lockridge schlüpfte in die Tunika. »War Ola Ihr Sohn?« fragte er sanft.

»Ja. Der letzte. Krankheit holte die anderen in der Wiege. Und in diesem Jahr traf ihn, obwohl er noch nicht siebzehn war, das Los.«

»Ist er es, draußen an dem Kreuz?« entfuhr es Lockridge. Sie funkelte ihn ärgerlich an. »Hüten Sie Ihre Zunge! Der da war ein Verräter! Er verfluchte Istars Liebhaber Pribo, nur weil er ihm ein Fischernetz zerrissen hatte.«

»Es tut mir leid«, stammelte Lockridge. »Ich sagte Ihnen schon, daß ich hier fremd bin.«

Ihre Stimmung schlug schnell um. Sie rieb sich die Augen. »Wenn ich nur vergessen könnte, wie er schrie, als sie ihn verbrannten.«

Lockridge ließ sich auf einen Schemel fallen. »Ist diese Istar Ihre Priesterin?« fragte er.

»Himmel, ja!« sagte sie eifrig. »Sie ist diejenige, die Sie anrufen müßten. Aber nicht vor morgen nachmittag, denke ich. Sie ist zur Jagd ausgeritten und wird lange schlafen, und es gibt niemanden, der wichtig genug ist, sie frühzeitig aus dem Bett zu holen.«

»Und diese Wildläufer? Wer sind sie?«

»Was? Das wissen Sie nicht? Sie müssen von weither sein. Sie sind die Nackten, die Waldbewohner, die Lumpen, die einem die Hühner stehlen oder jeden überfallen, der so unklug ist, allein in den Wald zu gehen. Ich weiß wirklich nicht, warum ich Sie einließ, obwohl ich Sie für einen Wildläufer hielt.« Sie zuckte ergeben die Achseln. »Obwohl ich sündig bin, muß Ola mir geraten haben, Sie einzulassen. Wer sonst?« Dann fuhr sie eifriger fort: »Fremder, ich habe Ihnen geholfen. Kann ich dafür die Koriach sehen? Meine Großmutter sah sie einmal. Sie kam hier über dieses Land geflogen. Ihr Haar war so schwarz wie der Sturm, dessen Namen sie oft annimmt. Wenn ich sie sehen könnte, würde ich ruhig sterben können.«

Lockridge schüttelte die Ermüdung ab, die ihn überwältigen wollte. »Ihre Großmutter sah sie?« wiederholte er. »Vor so langer Zeit?«

»Wen sonst? Die Göttin stirbt nicht.«

Irgendeine Art von Trick, vielleicht unter Benutzung der Zeittore. Aber Brann hatte davon gesprochen, sie über alle Geschichtsperioden hinweg bekämpft zu haben, und so wenige waren auserwählt, die Tunnel zu benutzen. Ihre Führer mußten wenigstens in jedem Zeitabschnitt Jahre oder Jahrzehnte verbringen — *wie viele?*

Lockridge stand auf. »Ich kann nicht hierbleiben«, stieß er hervor. Er entdeckte in der Ecke ein Gerät, das elektronisch zu sein schien, und an der Wand einen Übermittlungsschirm. »Ich werde jemanden rufen, der mich abholt.«

»Nein, warten Sie! Mit diesem Gerät ist nur Istar zu erreichen. Oder glauben Sie, meinesgleichen hätte eine direkte Verbindung zur Göttin? Setzen Sie sich wieder, Sie Narr.«

Lockridge schob die Frau beiseite und trat an das Gerät. Er deckte die Hand über das einzige Ruflicht. Auf dem Schirm erschien ein gelangweilter, schläfriger junger Mann.

»Wer sind Sie?« fragte der Warden. »Meine Priesterin ist auf der Jagd.«

»Von mir aus kann sie sich zu Tode jagen«, sagte

Lockridge scharf. »Verbinden Sie mich mit dem Palast der Koriach.«

Das bartlose Kinn fiel herab. »Sind Sie wahnsinnig?«

»Hören Sie, wenn Sie nicht sofort springen, nagele ich Sie lebend an das nächste Scheunentor. Holen Sie mir den Warden Hu, Yuria oder irgend jemanden vom Hof an den Apparat. Sagen Sie ihnen, daß Malcolm Lockridge wieder da ist. Im Namen der Koriach!«

»Sie kennen sie? Verzeihen Sie mir. Gedulden Sie sich bitte einen Augenblick.« Das Bild auf dem Schirm verschwand.

Nach einer Weile erschien Hus Gesicht. »Sie! Wir hatten Sie schon verloren gegeben.« Er schien eher erstaunt als glücklich.

»Es ist eine lange Geschichte«, sagte Lockridge kurz. »Können Sie feststellen, von wo ich mich melde? Gut, dann holen Sie mich hier ab.« Er unterbrach die Verbindung, nickte der Frau noch einmal zu und ging hinaus. In weiter Ferne hörte er die Jäger. Ich muß vorsichtig sein, dachte er. Und wäre es nur, um Auri nach Hause zu bringen.

Er wußte nicht, wie lange er wartete. Vielleicht eine halbe Stunde. Zwei grüngekleidete Männer schwebten aus der Dunkelheit herab und begrüßten ihn.

»Verschwinden wir«, sagte er. Sie hoben sich in die Luft und überquerten das Land. Zumeist lag es dunkel und schweigend unter ihnen. Von Zeit zu Zeit erkannten sie Dörfer, die sich um den funkelnden Hochbau eines Tempelpalastes gruppierten, von ihm und untereinander durch Meilen der Leere getrennt. Oft sah Lockridge Gebäude, die Fabriken sein mußten. Sicher, dachte er, die Wardens leben ebenso wie die Rangers mit Maschinen. Sie tarnen es nur etwas besser.

Das alles sollte ich gar nicht sehen. Nach dem ursprünglichen Plan sollte ich auf dem kürzesten Wege zu einem Tunnel gehen und mich zu ihrem Heiligtum befördern lassen.

Es wuchs vor ihm auf, selbst jetzt so großartig anzusehen, daß er Schmerz bei dem Gedanken verspürte, dies alles müsse untergehen. Seine Begleiter setzten ihn auf einer Terrasse ab, über der eine Wolke von Jasminduft hing, und eine Quelle murmelte. Hu erwartete ihn, in einem Gewand, das wie flüssiges Feuer flammte.

»Malcolm!« Er griff nach Lockridges Schultern. Seine Begeisterung saß nicht tief. »Was ist geschehen? Wie sind Sie entkommen und so weit nach Norden gelangt?«

»Hören Sie«, sagte der Amerikaner, »ich bin fast zu erschöpft, mich auf den Beinen zu halten. Mein Auftrag ist erfolgreich ausgeführt. Die Einzelheiten können Sie später erfahren. Das einzige, was mich im Augenblick interessiert, ist Auri. Wo ist sie?«

»Wer? ... Ah, das Steinzeitmädchen. Sie schläft, nehme ich an.«

»Bringen Sie mich zu ihr.«

»Hm.« Hus Brauen hoben sich, er rieb sein Kinn. »Warum ist sie Ihnen so wichtig?«

»Ist sie verletzt worden?« schrie Lockridge.

Hu wich zurück. »Nein, bestimmt nicht. Natürlich hatte sie sich Ihretwegen Sorgen gemacht. Anscheinend hat sie Dinge, die sie beobachtete, falsch ausgelegt. Damit muß man rechnen. Das war auch der Grund, warum wir jemand aus ihrer Kultur so gründlich beobachteten. Glauben Sie mir, wir haben sie so nett wie möglich behandelt.«

»Ich glaube Ihnen. Bringen Sie mich zu ihr.«

»Kann sie nicht warten? Ich dachte, wir würden Ihnen jetzt ein Aufmunterungsmittel geben und eine kleine Feier veranstalten, nachdem Sie Ihren Bericht in groben Zügen gegeben haben.« Er zuckte die Achseln. »Wie Sie wünschen.« Er hob den Arm. Ein Junge erschien, und er gab ihm seine Anordnungen. »Bis morgen dann, Malcolm.« Er ging davon, und sein Gewand leuchtete wie eine Flamme.

Lockridge achtete kaum darauf, welchen Weg sie nahmen. Schließlich öffnete sich eine Tür. Er ging hindurch und durch eine zweite Tür an der gegenüberliegenden Wand. In dem Raum, den er betrat, lag Auri auf einem Bett. Das Kleid, das sie trug, war recht hübsch, und sie hatte auch nicht an Gewicht verloren, aber sie stöhnte im Schlaf.

Mit bebender Hand schaltete Lockridge den Diaglossa für ihre Zeit ein und streichelte sanft ihre Wange. Blinzelnd öffnete sie die Augen. »Malcolm«, murmelte sie.

Er setzte sich und nahm sie in die Arme, und sie lachte und weinte und zitterte in seiner Umarmung. Worte brachen wie ein Strom aus ihr hervor: »O Malcolm, ich dachte, du seiest tot. Bring mich fort, bring mich nach Hause, nur fort von hier. Nein, ich wurde nicht geschlagen, aber sie halten Menschen wie Tiere, sie züchten sie, und jeder haßt jeden, immer flüstern sie miteinander, warum wollen sie die andern besitzen, jeden einzelnen, sie kann nicht die Göttin sein, sie kann nicht ...«

»Sie ist es auch nicht«, sagte er. »Ich kam durch ihr Land hierher, ich sah alles, und ich weiß Bescheid. Ja, Auri, wir werden in die Heimat zurückkehren.«

Die innere Tür öffnete sich. Er wandte den Kopf und sah Yuria. Blonde Locken verbargen nicht, was sie im Ohr trug, noch vermochte ihr Nachtgewand zu verbergen, wie steif ihre Haltung war.

»Ich wünschte fast, Sie hätten das nie zugegeben, Malcolm«, sagte sie.

18

1827 vor Christus.

Lockridge passierte den regenbogenfarbigen Vorhang. »Welche Zeit ist es?«

Hu prüfte die Kalenderuhr. »Später, als ich wünschte«, sagte er. »Ende August.«

Avildaro hat also ein Vierteljahr gelebt, seit wir Brann und die Yuthoaz schlugen, dachte Lockridge. Auri etwa ebenso lange. Ich ein paar Tage, obwohl jeder Tag wie ein Jahrhundert war. Was hat Storm den ganzen Sommer hier getan?

»Es ist der Unsicherheitsfaktor, der die Herstellung transtemporaler Verbindungen so schwierig macht«, sagte Hu. Er wandte sich wieder dem Tor zu. »Wir können es noch einmal versuchen.« Die vier Soldaten, die sie begleiteten, wurden unruhig. Einer von ihnen traf Anstalten zu protestieren. Hu überlegte es sich anders. »Nein. Wenn Sie Pech haben, können Sie dadurch mit den gräßlichsten Paradoxa konfrontiert werden. In den vergangenen Wochen brachte ich einige Kuriere hin und auch wieder zurück. Nach der letzten Meldung verlief alles glatt, und das war vor wenig mehr als einem Monat Ortszeit.«

Er begann die Rampe hinaufzusteigen. Seine Männer setzten sich gleichfalls in Marsch und schirmten Lockridge und Auri ab. Das Mädchen umklammerte die Hand des Amerikaners und fragte heiser: »Sind wir wirklich zu Hause?«

»Du bist es«, sagte er.

Er fragte sich erstaunt, warum an einem Tor, das so wichtig geworden war, kein Aufgebot der Wardens Posten bezogen hatte.

Sie wird verschiedene Gründe dafür haben, dachte er; unter anderem die Tatsache, daß sie soviel treue Männer wie möglich in ihrem eigenen Zeitalter zur Verfügung halten muß. Hauptsächlich aber wohl, um zu verhindern, daß die wahre Lage bekannt wurde, falls

Kundschafter der Rangers tatsächlich hierher gelangen sollten.

Sie stiegen hinauf. Die Sonne stand über satten grünen Wäldern im Zenit. Ein Rudel Rehe schreckte auf und setzte davon, wobei es Hunderte von Rebhühnern verjagte. Auri stand einen Augenblick mit strahlendem Gesicht, hob die Arme gegen den Himmel und warf das ungebundene Haar zurück. Bevor sie den Marsch angetreten hatten, hatte sie nach dem kurzen Gewand ihres Volkes verlangt. Mit Überraschung stellte Lockridge fest, wieviel fraulicher sie in der Zeit seiner Abwesenheit geworden war.

»Wir sind wieder frei, Malcolm.« Sie tanzte und sang vor Freude.

Du bist es. Vielleicht. Ich hoffe es wenigstens, dachte er. Und ich? Ich weiß es nicht.

In den beiden Tagen, die er im Palast hatte verbringen müssen, war er nicht schlecht behandelt worden. Nur ein einziger Posten begleitete ihn, und er konnte gehen, wohin er wollte. Sehr höflich war er gebeten worden, seinen Bericht unter der Einwirkung einer Wahrheitsdroge zu verfassen, und er hatte sich damit einverstanden erklärt. Danach hatte Yuria lange Diskussionen mit ihm geführt, die darauf hinausliefen, daß seine Herkunft es ihm unmöglich machte, eine völlig andere Zivilisation zu verstehen; daß das, was er gesehen hatte, zufällig ein schlechtes Beispiel gewesen sei; daß das menschliche Leben ohne den tragischen Beigeschmack eben kein volles Leben sei; sie gab ferner zu, daß gewisse Mißstände herrschten, die aber abgestellt werden könnten, was unter einer klügeren Regierung zweifellos geschehen würde.

Er hatte dazu geschwiegen und ihre Gunstbezeigungen zurückgewiesen. Sie war ihm zu fremd. Sie alle waren es.

Hu gab einen Befehl. Die Gruppe stieg auf und nahm Kurs auf den Limfjord. Heute werde ich Storm wiedersehen, dachte Lockridge. Sein Herz hämmerte, teils aus Furcht, teils aus Erregung bei dem Gedanken an ihr Bild. Nichtsdestoweniger würde sie das Urteil über ihn fällen. Kein anderer wagte dies. Er war nicht nur der von ihr Erwählte, sondern hatte auch jenes rätselhafte Wort aus ihrer Zukunft.

Die Wälder blieben zurück. Avildaro lag hinter seinem heiligen Hain, das Wasser der Bucht blitzte. Einige Fischerboote waren draußen, und zwischen den Hütten arbeiteten Frauen. Aber im Norden ...

Auri schrie auf. Lockridge unterdrückte einen Fluch. »Die Yuthoaz! Malcolm, was ist geschehen?«

»Bei Gott, Warden, fangen Sie an zu erklären«, keuchte Lockridge.

»Bleiben Sie ruhig«, rief Hu über die Schulter. »Das war geplant. Es wird alles glatt verlaufen.«

Lockridges Augen wurden schmal, als er zu zählen begann. Es waren Gruppen des Streitaxtvolkes. Er sah etwa ein Dutzend Kampfwagen, die vor den Zelten der Häuptlinge warteten. Die Männer, die sich erregt sammelten und auf die fliegende Gruppe starrten, zählten etwa hundert. Sie hatten ihre Frauen mitgebracht. Keine weibliche Orugaray trug rauhe Wollsweater und Röcke. Kleine Kinder krabbelten zwischen ihnen umher. Ältere bewachten grasende Herden von Schafen, Pferden und Rindern. Hütten wurden errichtet.

Der Feind war gekommen, um zu bleiben.

Storm, Storm, warum?

Hu landete mit ihnen am Langhaus. Die umliegenden Hütten verwehrten den Blick auf das Lager der Yuthoaz. Der Platz vor dem Eingang war verlassen; kein Dorfbewohner ließ sich sehen, wo einst der von Lachen und Gesang erfüllte Mittelpunkt der kleinen Gemeinde gewesen war. Stimmen von weither drangen kaum bis in diese Stille, über der die Sonne lag.

Zwei Krieger, federgeschmückt, bemalt, mit Speer, Dolch, Bogen und Streitaxt bewaffnet, hielten Wache vor dem Eingang. Sie erwiesen den Ankömmlingen den Wardengruß.

»Ist *Sie* drin?« fragte Hu.

»Ja, Herr«, sagte der ältere der Yuthoaz, ein stämmiger Mann mit in der Mitte geteiltem roten Bart. Sein Schild war mit einem Wolf bemalt. Es gab Lockridge einen Ruck, als er Withukar wiedererkannte. Sein Armbruch war verheilt. »Sie macht ihre Magie hinter der Dunkelheit.«

»Halten Sie diesen Mann hier für *Ihren* Ruf bereit«, befahl Hu und betrat das Langhaus. Der Vorhang aus Fellen schlug hinter ihm zu.

Auri bedeckte das Gesicht mit den Händen und schluchzte. Lockridge strich ihr über die blonden Lokken. »Du brauchst nicht zu bleiben«, sagte er. »Geh und suche deine Angehörigen.«

»Wenn sie noch leben.«

»Sie müssen. Es hat keinen zweiten Kampf gegeben. Storm hat die Fremden aus irgendwelchen besonderen Gründen zurückgebracht. Geh nun nach Hause.«

Withukar sah ihr nach, als sie davonging. Dann grinste er breit. »Sie sind doch der, der uns ausrückte«, sagte er. »Soso.« Er lehnte seinen Speer an die Wand und gab Lockridge einen gutmütigen Stoß in die Rippen. »Das war die Tat eines echten Kriegers«, lächelte er in der Erinnerung. »Sie haben uns ganz schön durcheinandergewirbelt, und das alles für ein kleines Mädchen. Wie ist es Ihnen seitdem ergangen? Wir sind inzwischen Ihre Freunde geworden, wie Sie wissen, und ich habe die Götter in diesen Wochen so nahe gesehen, daß ich fest glaube, Sie haben damals keine Zauberei benutzt, sondern nur ein paar Tricks, die ich gern lernen möchte. Seien Sie willkommen!«

Lockridge sah eine Möglichkeit, zu erfahren, was tatsächlich geschehen war. »Ich war weit fort in ihrem Auftrag«, sagte er langsam. »Ich weiß daher nicht, was sich hierzulande abgespielt hat und bin nicht wenig überrascht, daß Ihre Sippe hierher zurückgekehrt ist.« Und um dem andern einen kleinen Seitenhieb zu versetzen, fügte er hinzu: »Und daß Sie Posten stehen, als wären Sie ein Jüngling, der noch keine Erfahrung im echten Kampf hat.«

Withukar bekreuzigte sich schnell und erwiderte mit ernster Würde: »Nur die am höchsten Geborenen sind es wert, ihr zu dienen.«

»Gewiß. Und die Wagenlenker? Was ist denn mit ihnen?«

»Wir waren völlig eingeschüchtert, nachdem wir sahen, wie er, den wir für den Meister des Feuers hielten, geschlagen wurde, so daß Fremde, deren Waffen aus echtem Metall waren, uns in alle Winde verstreuten. Wir schätzten uns glücklich, nach Hause zu kommen und brachten den Göttern dieses Landes große Opfer. Aber ein Abgesandter von ihr kam und sprach zu unserem Rat. Er sagte, daß sie uns nicht grolle, da wir ein einfaches Volk wären, das von dem Riesen überlistet worden sei. Sie wäre gern bereit, uns als Krieger in Dienst zu nehmen, da ihre eigenen in ihre Heimat zurückkehren müßten.«

Natürlich, dachte Lockridge. Die Engländer mußten nach Hause geschickt werden; sie paßten sich zu schwer an, um in diesem Zeitalter eine wirkliche Hilfe zu sein, ganz davon zu schweigen, daß sie allzu leicht als Fremde zu erkennen waren. Storm hatte eine Bemerkung fallen lassen, daß sie beabsichtigte, diesen ihren neuesten Stützpunkt auf ungewöhnliche Weise zu besetzen ...

»Wir wußten nicht recht, was wir tun sollten«, fuhr Withukar fort. »Warum sollten abenteuerlustige Jünglinge ihr nicht ein paar Jahre dienen? Aber Familienväter? So weit von unserm Volk und unsern Göttern entfernt? Dann erklärte der Abgesandte, daß ihr daran lag, ein kriegerisches Volk zum Kommen und Bleiben zu veranlassen. Die Fischer sind zwar tapfer, aber nicht gewohnt, in Schlachtordnung und mit modernen Waffen zu kämpfen. Mit einem Wort, sie wollte unseren ganzen Stamm. Wir sollten Land erhalten und geehrt werden. Ebenso unsere Götter. Sonne und Mond, Feuer und Wasser, Luft und Erde — warum sollten sie sich nicht verbinden und gleichermaßen angebetet werden? Den Ausschlag gab die Vorstellung, mit einer so Mächtigen verbündet zu sein. Also zogen wir hierher. Bis jetzt ist es uns nicht schlecht gegangen. Mit den Seevölkern längs dieser Küste hatten wir genug Plänkeleien, um unser kriegerisches Handwerk nicht zu vergessen und für Beute und einige Sklaven zu sorgen. Im nächsten Jahr werden wir einen richtigen Feldzug unternehmen, um jene zu besiegen, die ihr bisher die Achtung versagten; inzwischen bestellen wir gutes Land, und sie, die Schwester der Sonne, lebt unter uns.«

»Wie kommen Sie mit den Einwohnern von Avildaro aus?« fragte Lockridge hart.

Withukar spie aus. »Nicht allzugut. Sie wagen nicht zu kämpfen, weil sie ihnen erklärt hat, sie dürften uns nicht berühren. Aber einige von ihnen sind über das Meer geflohen, und der Rest verhält sich uns gegenüber unfreundlich. Sie kennen ja ihre Frauen, aber wenn einer von uns ein bißchen Spaß mit ihnen haben will, muß er sie schon mit Gewalt nehmen, wenn er das Glück hat, sie im Wald allein zu treffen. Wir sollen ihnen nämlich auch nicht zu nahe treten, müssen Sie wissen.« Seine Miene erhellte sich. »Warten wir es ab. Wenn sie mit uns nichts zu tun haben wollen, werden wir auch allein fertig. Letzten Endes werden sie uns doch gehören, so wie unsere Vorfahren die von ihnen Besiegten nach ihrem eigenen Bild umformten.« Er beugte sich näher, gab Lockridge einen Rippenstoß und vertraute ihm an: »Das ist ihr wahres Ziel. Sie versprach mir vor nicht allzu langer Zeit, daß es Ehen zwischen den Hohen Häusern beider Völker geben würde.

Und auf diese Weise geht die Erbschaft von ihren Müttern auf unsere Söhne über, verstehen Sie?«

Und am Ende der Linie steht ein Junker Erik, dachte Lockridge.

Nein, halt. Das war eine Folge der Herrschaft der Rangers. Aber hatten die Wardens nicht den Keim dazu gelegt? Er verstummte, und Withukar kehrte gekränkt auf seinen Posten zurück. Der Nachmittag brach an. Lockridge war froh, aus seinem Grübeln gerissen zu werden, als Hu erschien und verkündete: »Sie wird Sie jetzt empfangen.«

Lockridge mußte sich beherrschen, den Vorhang nicht mit einem Satz zu passieren. Niemand folgte ihm. Das Langhaus war noch ohne Feuer, nur das kalte Licht der Kugeln glomm. Dunkelheit trennte noch immer den hinteren Teil des Raumes ab. Da, wo Lockridge stand, war der Boden mit hartem Material bedeckt worden, und die Wände waren grau ausgeschlagen. Möbel und Maschinen der Zukunft standen zwischen den hölzernen Pfeilern und wirkten wie Hohn.

Storm kam auf ihn zu. Ihr in der Gefangenschaft hager gewordener Körper hatte wieder seine ursprünglichen Formen erlangt. Blauschwarzes Haar, goldfarbene Haut, seegrüne Augen, die von innen leuchteten. Das Kleid, das sie heute trug, war schneeweiß und tief ausgeschnitten. Der Halbmond schimmerte auf ihrem Scheitel.

»Malcolm«, sagte sie in ihrer eigenen Sprache. »Dies ist meine wahre Belohnung — daß du zurückkamst.« Sie nahm sein Gesicht in beide Hände und musterte ihn lange schweigend. »Danke«, sagte sie dann in Orugaray.

Lockridge wußte, wann eine Frau darauf wartete, geküßt zu werden. Er ballte die Fäuste hinter dem Rücken und bemühte sich, Zweifel und Ablehnung lebendig zu erhalten. »Hu muß dir meine Meldung gebracht haben«, sagte er. »Ich habe nichts hinzuzufügen.«

»Es gibt nichts, was hinzuzufügen wäre, mein Lieber.« Sie deutete auf eine Sitzgelegenheit. »Komm. Es gibt so vieles, worüber wir sprechen müssen.«

Er setzte sich ihr gegenüber. Ihre Knie berührten sich. Eine Flasche und zwei volle Gläser standen vor ihnen. Sie gab ihm eines und hob das eigene Glas. »Wollen wir auf uns trinken?«

»Auch Brann gab mir Wein«, sagte er heiser.

Ihr Lächeln schwand. Sie musterte ihn lange, bevor sie ihr Glas wieder absetzte. »Ich weiß, was du denkst«, sagte sie.

»Daß die Wardens nicht besser als die Rangers sind, und daß beide zur Hölle fahren sollen? Ja, ich glaube, so ist es.«

»Aber es ist nicht wahr«, sagte sie ernst, ohne den Blick von ihm zu wenden. »Einst erwähntest du die Nazis deiner Zeit als Verkörperung des absolut Bösen. Ich stimme dir zu. Sie waren eine Schöpfung der Rangers. Aber überlege — du wärest ein Mann aus der Steinzeit, ins Jahr 1940 versetzt. Wieviel Unterschied zwischen den Ländern hättest du sehen können?«

»Yuria jonglierte mit genau den gleichen Argumenten.«

»Ach, sie, ja.« Der volle Mund wurde für Sekunden schmal und hart. »Eines Tages werde ich mich mit Yuria befassen müssen.« Sie entspannte sich, legte ihre Hand auf seinen Schenkel und sagte leise und schnell: »Du begegnetest zwei Menschen in meiner Zukunft, die dich aus persönlichen Gründen retteten. Du warst für etwa eine Stunde in ihrer Welt. Sie brachten dich an einen Ort, den sie selbst auswählten, und ließen dich allein, nachdem sie mit voller Berechnung einige zweideutige Bemerkungen gemacht hatten. Malcolm, du bist wissenschaftlich geschult worden. Ist das eine Basis, von der man Schlüsse ziehen kann?

Du hattest gesehen, was gesehen werden sollte. Du hörtest, was dir zu Ohren kommen sollte. Sie wollen etwas erreichen, wozu du der Schlüssel bist. Was ist ein Schlüssel, wenn nicht ein Werkzeug? Du hast lediglich eine veränderte Welt gesehen. Woher weißt du, daß die Wurzeln dazu nicht in einem Sieg der Wardens liegen? Ich glaube, es muß so sein.«

Sie schwieg eine Weile nachdenklich, bevor sie fortfuhr: »Viel von dem Unrecht, das du in meinem Land sahest, ist eine Folge des Krieges. Ohne Feinde würden wir weniger Disziplin brauchen, könnten unsere Zeit auf Versuche verwenden und Änderungen schaffen. Ja, ich weiß, wie Istar beschaffen ist. Aber du bist doch nicht so naiv zu glauben, daß selbst der absoluteste Herrscher ein Dekret nur zu erlassen braucht, um es schon durchgeführt zu sehen, nicht wahr? Ich muß mich dessen bedienen, was das Schicksal mir gab. Zufällig ist es Istar, die mich unterstützt. Ihr Nachfolger — ich kann das Gesetz der Nachfolge nicht umstoßen, ohne das gesamte Reich gefährlich zu erschüttern — entstammt einer anderen Partei.«

»Yurias?« fragte er verblüfft.

Storm lächelte. »Die liebe Yuria. Wie gern würde sie die Koriach sein! Und wie erbärmlich würde sie in dieser Rolle wirken!« Sie wurde wieder ernst. »Ich unterschätze mich nicht selbst, Malcolm. Du hast gesehen, wessen ich fähig bin. Dadurch, daß ich Brann mit deiner Hilfe in die Falle lockte, habe ich den Rangers einen Schlag versetzt, dessen Folgen tödlich sein können. So wenige sind fähig, diese zeitlichen Operationen zu leiten, und es hängt soviel von ihnen ab. Während Brann frei war, mußte ich den größten Teil meiner Energie darauf verwenden, ihn abzuwehren. Aber gerade unser Triumph hat eine Reihe neuer Probleme aufgeworfen. Während du fort warst, waren die Spione und Kuriere des treuen Hu unterwegs. Meine Nebenbuhler — o ja, es gibt mehr Palastintrigen, als du annimmst —, diejenigen, die gegen mich arbeiten, unter der Maske der Freundschaft, die wir tragen müssen, solange der Krieg andauert, haben sich der strategischen Probleme bemächtigt. Hat nicht Yuria Belohnungen angedeutet, wenn du als ihr Agent in meinem Lager tätig wärest?« Lockridge mußte zustimmend nicken. »Nun, diese Partei tritt dafür ein, daß wir, um unsere Kräfte nicht zu zersplittern, fortfahren, uns auf den Mittelmeerraum und den Orient zu konzentrieren. Vergeßt den Norden sagen sie; er ist bedeutungslos. Obwohl sich in Süden und Osten der indo-europäische Sieg zweifellos einstellen wird, müssen wir verhindern, daß er von wirklichem Wert für den Gegner wird. Ich hingegen sage, wir sollen diese Gebiete aufgeben, nur zum Schein Streitkräfte dort belassen, um die besten Männer der Rangers zu binden. Und dann wollen wir, ohne daß sie etwas davon ahnen, im Norden eine tausendjährige Festung errichten.«

»Hast du darum Völker verraten, die dir vertrauten?« fragte Lockridge weniger scharf, als es in seiner Absicht lag.

»O ja. Ich habe die Yuthoaz hergerufen, obwohl es den Steinzeitbauern keineswegs gefällt.« Storm seufzte. »Malcolm, ich habe dich Bücher lesen und deine Zeit im Dänischen Nationalmuseum verbringen lassen. Die archäologischen Tatsachen sollten dir bekannt sein. Die neue Kultur wird kommen und die Zukunft umschmelzen, und weder du noch ich können diese Überbleibsel, die es beweisen, aus ihren Glaskästen entfernen. Hingegen können wir die Einzelheiten, über die die Reliquien nichts aussagen, nach unserem Willen gestalten. Würdest du es lieber sehen, daß die Neuankömmlinge Dänemark so unterwerfen, wie sie Indien unterwerfen — mit Gemetzeln und Sklaverei?«

»Aber was bedeuten sie dir, in Gottes Namen?«

»Ich konnte die Engländer nicht hierbehalten«, sagte sie. »Von einer Handvoll Männer abgesehen, die dieses Tor bewachen, bis es in einigen Wochen geschlossen wird, sind sie nach Hause geschickt worden. Tatsächlich habe ich sogar jene Agenten, denen du begegnetest, in das 16. Jahrhundert zurückgeschickt. Sobald hier die grundlegende Arbeit geleistet war, waren sie nur noch von geringem Nutzen. Und infolge des Drucks meiner Rivalinnen kann ich keine wirklichen Fachleute aus Kreta anfordern — jedenfalls solange nicht, wie ich hier nicht erfolgreiche Arbeit vorweisen kann.« Sie machte eine alles umfassende Geste. »Was werde ich ihnen vorweisen können?« fragte sie. »Eine neue, langlebige Nation. Ein mächtiges Volk, das, unter diesem oder jenem mythologischen Kompromiß, den Göttinnen folgt. Eine Quelle von Vorräten, Wohlstand, Männern, falls sie benötigt werden. Einen Abschnitt der Raumzeit, der so gut verteidigt ist, daß wir dort die Kräfte aufbauen können, die wir für den endgültigen Kampf benötigen werden. Wenn ich die Ansätze dazu vorweisen kann, werde ich die Unterstützung der andern Koriachs gewinnen. Was noch wichtiger ist, man wird meine Pläne akzeptieren und mir volle Unterstützung gewähren, um sie durchsetzen zu können, so daß die Rangerherrschaft der Vernichtung wieder einen Schritt näher ist. Nach ihr können wir daran gehen, Unrecht, das in unserm eigenen Gebiet geschieht, in Recht zu verwandeln.«

Ihr Kopf sank herab. »Aber ich stehe so allein«, flüsterte sie. Fast gegen seinen Willen griff er nach der Hand, die leer in ihrem Schoß lag. Den andern Arm legte er um ihre Schultern. Sie lehnte sich fest an ihn. »Krieg ist ein häßliches Geschäft«, sagte sie. »Er zwingt einen, Dinge zu tun, die einem das Herz brechen. Ich versprach dir, daß du nach diesem Auftrag nach Hause zurückkehren könntest. Aber ich bin auf jeden angewiesen, der bereit ist, zu mir zu halten.«

»Ich bin es«, sagte er.

Schließlich ... hatte er nicht einen Auftrag, der noch der Erfüllung harrte?

»Du bist kein gewöhnlicher Mensch, Malcolm«, sagte

sie. »Das Königreich, das wir aufbauen, wird einen König brauchen.«

Sie löste sich aus seinem Arm und seufzte. »Es ist besser, du gehst jetzt. Es tut mir leid, aber ich brauche meinen Schlaf. Und es nimmt fast meine ganze Zeit in Anspruch, göttlich zu sein. Aber du kommst wieder, nicht wahr? Bitte.«

Er nickte. »Wann immer du es willst«, sagte er. Er ging hinaus in das Zwielicht.

Jenseits des Langhauses fand er die Tenil Orugaray bei ihren alltäglichen Gewohnheiten. Kinder spielten draußen, Männer hielten einen Schwatz, durch offene Eingänge sah er Frauen weben, nähen, kochen, Getreide mahlen, Gefäße formen. Wo er ging, blieb Schweigen zurück.

Er trat in die Hütte, die Echegon gehört hatte. Hier konnte er bleiben. Die Familie hockte um das Feuer. Sie rafften sich auf und bekreuzigten sich auf eine Art, die ihnen vor kurzer Zeit noch fremd gewesen war. Nur Auri sah in ihm nichts als den Menschen. Sie kam zu ihm und fragte mit bebender Stimme: »Warst du so lange bei der Göttin?«

Er nickte. »Es mußte sein.«

»Du wirst bei ihr für uns sprechen, nicht wahr?« bat sie. »Vielleicht weiß sie gar nicht, wie bösartig sie sind.«

»Wer?«

»Die, die sie herbrachte. O Malcolm, was habe ich alles hören müssen! Wie sie ihre Tiere so grasen lassen, daß sie unsere Ernten vernichten, wie sie Frauen gegen ihren Willen nehmen und uns in unserm eigenen Land verspotten. Wußtest du, daß sie unsere Verwandten überfielen? Daß sie in dieser Nacht die Menschen aus Ulara und Faono, meine eigenen Verwandten, als Sklaven in ihrem Lager haben? Bitte erzähle es ihr, Malcolm!«

»Ich werde es tun, wenn ich kann«, sagte er ungeduldig. Nach diesem Tag wollte er eine Zeitlang allein sein. »Aber was sein muß, muß sein. Kann ich jetzt etwas zu essen haben und eine ruhige Ecke? Ich muß über vieles nachdenken.«

19

Wie in jedem anderen Krieg, von dem Lockridge wußte, erforderte auch dieser, daß die Hauptanstrengungen der nach außen wenig in Erscheinung tretenden Organisation galten. Ebenso vertraut war ihm, daß Mangel an Kräften bestand. Agenten waren über die ganze Geschichte verstreut, erschreckend ähnlich stand es um die Streitenden selbst. Storm Darroway war noch übler dran — sie stand praktisch allein.

Sie gab zu, daß politische Eifersüchteleien nicht der einzige Grund dafür waren, daß sie keine Unterstützung bei den anderen göttlichen Wesen fand. Einige der Wardenköniginnen waren aufrichtig gewesen, als sie ihr erklärten, daß sie erst dann helfen würden, wenn Storm bewies, daß die Abrechnung, auf deren Ausgang sie schwor, tatsächlich kommen würde. Denn es war Tatsache, daß der Zeitkrieg das Nordeuropa der Bronzezeit zu umgehen schien. Weder die Wardens noch die Rangers führten in diesem tausendjährigen, tausend Meilen weiten Abschnitt der Raumzeit Operationen von irgendwelcher Bedeutung durch.

»Aber beweist das nicht, daß du unrecht hast?« fragte Lockridge ärgerlich.

»Nein«, sagte Storm. »Es kann ebensogut Erfolg bedeuten. Vergiß nicht, daß wir in unserem Zeitalter wegen der Posten in den Tunneln nichts von unserer eigenen Zukunft wissen. Wir können nicht voraussagen, was wir als nächstes tun werden. Dank des Unsicherheitsfaktors in den Toren sind selbst solche auf Ursache und Wirkung beruhenden Erfolge selten, wie sie Brann in unsere Gewalt brachten.«

»Sicher, sicher, aber du kannst doch gewiß eine vergangene Epoche wie diese überprüfen und feststellen, ob irgendwelche von deinen eigenen Leuten anwesend sind.«

»Was sehen wir schon, wenn ihre Tätigkeit glatt verläuft? Nichts als die einheimischen Bewohner, die ihren alltäglichen Beschäftigungen nachgehen. Wenn Wardenagenten vor den Rangers versteckt werden, sind sie in weitem Maße auch vor anderen Wardens verborgen.«

»Ich verstehe. Das Sicherheitsproblem. Du darfst deine eigenen Truppen nicht mehr wissen lassen, als unbedingt nötig ist, wenn der Feind es nicht auch erfahren soll.«

»Außerdem ist dies *mein* Kampfgebiet«, sagte Storm hochmütig. »Ich setze meine eigenen Leute so ein, wie ich es für richtig halte. Die Macht, die ich bekomme, wird nicht nur gegen die Rangers benutzt werden. Ich habe auch zu Hause einige Rechnungen zu begleichen.«

Zuviel blieb zu tun. Storm mußte als Göttin und Richterin in Avildaro bleiben und Entscheidungen fällen und Gesetze geben, bis die Nation, die sie schuf, die von ihr gewünschte Form hatte. Hu mußte ihr Verbindungsglied mit der Heimat und mit Kreta bleiben. Gewöhnliche Soldaten konnten nur als Kuriere oder Wächter verwendet werden; hier wurden nicht einmal die Männer, die Hu mitgebracht hatte, für derartige Dienste benötigt, und sie schickte sie zurück. Gut ausgebildete Agenten durften nicht aus anderen Gebieten abgezogen werden. Am dringendsten brauchte sie einen fähigen Mann, der mit den Stämmen verhandelte.

Lockridge machte sich auf den Weg. Withukar und einige Krieger begleiteten ihn. Er mochte den rothäutigen Yutho gern, seit sie einander bewirtet, miteinander getrunken und bis in die späte Nacht mit ihren Abenteuern geprahlt hatten. Schön, dachte Lockridge, er ist nicht zivilisiert. Ich schätze, ich bin es ebensowenig. Mir gefällt dieses Leben.

Letztes Ziel war es, die Sippen der Labrys und der Axt zu einem Stamm zusammenzuschweißen. Das würde gewiß geschehen; Jütland würde in die Geschichte als eine Nation eingehen und selbst über Lockridges Zeit hinaus als solche erkennbar bleiben. Das gleiche galt für viele andere Gebiete. Aber die Gründung dieser Königreiche mußte langsam vonstatten gehen, einmal wegen des Mangels an Agenten, dann, weil es wie ein natürlicher Vorgang aussehen mußte. Ein schnell gegründetes Reich wie das Alexanders oder Tamerlans war zu kurzlebig, um von Wert zu sein. Der erste Schritt bestand darin, die Dörfler um den Limfjord zu einer engeren Gemeinschaft zusammenzuschließen, als sie es bisher kannten. Dafür standen Storm die sie umgebende Ehrfurcht zur Verfügung und ihre Yuthoaz-Verbündeten für die Fälle, in denen Gewalt notwendig wurde. Zur gleichen Zeit mußte sie sich mit den Stämmen des Inlands, seien sie alteingesessen oder neu hinzugekommen, verbünden. Mit der ersten Mission dieser Art wurde Lockridge betraut.

Er hatte vorgezogen, den Marsch auf dem Rücken eines Pferdes anzutreten. Aber diese zottigen Ponys mit den langen Schädeln waren nie geritten worden, und es würde zu lange dauern, sie darauf abzurichten. Also trat er den Marsch zu Fuß an. Wenn sie sich einer Siedlung näherten, stiegen er und Withukar auf ihre Streitwagen und hielten einen Einzug, wie er in diesem Zeitalter als würdig galt.

Im allgemeinen wurden sie gastfreundlich empfangen, und die Botschaft, die Lockridge brachte, war einfach. Die wahre Göttin hatte Avildaro zu ihrem Aufenthaltsort gewählt. Sie war nicht, wie einige von ihr behauptet hatten, die Feindin der Sonne und des Feuers;

im Gegenteil, sie war Mutter, Frau und Tochter aller männlichen Götter. Die Mächte wünschten, daß ihre Kinder sich vereinigten. Zu diesem Zweck würde eine erste Reihe von Beratungen Mitte des Winters in Avildaro stattfinden. Die Ältesten aller Stämme waren eingeladen, an diesen Beratungen teilzunehmen.

Der Weg führte Lockridge an einem heiligen Hügel vorbei, der einst Viborg heißen würde, über Land, das fruchtbarer war als alles, was er in der Zukunft gesehen hatte; nördlich zur Brandung und den breiten Stränden der Skaw, dann wieder nach Süden am Limfjord entlang. Es war erst ein kleiner Anfang. Und doch brauchte er fast einen Monat. Die Heide blühte purpur und golden, die Sonne ließ beim Aufgang Rauhreif funkeln, und die Blätter färbten sich dunkel, ehe er Avildaro wieder erreichte.

Lockridges Gruppe war schon aus der Ferne gesichtet worden. Er ritt unter beifälligem Jubel durch das Lager der Yuthoaz in das Niemandsland, das zwischen ihm und dem Dorf lag.

Auri war die einzige, die kam, um ihn willkommen zu heißen. Sie lief ihm lachend entgegen, rief immer wieder seinen Namen. Er ließ seinen Wagenlenker halten, bückte sich herab und hob sie zu sich hinauf. »Ja, meine Kleine, es geht mir gut«, sagte er und drückte sie an sich. »Wir hatten keine Schwierigkeiten, und ich freue mich, dich zu sehen, aber zuerst wartet die Göttin auf meinen Bericht.« Er hätte sie gern mitgenommen, aber der Wagen war zu klein. So tanzte sie den ganzen Weg neben den Rädern her. Vor dem Langhaus schien sie Unbehagen zu spüren. »Ich werde zu Hause auf dich warten«, sagte sie und eilte hastig davon.

Withukar blickte ihr nach und spitzte die Lippen. »Diese Auri«, sagte er. »Sie gehört dir, nicht wahr? Ich beneide dich um sie.«

»Wir sind Freunde«, sagte Lockridge. »Sie ist nicht meine Geliebte, wenn du das meinst. Wäre sie ein

Mann, wären wir Blutsbrüder. Leid, das ihr zugefügt wird, ist mein Leid, für das ich Rache nehmen würde.«

»Ja, ich verstehe. Aber du wünscht doch sicher nicht, daß sie ewig allein bleibt, wie?«

Lockridge konnte nur den Kopf schütteln.

»Und sie ist die Erbin des alten Häuptlings hier, und du sagst, daß der Bann von ihr genommen ist ... hm!«

Nun, dachte Lockridge und spürte eine sonderbare Schwäche, wäre das nicht vielleicht die beste Antwort auf das Problem, das sie darstellte?

Doch er konnte sich nicht länger mit dem Gedanken an das Mädchen befassen. Storm wartete. Im Beisein Hus und Withukars begrüßte sie ihn förmlich und schien seinem Bericht nur mit halbem Ohr zu lauschen. Er wurde bald entlassen. Doch sie hatte gelächelt und auf englisch gesagt: »Heute abend.«

Nach der erfreulichen Kameradschaft der letzten Wochen verspürte er keine Neigung, den Tag unter den Tenil Orugaray zu verbringen. Sie hatten sich geändert; aus dem lustigen Volk, das er gekannt hatte, waren die mürrischen Bewohner eines besetzten Landes geworden. Eine Kluft hatte sich zwischen ihm und ihnen geöffnet. Er hätte die Yuthoaz besuchen können ... aber dann würde er ihre Sklaven sehen. Auri? Nun, sie hatte sich zu einem ziemlich schwierigen Fall entwickelt, soweit es um die Beziehungen zwischen ihnen ging. Allein marschierte er aus dem Dorf. Der heilige Teich am Rand des Waldes würde wahrscheinlich noch nicht zu kalt sein, um den Staub der Reise abzuwaschen.

Er hätte glücklich sein sollen. Aber etwas stimmte ihn unbehaglich. Er dachte darüber nach, während er kräftig ausschritt. Sicher war es ein erstrebenswertes Ziel, zwei Rassen zu vereinigen. Und das Volk der Streitäxte war nicht von Natur aus schlecht; man mußte ihm nur beibringen, daß auch die Ureinwohner menschliche Wesen waren. Vorerst begnügten sie sich damit, die Mondgöttin ihrer Sammlung von Gottheiten hinzuzufügen, und lediglich ihr Gebot war es, das sie davon abhielt, das Seefahrervolk als ihnen zustehende Beute zu betrachten. Und nie hatte eine Kultur eine andere geachtet, die nicht bewiesen hatte, daß sie auch im Kampf ihren Mann stand.

Fortschritt, dachte Lockridge betrübt. Werden die Menschen in 4000 Jahren anders sein? Wir weißen Amerikaner mögen die Indianer beraubt haben, aber weil sie wie die Löwen kämpften, sind wir stolz auf jeden Tropfen indianischen Blutes, der in unsern Adern fließen mag. Und den Neger haben wir bis in mein Jahrzehnt verachtet, bis er aufstand und für sein Recht kämpfte.

Lockridge war so in seine Gedanken vertieft, daß er den Teich fast erreicht hatte, ehe er bemerkte, was sich dort abspielte. Und die sieben jungen Männer und das Mädchen aus dem Ort waren so beschäftigt, daß sie ihn nicht kommen sahen.

»Was, zum Teufel, soll das?« bellte Lockridge.

Er jagte auf sie zu. Sie wichen zurück. Als sie erkannten, wer er war, machte die Furcht sie zu jämmerlichen Gestalten, die sich zu Boden warfen, während das Mädchen langsam aus seiner Trance erwachte. Lockridge verbarg seinen Abscheu und sagte mit tiefer Stimme: »In *Ihrem* Namen verlange ich das Bekenntnis eurer Missetaten.«

Er bekam es, in gestammelten Worten und winselnden Bitten. Einige der Einzelheiten wurden ausgelassen, aber er konnte die Lücken selbst ausfüllen.

›Göttin‹ war keine gute Übersetzung des Wortes für das, was sie in dieser Kultur bedeutete. Das japanische *kami* traf es eher: jedes übernatürliche Wesen, vom Felsblock oder Baum bis zu den unbestimmten Mächten, die die Elemente beherrschten. Es gab keine Trennung des Magischen vom Göttlichen; alle Dinge besaßen ihre mystische Stärke.

Die Tenil Orugaray betrachteten ihr Land als von *Ih-*

rem Willen gewaltsam in Besitz genommen. Sie hätten nach Flandern oder England fliehen können, wie es einige bereits getan hatten, aber die Liebe zur Heimat war zu tief in ihnen verwurzelt. Statt dessen wollten sie versuchen, andere Mächte gegen sie aufzubieten. Sie hatten gehört, daß die Stämme im Landesinnern Menschenopfer darbrachten, und sie wußten, daß diese Stämme sich noch ihrer Freiheit erfreuten ...

»Geht nach Hause«, sagte Lockridge. »Ich werde keine Strafe auf euch herabrufen. Ich werde ihr hiervon nichts berichten. Bessere Zeiten werden kommen. Das schwöre ich.«

Sie schlichen geduckt davon. Sobald sie Abstand gewonnen hatten, begannen sie zu laufen. Lockridge sprang in den Teich und wusch sich in wütender Verzweiflung. Erst nach Sonnenuntergang machte er sich auf den Rückweg. Das Wetter hatte sich verschlechtert, der Wind trieb Wolken von der See heran und brachte Kühle und frühe Dämmerung. Niemand zeigte sich im Dorf, und die Felle vor den Eingängen schlossen ihn aus.

Aber ein Mann muß essen, ohne Rücksicht auf seine Gefühle zu nehmen, und Lockridge lebte von dem, was das Haus, das Echegon gehört hatte, ihm bot. Schweigen empfing ihn, als er eintrat. Rauch biß in seine Augen, Schatten füllten die Ecken, das Feuer in der Grube flackerte müde. Auris Verwandtschaft saß, als hätte sie auf ihn gewartet: ihre Mutter, die Witwe; ihre wenigen verbliebenen Halbbrüder; ihre Tante und ihr Onkel, einfache Fischer, die ihn zurückhaltend musterten.

»Wo ist Auri?« fragte Lockridge.

Ihre Mutter deutete auf das Lager in der Ecke. Weizenblondes Haar leuchtete auf der Hirschhaut, die als Decke diente. »Sie hat geweint, bis sie in Schlaf fiel. Muß ich sie aufwecken?«

»Nein.« Lockridge blickte in verschlossene Gesichter. »Was ist geschehen?«

»Sicher wissen Sie es«, sagte die Mutter.

»Nein, ich weiß es nicht. Erzählen Sie!« Das Feuer sprang auf, und der Widerschein spielte auf Auris Gestalt, die sich unter der Decke abhob. »Ich möchte helfen, wenn ich kann.«

»Ja, Sie waren immer ihr Freund. Aber was ist für sie am besten?« fragte die Mutter. »Wir sind nicht sicher. Wir sind nur Erdenbewohner.«

»Mehr bin ich auch nicht«, sagte Lockridge und wünschte, daß sie ihm glaubten.

»Also gut. Heute nachmittag kam dieser Yutho-Häuptling und verlangte, daß sie seine ... wie heißt das Wort?«

»Frau«, sagte Lockridge. Er erinnerte sich, daß Withukar schon drei Frauen hatte.

»Ja, daß sie seine Frau werden sollte. Eine Art Sklavin, die alles tun muß, was er sagt. Sie sind klüger als wir und kennen diesen Mann. Er sagte, wir würden damit alle unter seinen Schutz kommen. Ist das wahr? Dieses Haus kann wahrhaftig einen Beschützer gebrauchen.«

Lockridge nickte. Schutz hat seinen Preis, dachte er, sagte es aber nicht.

»Auri weigerte sich«, fuhr ihre Mutter fort. »Er sagte, die Göttin habe ihm erzählt, daß er sie haben könne. Dann begann sie zu toben und schrie nach Ihnen. Wir beruhigten sie ein wenig, gingen dann zum Langhaus. Wir mußten warten, dann sprach die Göttin zu uns und befahl Auri, in Withukars Hütte zu ziehen. Aber bei den Yuthoaz gibt es dafür feste Regeln. Erst müssen gewisse Riten vollzogen werden. Also nahmen wir sie wieder mit nach Hause. Sie drohte, sich selbst umzubringen, oder allein im Boot fortzufahren, aber schließlich schlief sie ein. Was sagen Sie dazu?«

»Ich werde mit der Göttin sprechen«, sagte Lockridge zögernd.

»Danke. Ich weiß selbst nicht, was am besten wäre.

Sie würde ihre Freiheit bei ihm verlieren, aber sind wir nicht alle unfrei? Und die Göttin hat es befohlen. Doch könnte Auri unter solchem Zwang nie glücklich werden. Vielleicht können Sie sie doch davon überzeugen, daß es das beste wäre.«

»Oder daß sie davon entbunden wird«, sagte Lockridge. »Ich mache mich sofort auf den Weg.«

»Wollen Sie nicht erst essen?«

»Nein, ich bin nicht hungrig.« Der Vorhang schloß sich hinter ihm. Das Dorf lag im Dunkeln. Er mußte sich den Weg zum Langhaus ertasten. Die Yutho-Posten ließen ihn ohne Anruf passieren. Drinnen glühten die Kugeln immer noch. Storm saß allein am Schaltbrett eines Psychocomputers. Wegen der Wärme trug sie nur eine kurze Tunika, aber Lockridge musterte sie ohne Verlangen. Sie wandte sich um, lachte und reckte sich. »So früh, Malcolm? Nun, ich habe es satt, die Tendenzen zu erforschen. Die Daten, die dabei herauskommen, sind doch nur erraten.«

»Hör zu«, sagte er. »Wir müssen miteinander sprechen.«

Ihre Heiterkeit verschwand, und sie saß ganz still.

»Wir packen die Dinge falsch an«, fuhr er fort. »Ich glaubte, die Leute hier sollten mit den neuen Verhältnissen versöhnt werden. Statt dessen ist, während ich fort war, alles schlimmer geworden.«

»Es fällt dir offensichtlich nicht schwer, deine Meinung zu wechseln«, erwiderte sie eisig. »Sprechen wir es klarer aus. Du meinst, daß die Spannung zwischen den Stämmen größer geworden ist. Was hast du erwartet? Was soll ich deiner Ansicht nach tun? Meine guten Yutho-Verbündeten verleugnen?«

»Nein, es genügt, sie etwas fester an die Leine zu nehmen.«

»Malcolm, mein Lieber, wir sind nicht gekommen, um eine Utopie zu bauen«, sagte Storm sanft. »Das wäre ohnehin eine unmögliche Aufgabe. Uns ist daran gelegen, Stärke zu schaffen. Und das bedeutet, jene zu bevorzugen, die die Voraussetzungen der Stärke erfüllen. Bevor du zu selbstgerecht wirst, frage dich, ob die Bewohner von Eniwetok wirklich bereit waren, ihre Insel zu räumen, damit ihr Platz für eure Atomtests hattet. Wir können versuchen, das Leid, das wir zufügen, zu verringern, aber jemand, der nicht bereit ist, überhaupt welches zuzufügen, paßt nicht in diese Welt.«

Lockridge hob protestierend die Hand. »Vielleicht müssen wir Menschen Lumpen sein«, sagte er. »Aber nicht ohne Einschränkungen. Zumindest erwartet man von einem Mann, daß er seinen Freunden beisteht. Auri gehört zu meinen Freunden.«

»Ich rechnete damit, daß du die Frage anschneiden würdest«, sagte Storm und ließ ihre Hand über das nachtschwarze Haar gleiten. »Sprich weiter.«

»Nun, Auri legt keinen Wert darauf, Withukars Harem zu bevölkern.«

»Ist er ein schlechter Mann?«

»Nein. Aber ...«

»Willst du, daß sie allein bleibt, obwohl du weißt, wie sie sich dadurch von den andern absondern würde?«

»Nein, nein ...«

»Ist sonst noch jemand da, der für sie in Betracht käme?«

»Nun ...«

»Du vielleicht«, tobte Storm.

»O großer Gott!« sagte Lockridge. »Du weißt, daß ich — daß du und ich ...«

»Schätze dich nicht zu hoch ein, mein Lieber. Um aber auf dieses Mädchen zurückzukommen — wenn Rassen sich vereinigen sollen, muß es solche Verbindungen geben. Die Ehe ist für die Leute der Streitaxt eine so uralte Einrichtung, daß sie sie nie aufgeben werden. Darum müssen die Seevölker sich mit ihr einverstanden erklären. Auri ist die Erbin der Führerschaft dieser Gemeinde, Withukar ist ebenso einflußreich in seinem Stamm. Praktisch und als Beispiel gibt es nichts Besseres als diese Ehe. Natürlich regte sie sich darüber auf. Bist du so naiv, anzunehmen, daß sie sich nie trösten wird? Daß sie die Kinder von Withukar nicht lieben wird? Daß sie *dich* nicht vergessen wird?«

»Nun, ich meine, man muß ihr zugestehen, die Entscheidung selbst zu treffen.«

»Wen kann sie noch wählen, außer dir, der du sie nicht willst? Selbst wenn du es tätest, wäre es der Sache nicht dienlich. Du bist hereingekommen, um dich darüber zu beklagen, daß die Bewohner sich unglücklich fühlen. Die Engländer werden nach der Eroberung durch die Normannen noch viel unglücklicher sein. Aber ein paar Jahrhunderte später gibt es keine Normannen mehr, nur noch Engländer. Für uns hier beginnt der gleiche Vorgang mit Auri und Withukar. Erzähle mir nichts von freiem Willen ... es sei denn, du seiest der Annahme, daß alle Kriege nur von Freiwilligen ausgefochten werden sollten.«

Lockridge stand hilflos. Storm kam zu ihm und legte ihm die Arme um den Hals.

Die Stimme eines Yutho rief von jenseits des Vorhanges »Göttin, Meister Hu bittet eintreten zu dürfen.«

»Verdammt!« zischte Storm leise. »Ich werde versuchen, ihn so schnell wie möglich loszuwerden.« Laut sagte sie: »Laß ihn eintreten.«

Schlank und geschmeidig in seiner grünen Uniform kam Hu herein und verbeugte sich. »Ich bitte um Verzeihung, Leuchtende, aber ich komme gerade von einer Lufterkundung zurück.«

Storms Gestalt straffte sich. »Und?«

»Höchstwahrscheinlich bedeutet es nichts. Aber ich sah eine beachtliche Flotte über die Nordsee ziehen. Das Führungsschiff ist iberisch, die andern Boote sind mit Fellen bespannt. Von einer solchen Zusammenstellung habe ich nie gehört. Klar zu erkennen ist, daß sie von England kommen und Kurs auf Dänemark nehmen.«

»Zu dieser Jahreszeit?« Storm schien die Gegenwart Lockridges zu vergessen.

»Ja, das ist paradox«, nickte Hu. »Außerdem konnte ich keine moderne Ausrüstung entdecken. Wenn sie sie haben, muß sie unbedeutend sein. Aber sie werden die hiesige Küste in einem oder zwei Tagen erreichen.«

»Ein Unternehmen der Rangers? Oder lediglich ein örtliches Abenteuer? In dieser Zeit versuchen selbst die Alteingesessenen sich auf neuen Wegen.« Storm legte die Stirn in Falten. »Ich werde mich selbst von der Lage überzeugen.«

Sie griff nach ihrem Schwerkraftgurt und schnallte ihn um, dann hängte sie sich eine Energiepistole an die Hüfte. »Du kannst solange hierbleiben und dich ausruhen, Malcolm. Ich bleibe nicht lange fort.« An der Seite Hus ging sie hinaus.

Minutenlang wanderte Lockridge unentschlossen durch den großen Raum. Plötzlich blieb er stehen. Fast wäre er gedankenlos durch den Schleier der Lichtlosigkeit gegangen. Hinter ihm hatte Brann gelitten und den Tod gefunden. Sein Magen verkrampfte sich. Warum befand sich der Vorhang noch immer an seinem Platz?

Warum hatte er nicht danach gefragt? Er begriff, daß er nie den Wunsch gehabt hatte. Nach kurzem Zögern trat er hindurch.

Dieser Teil des Hauses war nicht neu eingerichtet worden. Der Boden starrte vor Schmutz, auf den Fellen der Sitze lag dicker Staub. Eine einzige Kugel erhellte diesen Teil des Langhauses, die Schatten reichten bis in die hintersten Ecken. Eine schwarze Barrikade schirmte alle Geräusche ab. Lockridge stand in einer Stille, die vollkommen war.

Dann rührte sich das Etwas auf dem Tisch, das durch Drähte mit der Maschine verbunden war, und wimmerte.

»Nein!« stieß Lockridge entsetzt hervor und wandte sich zur Flucht. Erst nach langer Zeit fand er den Mut zurückzukehren. Irgend etwas zwang ihn dazu. Brann war nicht tot. Außer Haut, die sich trocken über dürren Knochen spannte, war nicht viel von ihm übriggeblieben. Röhren führten ihm Nahrung zu und sorgten dafür, daß der Organismus nicht zerfiel. Elektroden waren durch den Schädel gebohrt, zapften das Gehirn an und registrierten jeden Ansatz eines Gedankens. Aus Gründen der Reizerzeugung waren die Lider fortgeschnitten worden, so daß die ungeschützten Augäpfel in das Licht über ihnen starren mußten.

»Ich habe es nicht gewußt«, stöhnte Lockridge mit bebender Stimme.

Zunge und Lippen bewegten sich in dem, was einst ein Gesicht gewesen war. Lockridge trug den Diaglossa für Branns Zeitalter nicht bei sich, aber er erriet, daß die Überreste Branns ihn baten: »Töte mich!«

Lockridge griff nach der Maschine.

»Halt! Was tun Sie da?« fragte die harte Stimme Hus.

Er wandte sich um. Storm schien ungerührt, Hu hatte die Energiepistole gezogen und richtete die Mündung auf Lockridges Magen. Die Frau sagte: »Ich wollte dir dies ersparen. Es braucht Zeit, die letzten Spuren eines Gedächtnisses zu erforschen. Es ist nicht mehr viel Gehirnmasse übriggeblieben; er ähnelt eher einem Wurm, du brauchst also kein Mitleid mit ihm zu empfinden. Vergiß nicht, daß er begonnen hatte, mich der gleichen Behandlung zu unterziehen.«

»Entschuldigt dich das?« schrie Lockridge unbeherrscht. »Wird Pearl Harbor Hiroshima entschuldigen?« gab sie zurück. Zum erstenmal in seinem Leben schleuderte Lockridge einer Frau eine Obszönität entgegen. »Spare dir deine Ausflüchte«, sagte er heiser. »Ich weiß, wie du dich in meinem Land behauptet hast ... durch die Ermordung meiner Landsleute. Ich weiß, daß John und Mary mir ein ehrliches Bild malten, wie du dein eigenes Gebiet beherrschst. Wie alt bist du? Auch darüber habe ich genug Hinweise. Alle Verbrechen, die du begangen hast, hast du nur in langen hundert Jahren deiner eigenen Zeit begehen können. Darum sind sie alle deine Feinde im Palast; jede will die Koriach sein, weil sie das unsterblich machen würde. Und Olas Mutter ist mit vierzig Jahren eine alte Frau.«

»Schluß damit!« schrie Storm.

Lockridge spie aus. »Es ist mir egal, wieviel Liebhaber du hattest«, sagte er. »Aber du wirst Auri nicht auch benutzen. Oder ihre Angehörigen. Oder sonst jemanden. Zur Hölle mit dir — zur Hölle, aus der du gekommen bist!«

Hu hob die Pistole und sagte: »Das genügt.«

20

Es begann zu regnen, bevor der Morgen dämmerte. Lockridge erwachte von dem Prasseln auf dem Dach der Hütte. Durch ein Gitter vor dem Eingang blickte er auf Weiden, auf denen Herden und Hirten gleichermaßen von den Güssen getränkt wurden. Von einer Eiche wirbelte welkes Laub zu Boden. Von seinem Platz konnte Lockridge weder das Dorf noch die Bucht sehen, was sein Gefühl der Einsamkeit und Abgeschlossenheit verstärkte.

Er wollte die Wardenuniform nicht wieder anziehen, aber als er sich der Felle entledigte, war ihm die Luft zu kalt und feucht. Ich werde um ein Orugaray-Gewand bitten, dachte er, sogar um ein solches der Yuthoaz. Ich hoffe, daß sie mir soviel zugesteht, bevor sie ... Bevor sie was tut?

Er schüttelte sich ärgerlich. Es war ihm gelungen, ein paar Stunden zu schlafen, nachdem sie ihn hierher geschafft hatten; das sollte genügen, ihn nicht den Mut verlieren zu lassen.

Leicht gesagt, wenn in einer einzigen Nacht alle Träume zerschlagen wurden. Zu erfahren, was hinter Storm und ihrer Sache wirklich steckte — nun, er hatte Zeichen genug gesehen, hatte sich nur seiner Pflicht entzogen, darüber nachzudenken, bis der Anblick Branns das Band zerriß, das ihn an sie kettete. Zu wissen, wozu ihr diese Menschen, die er so gern gewonnen hatte, tatsächlich dienen sollten, das hatte eine Wunde geschlagen, die schmerzte.

Arme Auri, dachte er. Armer Withukar.

Der Gedanke an das Mädchen belebte ihn. Vielleicht war er doch noch imstande, etwas für sie zu tun. Vielleicht konnte sie unbemerkt an Bord der Flotte gehen, die auf dem Wege nach hier war. Nach einigen Bemerkungen zu urteilen, die Storm und Hu wechselten, während sie die Errichtung seines Gefängnisses überwachten, mußte es sich um eine gemeinsame iberisch-britische Aktion handeln. Die Größe und Zusammensetzung der Flotte war einzigartig; aber im England dieser Tage schienen sich große Ereignisse anzubahnen, als deren Folge der Bau der Druidensteine von Stonehenge zu betrachten war. Storm war viel zu voreingenommen, um sich darum zu sorgen. Es befriedigte sie, was der Blick durch die infraroten Verstärker enthüllte — daß alle Personen an Bord vom altertümlichen Rassentyp waren, keine Agenten der Zukunft. Natürlich würde die Flotte in diesem Wetter zweifellos beidrehen und nicht anlegen. Aber vielleicht gab es für Lockridge eine Möglichkeit, Auri die Nachricht zukommen zu lassen, daß sie die Flucht versuchte.

Er hatte wieder ein Ziel, und seine Ruhe kehrte zurück. Er ging zum Eingang und schob den Kopf zwischen den miteinander verbundenen Pfählen in den Regen hinaus. Vier Yuthoaz, in lederne Umhänge gehüllt, hielten Wache. Sie wichen vor ihm zurück, hoben die Waffen und vollführten die Gesten, die Unheil abwenden sollten.

»Seid gegrüßt, Männer«, sagte Lockridge, den Storm den Diaglossa hatte behalten lassen. »Ich bitte euch um einen Gefallen.«

Der Führer des Wachtrupps faßte Mut und erwiderte mürrisch: »Was können wir für einen tun, der sich *Ihren* Zorn zugezogen hat, außer ihn bewachen, wie es uns befohlen wurde?«

»Ihr könnt jemanden benachrichtigen. Ich möchte nur einen Freund sprechen.«

»Niemand darf zu dir. Sie selbst hat es befohlen. Wir mußten schon ein Mädchen fortjagen.«

Lockridge biß die Zähne aufeinander. Natürlich hatte Auri gehört, was geschehen war. Viele ängstliche Blicke waren ihm gefolgt, als sie ihn am Abend zuvor bei Fakkellicht und von Yutho-Speeren bewacht, in die Gefangenschaft führten. Verdammte Teufelin, dachte Lockridge. In dem Gefängnis, aus dem du mich befreitest, durfte ich wenigstens Besucher empfangen.

»Gut«, sagte er. »Dann will ich die Göttin sprechen.«

»Hoah!« lachte der Krieger. »Du erwartest von uns, daß wir zu ihr gehen und ihr sagen, daß sie zu dir kommen soll?«

»Ihr könnt ihr sagen, daß ich um eine Audienz bitte, nicht wahr? Von mir aus erst nach eurer Ablösung.«

»Warum sollten wir? Sie weiß, was sie vorhat.«

Lockridge grinste hämisch und sagte: »Hört zu, ihr Dummköpfe, ich mag in Schwierigkeiten sein, aber ich habe noch nicht alle Macht verloren. Ihr werdet tun, was ich euch sage, oder ich sorge dafür, daß euch das Fleisch am Leibe verfault. Dann werdet ihr die Göttin ohnehin um Hilfe anrufen müssen.«

Sie erschraken zutiefst. An ihrem Verhalten konnte Lockridge ermessen, wie das Reich aussehen sollte, das Storm schaffen würde. »Geht!« sagte er. »Und sorgt dafür, daß ich ein anständiges Frühstück bekomme.«

»Ich wage es nicht. Niemand von uns wagt es, bevor wir abgelöst sind. Aber warte.« Der Wachtruppführer zog ein Horn aus dem Gewand und blies es. Ein düsteres, trauriges Signal klang durch den Regen. Sofort erschien eine Gruppe von Jünglingen, die mit Äxten bewaffnet waren. Der Wachtruppführer schickte sie mit Lockridges Nachricht fort. Es war ein kümmerlicher Triumph, der aber dennoch Lockridges Hoffnungslosigkeit minderte. Mit unerwartetem Appetit machte er sich an den Verzehr des Brotes und des Schweinefleisches. Storm kann mich zerbrechen, dachte er, aber sie braucht eine Gehirnmaschine dazu.

Er war nicht einmal überrascht, als sie zwei Stunden später auftauchte. Der Stab der Klugen Frau war in ihrer Hand, ein Dutzend Yuthoaz, unter dem Lockridge Withukar erkannte, bildeten ihr Gefolge. Aus ihrem Energiegürtel sprang ein unsichtbarer Schirm, der den Regen ablenkte, so daß sie wie eine Meereskönigin von einem silbernen Wasserfall umgeben war.

Sie blieb vor der Hütte stehen und musterte ihn mit Blicken, die Sorge verrieten. »Nun, Malcolm«, sagte sie auf englisch, »ich denke, daß ich kommen muß, wenn du darum bittest.«

»Ich hingegen fürchte, daß ich nie mehr nach deiner Pfeife tanzen werde, Liebling«, sagte er. »Schade. Ich war richtig stolz darauf, dir zu gehören.«

»Nicht mehr?«

Er schüttelte den Kopf. »Ich wünschte, ich könnte es, aber ich kann nicht.«

»Ich weiß. Du bist ein Mann von dieser Art. Wärest du es nicht, würde ich unter allem weniger leiden.«

»Was wirst du tun? Mich erschießen?«

»Ich suche nach einem anderen Weg. Du ahnst nicht, wie ich mich bemühe.«

»Hör zu«, sagte er, und neue Hoffnung belebte ihn. »Du kannst deinen Plan fallen lassen. Beende den Zeitkrieg. Warum solltest du es nicht können?«

Sie richtete sich in düsterm Stolz auf. »Weil ich die Koriach bin.«

Darauf gab er keine Antwort. Ringsum prasselte Regen herab.

»Hu wollte dich sofort töten«, sagte Storm. »Du bist das Instrument des Schicksals. Dürfen wir dich leben lassen, da du unser Feind geworden bist? Ich sagte ihm, daß dein Tod gerade das Ereignis sein könnte, das — ja — das was auslöste?« Sie senkte den Kopf und grübelte. »Ich war stolz bei dem Gedanken, daß du das Schwert meines Sieges sein würdest, als du zurückkamst. Nun weiß ich nicht mehr, was du bist. Was ich auch tue, kann das Ende bedeuten. Oder Erfolg, wer kann es sagen? Ich weiß nur, daß du das Schicksal verkörperst, und daß ich dich so gern retten möchte. Läßt du es mich tun?«

Lockridge blickte in die Augen, die Qual widerspiegelten, und sagte voller Mitleid: »Sie hatten recht in der fernen Zukunft. Bestimmung macht uns zu Sklaven. Du bist zu gut dafür, Storm. Oder nein — nicht gut; auch nicht böse, vielleicht überhaupt nichts Menschliches, aber es ist nicht recht, daß dir dieses widerfährt.«

Sah er Tränen durch den Regen? Er war nicht sicher. Ihre Stimme zumindest war fest: »Wenn ich beschließe, daß du sterben mußt, so wird es schnell durch meine eigene Hand geschehen; und du wirst mit allen Ehren eines Kriegers im Dolmen am Tor deine letzte Ruhestätte finden. Aber ich bete, daß es nicht dazu kommt.«

Er kämpfte gegen eine Zauberkraft, die älter und stärker als alle Kräfte war, die ihre verzerrte Welt ihr gegeben hatte, und sagte: »Kann ich, während ich warten muß, Lebewohl und ein paar Worte zu einigen Freunden sagen?«

Ärger zeigte sich in ihrer Miene. Sie stampfte den Stab in den aufgeweichten Boden und schrie: »Auri? Nein! Du kannst Auri morgen drüben im Lager verheiratet sehen. Danach werde ich mich wieder mit dir unterhalten, um zu sehen, ob du wirklich der unverbesserliche Idiot bist, als der du dich gibst.«

Sie wandte sich ab, ihr Gewand wirbelte, sie ging davon.

Ihre Eskorte folgte ihr. Withukar blieb zurück. Ein Wachtposten versuchte ihn aufzuhalten. Withukar schob den Mann beiseite, trat an den Eingang und streckte die Hand aus.

»Du bist immer noch mein Bruder, Malcolm«, sagte er rauh. »Ich werde bei ihr ein Wort für dich einlegen.«

Lockridge nahm die Hand. »Danke«, murmelte er. Er spürte einen Kloß im Hals. »Du kannst das eine für mich tun. Sei gut zu Auri. Sorge dafür, daß sie eine freie Frau bleibt. Wirst du es tun?«

»Bestimmt, soweit ich dazu in der Lage bin. Wir werden einen Sohn nach dir benennen und an deinem Grabe opfern, wenn es dazu kommen sollte. Aber ich hoffe es nicht. Viel Glück, mein Freund.« Mit diesen Worten ließ Withukar ihn allein.

Lockridge kauerte sich auf die Lagerstätte und blickte in den Regen hinaus. Gegen Mittag hörte es auf zu gießen, aber die Sonne brach nicht durch. Statt dessen stieg Nebel auf, und es dauerte nicht lange, bis die Welt jenseits des Eingangs eine wabernde, graue, formlose Masse war. Hin und wieder hörte Lockridge eine Stimme rufen, ein Pferd wieherte, aber die Laute kamen gedämpft und wie aus weiter Ferne, als hätte sich das Leben von ihm zurückgezogen. So kalt und feucht war die Luft, daß er schließlich wieder unter seine Decke kroch. Müdigkeit übermannte ihn, und er schlief ein.

Seine Träume waren seltsam. Als er langsam aus ihnen erwachte, wußte er nicht, daß er es tat. Wirklichkeit und Unwirklichkeit verwoben sich ineinander, er trieb schiffbrüchig auf einem dunklen Ozean, Auri jagte vorüber und rief den Namen seiner Mutter, ein Horn blies den Hunden zum Sammeln, er sank in grüne Tiefen und hörte, wie Eisen geschmiedet wurde, er kämpfte sich dorthin zurück, wo das Licht schien, Donner umdröhnte ihn — und die Hütte war von Dunkelheit erfüllt, Zwielicht sickerte durch den Nebel, Männer schrien, und Waffen klirrten ...

Kein Traum!

Er taumelte von seinem Lager zum Eingang, rüttelte an den Stäben und rief: »Was ist los? Laßt mich heraus! Verdammt, laß mich heraus, Storm!«

Trommeln dröhnten im Grau. Eine Yutho-Stimme brüllte, Hufe donnerten vorüber, Räder holperten und Achsen kreischten. In einer andern Richtung sammelten sich Männer. Von weitem schrie eine Frau, das Poltern von Steinen übertönte ihre Stimme. Er hörte Metall klirren, vernahm das Zischen eines Pfeiles.

Gestalten bewegten sich, undeutlich in der nebligen Dämmerung als seine Posten zu erkennen. »Ein Angriff von der Küste«, erklärte der Wachtruppführer ihm kurz.

»Warum warten wir, Hrano?« kreischte ein anderer. »Unser Platz ist da, wo gekämpft wird.«

»Bleibt, wo ihr seid! Unser Platz ist hier, bis sie es anders befiehlt.« Schritte eilten vorüber. »He, du, wer hat uns überfallen? Wie steht die Schlacht?«

»Männer vom Wasser«, keuchte die unsichtbare Gestalt. »Sie kommen geradewegs auf unser Lager zu. Folgt euren Standarten. Ich muß zu meinem Häuptling eilen.«

Einer der Wächter stieß einen Fluch aus und verschwand. Vergebens rief der Wachtruppführer ihm nach. Der Lärm wurde lauter, als die Fremden auf die in Eile formierten Yutho-Einheiten stießen.

Piraten, dachte Lockridge. Es muß die Flotte sein, die von den Wardens gesichtet wurde. Sie haben nicht beigedreht, ruderten statt dessen Tag und Nacht und landeten im Schutze des Nebels. So muß es sein. Seeräuber aus dem Mittelmeer. England ist ein zu harter Brokken nach allem, was man hört, aber weiter draußen in der Nordsee ist Beute zu holen.

Aber was können sie tun, sobald Storm und Hu anfangen, sie niederzuschießen? Wahrscheinlich war es so am besten. Avildaro hatte genug über sich ergehen lassen. Es war nicht nötig, daß es nun noch gebrandschatzt, daß Auri als Sklavin verschleppt wurde. Lockridge rüttelte an den Stäben und wartete auf den Ausbruch der Panik, wenn die Piraten herausfanden, daß sie sich mit der Göttin eingelassen hatten.

Ein Schatten löste sich aus dem Nebel, ein großer blonder Mann mit wildem Blick. Der Wachtruppführer wollte ihn davonscheuchen. »Bei den Maruts, du Orugaray-Feigling, scher dich an deinen Platz zurück!«

Der hochgewachsene Mann rannte ihm die Harpune in den Leib. Der Getroffene stieß einen gurgelnden Schrei aus und brach in die Knie. Ein anderer Posten knurrte drohend und schwang die Axt. Ein zweiter Mann aus dem Dorf schlich sich hinter ihn, warf ihm seine Angelschnur um den Hals und zog sie mit seinen derben Fischerhänden zusammen. Der dritte Posten ging zu Boden unter den Axthieben, die seinen Schädel trafen.

»Wir haben sie erledigt, Mädchen«, rief der große Mann. Er trat an den Eingang. Es war hell genug für Lockridge, die Wassertropfen zu erkennen, die im Bart des Mannes wie Perlen funkelten. Der Mann war ein Sohn Echegons. Lockridge kannte mehrere der anderen, die unbehaglich abwartend standen, dem Namen nach, andere nur vom Sehen. Zwei von ihnen hatten an dem vereitelten Menschenopferversuch teilgenommen.

Echegons Sohn zog ein Messer aus Feuerstein und zerschnitt die Lederriemen, die das Gitter zusammenhielten. »Wir werden Sie bald herausholen, wenn uns niemand überrascht«, sagte er.

Lockridge war zu verblüfft, Fragen zu stellen.

»Ich denke, wir machen dann, daß wir fortkommen«, fuhr der Sohn Echegons fort. »Auri rannte den ganzen

Tag umher und flehte jeden an, dem sie glaubte vertrauen zu können, Ihnen zu helfen. Zuerst wagten wir es nicht. Dann kamen diese Fremden, wie ein Zeichen Gottes, und sie erinnerte uns daran, welche Macht sie noch in der Unterwelt besaß. Lassen Sie also den Kampf nur noch eine Weile dauern, und wir sind unterwegs. Dies ist nicht der Ort, an dem sich noch zu leben lohnte.« Der Mann musterte Lockridge ängstlich. »Wir tun das, weil Auri schwor, daß Sie die Macht haben, uns vor dem Zorn der Göttin zu schützen. Sie müßte es eigentlich wissen. Hat sie recht?«

Bevor er antworten konnte, war Auri da und flüsterte ihm mit bebender Stimme zu: »Malcolm, du kannst uns in Sicherheit bringen. Ich weiß, daß du es kannst. Versprich mir, daß du es tun wirst.«

Lockridges Pulse pochten fast so laut wie der Kampf, dessen Geräusche sich näherten. »Ich verdiene es nicht«, sagte er. »Ich verdiene dich nicht.« Ohne daran zu denken, hatte er Englisch gesprochen. Das Mädchen richtete sich auf und sagte wie eine Königin: »Er spricht seinen Zauberspruch für uns. Er wird uns dorthin bringen, wo wir nichts zu fürchten haben.«

Die Lederriemen fielen. Lockridge zwängte sich zwischen zwei Stangen hindurch. Nebel hüllte ihn ein. Er versuchte zu erraten, wo sich der Kampf hauptsächlich abspielte. Er schien sich auf breiter Basis ausgedehnt zu haben und landeinwärts vorzurücken. Die Küste um die Bucht müßte eigentlich verlassen sein.

»Hier entlang«, sagte er. Sie hielten sich nahe bei ihm, um ihn mit ihren Waffen zu schützen, falls es nötig werden sollte. Auch Frauen waren darunter, mit Kindern an der Hand oder Babys auf dem Arm.

Lockridge blieb stehen. »Ich habe noch eine Pflicht im Langhaus zu erfüllen«, sagte er. »Geht schon voraus. Vergeßt nicht die Wasserschläuche und alles, was ihr zum Jagen und Fischen braucht, mitzunehmen. Wenn ihr fertig zur Abfahrt seid, bin ich bei euch.«

»Ich gehe mit dir«, sagte Auri.

»Nein.« Er beugte sich herab, küßte sie, und ihre Lippen schmeckten nach Salz »Geh und laß einen Platz für mich im Boot frei.« Er ging davon, bevor sie Einwände erheben konnte.

Das Langhaus war unbewacht, wie er es gehofft hatte. Der große Raum war leer. Er schlüpfte durch den Vorhang. Der Todeskampf Branns erschütterte ihn. Er schob den Diaglossa in sein Ohr, beugte sich zu Brann herab und sagte: »Ich werde dich sterben lassen, wenn du es willst.«

»Bitte«, erwiderte die Stimme einer Mumie.

Lockridge riß die Kabel und Röhren heraus, die mit Branns Körper verbunden waren. Nur wenige Tropfen Blut flossen aus den Öffnungen.

»Es wird nicht lange dauern«, sagte Lockridge und legte Brann die Hand auf die Stirn. »Bleib ruhig liegen. Das Ende ist nahe.«

Im Laufschritt verließ er das Langhaus. Der Kampf schien sich zum Teil in die Ortschaft zu verlagern. Er hörte das Zischen einer Energiepistole. Er lief auf den Vorplatz, an dessen gegenüberliegender Seite Hu erschien.

»Koriach!« rief der Warden mit heiserer Stimme. »Koriach, wo bist du?« Die Pistole, die zwischen den Hütten sprühte, war also nicht die Hus. Lockridge erkannte, daß er weder fliehen noch ins Langhaus zurückkehren konnte, ohne gesehen zu werden. Mit einem gewaltigen Satz schnellte er sich vor.

Hu sah ihn und schrie auf. Lockridge prallte auf die grüngekleidete Gestalt. Der Anprall warf beide zu Boden, und der Kampf um die Waffe begann. Lockridge konnte Hus Griff um den Kolben nicht brechen. Er warf sich auf den Rücken des Wardens. Mit einer Beinschere verankerte er sich, führte einen Arm um den Hals seines Feindes und bog dessen Kopf zurück. Durch das Geräusch des Kampfes hörte er das trockene Schnappen, als das Genick brach. Lockridge raffte sich auf und entwand der reglosen Gestalt die Pistole.

Eine Sekunde war er versucht, nach Storm zu suchen, nun, da er ebenso wie sie bewaffnet war. Aber es war zu riskant. Einer ihrer Yuthoaz konnte ihm in aller Ruhe den Schädel einschlagen, während er durch ihren Energieschild in Schach gehalten wurde. Was sollte dann aus Auri werden? Er schuldete ihr und der Handvoll ihrer Angehörigen sein Leben.

Im Laufschritt näherte er sich dem Rand des Wassers. Er erkannte ein großes Boot mit seiner dunklen Haut aus Fellen, das wie ein Schatten auf der Gischt tanzte. Auri wartete am Ufer auf ihn. Sie lief ihm mit Tränen in den Augen entgegen. Er umarmte sie schnell, dann wateten sie hinaus und stiegen in das Boot.

»Wohin segeln wir?« fragte der Sohn Echegons.

Lockridge blickte zurück. In dunklem Umriß hoben sich die Häuser aus dem Nebel, Männer und Pferde bewegten sich als flüchtige Schatten zwischen ihnen. Leb wohl, Avildaro, dachte Lockridge. Gott stehe dir bei.

»Iril Varay«, sagte er: England.

Sie umrundeten das westliche Vorgebirge, und Avildaro entschwand ihrem Blick. Bevor die Nacht hereinbrach, entdeckten sie die Flotte der Angreifer. Es war ein Wunder, daß diese Wikinger der Bronzezeit sich noch nicht auf heilloser Flucht befanden. Storm und Hu hatten sich natürlich getrennt, um möglichst viele der verwirrten und in alle Winde verstreuten Yuthoaz um ihre Strahlenpistolen zu sammeln. Aus irgendeinem Grunde mußte Hu dann seinen eigenen Weg gegangen sein. Selbst so mußte Storm sich allein — nun, das lag hinter ihm.

Wirklich? Sie würde nicht ruhen, bis sie ihn gefunden und vernichtet hatte. Wenn es ihm gelang, in sein eigenes Jahrhundert zurückzukehren … nein, dort würde sie sicher eher seine Spur finden als in der weiten und einsamen Welt des Steinzeitalters. Außerdem hatte er die Verantwortung für dieses Boot voller Fremder übernommen, die er nicht im Stich lassen durfte.

Er begann zu zweifeln, ob seine Wahl England gut war. Er wußte, daß andere Menschen dieser Zeit aus Dänemark dorthin flohen. Er konnte sich ihnen anschließen und bis an das Ende seiner Tage in Furcht leben. Ein solches Leben könnte er Auri nicht anbieten.

Dann wußte er, was er zu tun hatte. Er saß so lange reglos, daß Auri von Angst gepackt wurde. »Geht es dir nicht gut?« fragte sie.

»Doch«, sagte er und küßte sie.

Nur langsam kamen die Flüchtlinge während der Nacht voran, aber jedes Eintauchen der Paddel war ein Schritt weiter auf dem Weg zum Sieg. Als der Morgen zu dämmern begann, wichen sie auf die Marschen aus, versteckten sich, um sich auszuruhen. Später jagten und angelten die Männer und füllten die Wasserschläuche. Ein scharfer Wind aus Nordost vertrieb den Nebel, in der Nacht war die Sicht bei klarem Sternenhimmel gut. Lockridge hatte den Mast aufrichten und die Segel setzen lassen. Am Morgen waren sie auf hoher See.

Es war eine kalte, enge und gefährliche Fahrt. Kein anderer als die Tenil Orugaray hätte in diesem überladenen Boot den Sturm überstanden, in den sie gerieten. Trotz der Gefahr, die er gebracht hatte, begrüßte Lockridge den Sturm. Wenn die Koriach ihn nicht fand, würde sie annehmen, daß er den Tod auf See gefunden hatte und die Suche nach ihm aufgeben.

Tage später wuchs Ostengland flach und herbstlich vor ihnen auf. Salzverkrustet, hungrig, müde und erschöpft gingen sie an Land und labten sich am Wasser einer Quelle. Die Männer hatten erwartet, daß sie in einer Gemeinde an der Küste um Aufnahme bitten würden, aber Lockridge lehnte diesen Plan ab. »Ich weiß einen besseren Platz«, versprach er. »Wir müssen durch die Unterwelt gehen, um ihn zu erreichen, aber dort werden wir sicher vor der Zauberin sein. Würdet ihr euch lieber wie Tiere verstecken, oder als freie Menschen leben?«

»Wir folgen dir«, sagte der Sohn Echegons.

Sie machten sich auf den Marsch über Land. Wegen der kleinen Kinder und der Notwendigkeit, sich Nahrung zu beschaffen, kamen sie nur langsam voran, und Lockridge begann zu fürchten, daß sie ihr Ziel zu spät erreichen würden. Schließlich wateten sie durch eisiges flaches Wasser zu einer Insel, die von den umliegenden Stämmen gemieden wurde. Eingeborene hatten Lockridge, als sie eine Nacht in deren Ortschaft verbrachten, erzählt, daß die Insel verhext sei. Er hatte sich von ihnen den Weg genau beschreiben lassen.

Unter kahlen Bäumen stand eine Hütte. Ein Mann wartete davor, das Schwert in der Hand. Er war stämmig und schmerbäuchig, mit zottigem Bart im verwitterten Gesicht. Lockridge fühlte, wie sein Herz einen Freudensprung machte. »Jesper, alter Freund!« rief er. Sie schlugen einander auf den Rücken. Als Lockridge seinen Diaglossa des 16. Jahrhunderts ins Ohr schob, fragte er, was die Anwesenheit des andern zu bedeuten habe.

Der Däne zuckte die Achseln. »Ich bin mit dem Rest der Krieger hierhergebracht worden. Der Hexenmeister brauchte einen Freiwilligen, der dieses Tor eine Zeitlang bewachen sollte. Ich meldete mich. Warum sollte ich meiner lieblichen Dame nicht einen Gefallen erweisen? Also saß ich hier, jagte Enten und amüsierte mich, so gut es ging. Wenn etwas schiefging, sollte ich eine Maschine unten bedienen, die es ihr berichten würde. Aber es geschah nichts, und da ich euch für gewöhnliche Wilde hielt, sah ich keinen Grund, einen Notruf auszuschicken. Vielmehr dachte ich, daß ich meinen Spaß haben würde, wenn ich euch davonjagte. Aber es tut gut, dich wiederzusehen, Malcolm.«

»Ist deine Zeit als Posten nicht bald vorüber?«

»Ja, nur noch ein paar Tage. Priester Markus befahl

mir, die Uhr im Auge zu behalten und bestimmt zu verschwinden, wenn es Zeit war, da sich sonst das Tor auflösen würde, so daß ich nicht mehr von hier fortkäme. Ich werde zu dem andern Tor gehen, das er mir zeigte, um mich von dort nach Hause transportieren zu lassen.«

Lockridge musterte Fledelius mitleidig. »Nach Dänemark?«

»Wohin sonst?«

»Ich bin hier im geheimen Auftrag unserer Dame. So geheim, daß du kein Wort darüber zu einem andern verlauten lassen darfst.«

»Keine Angst. Du kannst dich auf mich verlassen, wie ich mich auf dich.«

Lockridge seufzte. »Jesper«, sagte er, »komm mit uns. Wenn wir unser Ziel erreicht haben, kann ich dir alles erzählen. Du hast jedenfalls etwas Besseres verdient, als unter einem Tyrannen als Geächteter zu leben. Komm mit!«

Sehnsucht funkelte in den kleinen Augen. Der massige Kopf wurde geschüttelt. »Nein. Ich danke dir, mein Freund, aber ich habe meiner Dame und meinem König Treue geschworen. Bis die Büttel mich fangen, werde ich an jedem Allerheiligenabend im Gasthaus zum Goldenen Löwen warten.«

»Unmöglich, nach allem, was dort geschah.«

Fledelius kicherte. »Ich finde schon einen Weg. Junker Erik wird mich nicht so leicht aufspießen, wie er es sich denkt.«

Lockridge sah sich um. Seine Gefährten standen stumm und frierend.

»Nun ... wir müssen den Tunnel benutzen. Ich kann dir nicht mehr verraten, und denke daran, daß unsere Begegnung ein Geheimnis bleiben muß. Leb wohl, Jesper!«

»Leb wohl, Malcolm, und auch du, Mädchen. Leert dann und wann einen Humpen auf mein Wohl, ja?«

Lockridge führte seine Gefährten unter die Erde. Er trat durch das Tor des Feuers. Die Tenil Orugaray nahmen allen Mut zusammen und folgten ihm.

»Wir dürfen nicht zögern«, sagte er. »Wir wollen wiedergeboren werden. Haltet euch bei den Händen und folgt mir zurück auf die Erde.«

Er führte sie auf der entgegengesetzten Seite des gleichen Tores hinaus. Das entsprach dem Augenblick, als es zuerst in der Welt erschien, um ein Vierteljahrhundert später wieder zu verschwinden.

Der Vorraum war ebenso verlassen wie die Insel. Er benutzte die Kontrollröhre, die Fledelius ihm gegeben hatte, um den Eingang oberhalb der Rampe zu öffnen und hinter ihnen wieder zu verschließen.

Sie traten in den Sommer hinaus. Das Land lag mit grünem Laub und wiegendem Schilf, blitzendem Wasser und lärmend von Vögeln vor ihnen, fünfundzwanzig Jahre, bevor er und Storm das Dänemark der Steinzeit erreichen sollten.

»Oh, wie wunderbar!« rief Auri begeistert aus.

Lockridge wandte sich an seine Gefährtin. »Ihr seid das Seevolk«, sagte er. »Wir werden weitergehen und an der See leben. Menschen eurer Art werden bald stark und mächtig in diesem Land sein.« Er ließ eine Pause eintreten, bevor er weitersprach. »Wenn ihr es wollt, bin ich bereit, euer Häuptling zu sein. Aber ich werde viel unterwegs sein und eure Hilfe von Zeit zu Zeit in Anspruch nehmen müssen. Die Stämme hier sind groß und weit verbreitet, aber uneinig. Mit der von Süden kommenden neuen Zeit vor uns, sollen sie zu einer Einheit werden. Das ist meine Aufgabe.«

Seine Gedanken eilten in die Zukunft voraus, und er fühlte sich sekundenlang mutlos. Er hatte so viel zu verlieren. Seine Mutter würde weinen, wenn er nie zurückkehrte, und das war das Schlimmste. Er selbst gab sein Land und sein Volk auf, seine ganze Zivilisation — Musik, Bücher, die kultivierte Küche, wissenschaftlichen Ehrgeiz, alle die guten Dinge, die 4000 Jahre hervorbringen würden —, um bestenfalls ein Häuptling im Steinzeitalter zu werden. Und er würde hier immer allein sein.

Dadurch aber würde er Achtung und Macht genießen und konnte mit seinem Wissen arbeiten, nicht als Sieger, sondern als Lehrer, Gesetzgeber, Arzt und Vorkämpfer der Einigung. So konnte er die Grundlagen schaffen, die stark genug sein würden, um dem Unheil zu widerstehen, das Storm mit sich brachte.

Dies war seine Bestimmung. Er durfte sich ihr nicht entziehen, und er wollte es nicht.

»Wirst du mir helfen?« fragte er Auri.

»Ja«, sagte sie fest.

21

Die Jahre flogen vorüber, bis der Tag kam, an dem Regen zu Nebel wurde, und die Krieger aus dem Westen durch den Limfjord nach Avildaro kamen.

Malcolm stand am Bug des Schiffes, mit grauem Haar und Bart, älter als die meisten und doch kaum weniger rüstig als die vier großen Söhne neben ihm. Alle waren mit schimmernder Bronze bewaffnet und gerüstet. Sie spähten zur Küste hinüber, bis der Vater sagte: »Dort ist unsere Landestelle.«

Der Eifer seiner sechzehn Jahre klang aus der Stimme Hawks, des Kindes Auris, als er den Befehl weitergab. Auf dem ganzen Schiff machten sich Männer bereit, Waffen klirrten, sie sprangen von den Bänken in das bis an die Schultern reichende kalte Wasser. Die Fellboote ihrer Verbündeten liefen auf Grund und wurden an die Küste gezogen.

»Sorgen Sie dafür, daß sie sich still verhalten«, sagte Malcolm. »Wir dürfen nicht gehört werden.«

Der Kapitän nickte. »Leise, ihr dort!« befahl er seinen

Matrosen. Iberer wie er, dunkle Rundschädel mit Hakennasen, kleiner und schlanker als die blonden Stammesangehörigen aus England, hatten sie nicht viel für Disziplin übrig; selbst er, ein relativ zivilisierter Mann, der oft in Ägypten und Kreta gewesen war, hatte Mühe zu begreifen, daß es sich hier nicht um einen Piratenüberfall handelte.

»Ich habe genug Zinn und Pelze, um zehnmal für die Überfahrt zu bezahlen«, hatte der Häuptling namens Malcolm zu ihm gesagt. »Alles gehört Ihnen, wenn Sie mir helfen wollen. Aber wir ziehen gegen eine Zauberin aus, die sich die Blitze untertan gemacht hat. Werden Ihre Männer sich fürchten, obwohl ich das gleiche tun kann? Darüber hinaus müssen Sie wissen, daß es nicht um Beute geht, sondern darum, Angehörigen meines Stammes die Freiheit zu bringen. Werden Sie und Ihre Besatzung mit dem Lohn, den ich zahle, zufrieden sein?«

Der Kapitän beschwor es bei *Ihr,* die er verehrte, wie es diese mächtigen Barbaren taten. Lockridge glaubte ihm. Es ist wirklich eine Befreiung, dachte er. Heute nacht werde ich mich von meiner Bestimmung befreien. Nicht daß die Zeit in England schlecht für ihn gewesen wäre. Im Gegenteil. Er hatte besser, glücklicher, sinnvoller gelebt, als er zu hoffen wagte.

Er ging zum Heck des Schiffes. Auri stand neben der Achterhütte. Ihre anderen Kinder, drei Mädchen und ein Junge, der zu jung war, um zu kämpfen, warteten mit ihr. Sie war ein wenig voller geworden, das Haar fiel etwas weniger schimmernd über ihr kretisches Gewand, und ihr Blick wurde nicht von Tränen verschleiert. Ein Vierteljahrhundert, in dem sie Lockridges rechte Hand gewesen war, hatten auch ihr Größe und Standhaftigkeit beschert.

»Leb wohl, Liebster«, sagte sie.

»Nicht auf lange. Sobald wir gesiegt haben, können wir in die Heimat zurückkehren.«

»Du hast mir mein Heim jenseits des Meeres gegeben. Wenn du fallen solltest ...«

»Dann kehre um ihretwillen zurück«, sagte er und sah die Kinder zärtlich an. »Herrsche über Westhaven, wie wir es solange taten. Das Volk wird sich freuen.« Er zwang sich zu einem Lächeln. »Aber mir wird nichts zustoßen.«

»Es wird seltsam sein«, sagte sie langsam, »uns selbst jung vorüberziehen zu sehen. Ich wünschte, ich könnte es mit dir erleben.«

»Würde der Anblick dir weh tun?«

»Nein. Ich würde es grüßen, dieses Paar, und mich freuen über das, was vor ihm liegt.«

Sie allein hatte begriffen, was mit der Zeit geschehen war. Für den Rest der Tenil Orugaray war es ein beunruhigender Zauber, an den sie möglichst wenig dachten. Gewiß, er hatte sie in ein gutes Land geführt, und sie waren dankbar, aber sollte Malcolm die Bürde der Zauberei tragen, denn er war der König.

Lockridge ging, nachdem er Auri ein letztesmal geküßt hatte. Er watete ans Ufer und fand sich von seinen Männern umringt. Einige wenige waren in Avildaro geboren, waren Kinder, als sie sich auf die Flucht begaben. Der Rest hatte sich aus halb England zusammengefunden. Das war sein Werk gewesen.

Er war nicht nach Ostengland zurückgekehrt, um zu vermeiden, daß Gerüchte Storm Darroway erreichten. Statt dessen hatte er seine Gruppe in jenes herrliche Land geführt, das später den Namen Cornwall bekommen sollte. Dort bestellten sie ihre Äcker, jagten und fischten, liebten und opferten, wie sie es gewohnt waren; aber langsam lehrte er sie, was sie durch die Zinnminen und durch Handel verdienen konnten, er warb Männer aus den umherziehenden anderen Stämmen an, bis Westhaven von Skara Brae bis Memphis als reiches und mächtiges Land bekannt war. Nebenher schuf er sich Verbündete — die Axtleute von Langdale Pike, die Siedler längs der Themse, selbst die sturen Bauern aus dem Flachland, denen er beibrachte, daß Totschlag den Göttern nicht wohlgefällig war. Jetzt sprachen sie davon, auf der Ebene von Salisbury einen großen Tempel als Zeichen ihres Bündnisses zu errichten. So konnte er sie beruhigt zurücklassen und aus den vielen, die sich anboten, hundert Jäger auswählen für diesen Kampf im Osten.

»Formiert euch!« befahl er. »Vorwärts!«

In geschlossenen Reihen bewegten sie sich auf Avildaro zu. Lockridge fühlte ein Würgen in der Kehle. Fünfundzwanzig Jahre hatten ihn Storm nicht vergessen lassen. Er erinnerte sich an ihre grünen Augen, die bernsteinfarbene Haut, an Lippen, die einmal auf seinen geruht hatten. Schritt für Schritt hatte er begriffen, wozu das Schicksal ihn auserwählt hatte. Der Norden mußte vor ihr gerettet werden. Die ganze menschliche Rasse. Ohne Brann konnte sie ihre Wardens zum Sieg führen. Aber weder Wardens noch Rangers durften die Oberhand gewinnen. Sie mußten sich gegenseitig zur Ader lassen, bis das, was gut an ihnen war, übrigblieb und Johns und Marys Welt Gestalt annehmen konnte.

Doch er war nicht der kluge und unbesiegbare Malcolm. Er war nur der Mann, der Storm Darroway geliebt hatte. Es war schwer, sich an den Gedanken zu gewöhnen, daß er zum Kampf gegen sie anrückte.

Hawk kam von seiner Erkundung zurück. »Ich sah nur wenige Männer im Ort, Vater«, meldete er. »Und sie sahen nach dem, wie du sie mir beschreibst, nicht wie Yuthoaz aus. Die Wachfeuer der Wagenlenker sind schwach in diesem Nebel, und die Männer liegen gegen die Kälte eng beisammen.«

»Gut.« Lockridge war froh, daß die Zeit des Handelns gekommen war. »Wir werden die Gruppen nun teilen, und jede bekommt ihren Abschnitt.« Er rief die Anführer zu sich und gab seine Befehle. Nacheinander verschwanden die Gruppen in der Dämmerung, nur Lockridges Männer mit ihren Schilden aus Rinderfell und den scharfgeschliffenen Feuersteinwaffen blieben. Er hob den Arm und sagte: »Uns fällt die schwerste Aufgabe zu, denn wir müssen der Zauberin selbst entgegentreten. Ich schwöre noch einmal, daß mein Zauber ebenso stark wie der ihre ist. Wer sich aber fürchtet, möge zurückbleiben.«

»Lange hast du uns geführt, und immer behieltest du recht«, murmelte ein Mann aus den Bergen. »Ich stehe zu meinem Eid.« Beifälliges Flüstern durchlief die Reihen.

»Dann folgt mir!«

Sie fanden einen Pfad zum Heiligen Hain. Wenn der Kampf begann, sollten Storm und ihre Anhänger aus dem Langhaus über diesen Weg kommen.

Schreie hallten durch die niedrig hängenden Wolken. Lockridge hielt unter tropfenden Ästen. Immer stärker wurde der Lärm zu seiner Rechten — Hörner tönten, Pferde wieherten, Männer feuerten einander an, Bogen schnellten, Räder dröhnten, Äxte begannen zu klirren.

»Will sie nie kommen?« murmelte sein Sohn Arrow.

Lockridges Nerven waren zum Zerreißen gespannt. Es gab keine Garantie für einen Erfolg. Eine Energiepistole konnte eine ganze Gruppe zersprengen, und gegen die Waffe, die er in seiner Hand wog, standen zwei andere.

Schritte dröhnten eilends von Avildaro her. Ein Dutzend Yuthoaz schälte sich aus dem Nebel. Sie hatten die Waffen drohend erhoben, und ihre Gesichter funkelten wild. An ihrer Spitze lief Hu.

Der Warden hielt im Lauf inne. Er hob die Pistole. Aus der gleichen Waffe in Lockridges Hand ergoß sich rot, grün, gelb und tödlich das schirmende Feuer. Die Yuthoaz warfen sich auf die Briten, die in übernatürlicher Furcht zurückwichen.

»Koriach!« schrie Hu über die aufeinanderprallenden Energien. »Sie sind Rangers!« Er erkannte in dem

Mann, der ihm gegenüberstand, Lockridge nicht. Und noch in dieser Stunde würde er tot vor dem Langhaus liegen. Der Gedanke daran ließ Lockridge erstarren. Hu trat näher an ihn heran. Ein Yutho schwang seine Axt. Der Mann aus den Bergen, der zu seinem Eid gestanden hatte, sank entseelt vor Lockridge nieder.

Das ließ ihn aus seiner Erstarrung erwachen. »Männer aus Westhaven!« rief er. »Schlagt zu!«

Arrow stürmte vor. Sein Bronzeschwert blitzte auf und traf den Gegner tödlich. Hawk erhielt einen Hieb auf seinen Helm, und er dröhnte wie sein Lachen, als er zurückschlug. Ihre Brüder Herdsman und Beloved stießen zu ihnen, der Rest der Männer schloß sich an. Sie waren zahlreicher als die Männer der Streitaxt. Es war ein kurzer Kampf ohne Gnade.

Lockridge zog sein Schwert gegen Hu. Der Warden sah seine Leute fallen, hob sich vom Boden ab und verschwand im Nebel. Über dem Kampffeld hörte man ihn nach Storm rufen.

Sie hat also einen andern Weg genommen, dachte Lockridge. Sie ist dort drüben. »Hier entlang!«

Er kam zu den Wiesen. Ein Kampfwagen jagte vorüber, auf eine Reihe seiner Männer zu. Sie hielten stand, bis die Räder sie fast berührten, dann teilten sie sich und ihre von der Seite geführten Hiebe töteten den Wagenlenker. Mit schleifenden Zügeln rasten die Pferde davon und wurden vom Nebel verschluckt. Die Briten griffen die zu Fuß folgenden Yuthoaz an. Für Lockridge war ihr Kampf ein Schattenspiel, das er aus den Augenwinkeln beobachtete. Seine Jagd galt Storm.

Um ihn brauste die Schlacht. Ein Yutho zerschmetterte einem Westhavenkrieger den Schädel und wurde von einem Iberer getötet. Zwei Männer wälzten sich im Schmutz und versuchten, einander an die Kehlen zu gehen. Ein Jüngling namens Thuno lag in seinem Blut, die leeren Augen zum Himmel gerichtet. Lockridge eilte vorüber. Die Scheide des Schwertes schlug gegen seinen Schenkel. Helm und Brustpanzer wurden zur Last.

Nach einer Zeit, die ihm wie eine Ewigkeit erschien, hörte er Schreie. Eine Gruppe seiner Männer kam näher, die Augen weit vor Furcht. Er rief ihren Anführer zu sich. »Wir haben sie gesehen, am Rande der Stadt«, sagte der Mann. »Ihre Flammen töteten drei von uns, ehe wir entkommen konnten.« Sie flohen nicht, sondern folgten seinen Befehlen und suchten nach neuen Gegnern.

Lockridge eilte in die Richtung, aus der sie gekommen waren. Zuerst hörte er ihre Stimme: »Du und du und du — sucht die Sippenältesten! Sie sollen sich hier einfinden. Ich bleibe hier, und nachdem wir Ordnung in unsere Reihen gebracht haben, werden wir diese Seebanditen vernichten.«

Er stieß in die Wolken vor. Sie teilten sich, und da war sie.

Mehrere Yuthoaz waren an ihrer Seite. Pferde stampften vor dem einen Kampfwagen, an dem Withukar mit stoßbereiter Hellebarde stand. Storm hatte nur eine Tunika über ihre schlanke Gestalt geworfen, und der Halbmond blitzte auf ihrem Scheitel. Ihr Haar schimmerte feucht, ihr Gesicht war voll lebendiger Spannung. Er feuerte auf sie.

Sie war zu schnell. Ihr Flammenschild leuchtete auf. Ohnmächtig prallten die Energien aufeinander.

»Ranger«, rief sie über das Dröhnen, »komm her, damit ich dich erschlagen kann.« Da Lockridge zum erstenmal seit vielen Jahren seine Diaglossa trug, verstand er. Er näherte sich ihr.

Ihr Walkürengesicht verzerrte sich vor Entsetzen. »Malcolm!« schrie sie.

Lockridges Söhne stürmten auf Storms Männer ein. Schwerter, Speere und Streitäxte krachten. Aus dem Augenwinkel sah Lockridge Withukar mit seiner langstieligen Axt gegen Hawk ausholen. Der Junge wich aus, sprang mit einem Satz auf den Wagen und stach zu. Withukars junger Lenker warf sich zwischen die Klinge und seinen Herrn. Als er zusammenbrach, zog Withukar ein Messer aus Stein. Hawk brachte seine Waffe nicht schnell genug heraus. Er umschlang den rotbärtigen Mann mit beiden Armen. Sie stürzten herab und kämpften neben den Rädern weiter.

»O Malcolm, was hat die Zeit aus dir gemacht?« schluchzte Storm.

Er durfte sich nicht erweichen lassen, mußte mit der Pistole in der einen Hand, die andere, die das Schwert halten sollte, leer, auf sie zugehen. Jeden Augenblick konnte sie wie Hu entschweben. Aber ihre Männer wichen vor der Übermacht zurück. Sie hielt sich in ihrer Nähe, und Lockridge fand keine Gelegenheit, sie zu packen. Sobald sich eine Lücke zwischen ihnen öffnete, schalteten beide ihre Pistolen auf Verteidigung, und die Flammenkaskaden umgaben sie.

Plötzlich durchbrachen Arrow und Beloved die Yutho-Linie. Sie griffen von hinten an, die Gruppe löste sich in Einzelkämpfer auf. Lockridge sah Storm vor sich. Mit einem Satz sprang er auf sie zu. So grell war die Strahlung, daß beide für Sekundenbruchteile geblendet waren. Lockridges Hand hieb in die vielfarbige Dunkelheit. Storm schrie vor Schmerz auf. Er fühlte, wie die Pistole ihrer Hand entfiel. Bevor sie sich in die Nacht erheben konnte, hatte er die eigene Waffe sinken lassen und sie gepackt. Sie stürzten zu Boden. Sie kämpfte mit Händen, Nägeln, Knien und Zähnen. Aber er nagelte sie mit seinem Gewicht und dem Brustpanzer fest. Sie hob den Kopf und küßte ihn.

»Nein«, keuchte er erstickt.

»Malcolm«, sagte sie, und er spürte ihren heißen Atem, »ich kann dich wieder jung machen, jung und unsterblich.«

Er stieß eine Verwünschung aus. »Ich bin Auris Mann.«

»Bist du es?« Sie lag plötzlich reglos in seinem Griff. »Dann ziehe dein Schwert.«

»Du weißt, daß ich es nicht kann.« Er stand auf, löste ihren Gurt, half ihr auf die Füße und hielt ihr die Arme hinter ihrem Rücken zusammen. Sie lächelte und lehnte sich an ihn.

Der Kampf um sie herum war verklungen. Als sie sahen, daß ihre Göttin in Gefangenschaft geraten war, warfen die Yuthoaz, die dazu noch in der Lage waren, ihre Waffen fort und flohen.

»Wir haben die Zauberin«, sagte Lockridge. »Nun bleiben nur noch ihre Krieger.«

Er ließ Storm los. Sie funkelte ihn an. »Glaubst du auch nur einen Augenblick, daß du der Rache entgehen kannst?« fragte sie.

»Ja. Deine Spione werden zwar erfahren, was geschehen ist, aber sie werden dich nicht finden. Sie werden von einem Überfall hören, bei dem du offensichtlich den Tod fandest. Kein Überfall der Rangers, soweit sie aus den verworrenen Berichten der Eingeborenen hören werden, nur ein Angriff eines ehrgeizigen Stammeshäuptlings, der in Jütland im trüben fischen wollte und das Glück hatte, daß verirrte Pfeile dich und Hu erledigten, bevor du den Angriff zurückschlagen konntest. Darüber hinaus werden deine Nachfolgerinnen mit ihren eigenen Sorgen genug zu tun haben, als daß sie sich um uns kümmern könnten.«

Storm stand lange reglos. Dann reckte sie sich und strich ihr Gewand glatt, bis es fest an ihrem Körper lag. »Was wirst du mit mir tun?« fragte sie leise.

»Ich weiß es nicht«, sagte er ehrlich. »Solange du lebst, bist du eine tödliche Gefahr. Aber ... ich kann dir kein Leid antun.« Er fuhr sich mit der Zunge über die trockenen Lippen. »Vielleicht können wir dich irgendwo verstecken«, sagte er rauh.

Sie lächelte. »Wirst du mich besuchen kommen?«

»Ich sollte es nicht tun.«

»Du wirst es tun. Dann können wir uns unterhalten.« Sie schob das Schwert von Auris Sohn mit einer lässigen Bewegung zur Seite, trat vor Lockridge hin und küßte ihn. »Leb wohl, Malcolm!«

»Bringt sie fort!« sagte er scharf. »Fesselt sie. Aber seid vorsichtig, damit sie nicht verletzt wird.«

»Wohin sollen wir sie bringen, Vater?« fragte Arrow.

Lockridge trat auf den Platz vor dem Langhaus. Hus reglose Gestalt wirkte, als sei sie zusammengeschrumpft.

»Dort hinein«, sagte er. »In ihr eigenes Haus. Stellt einen Posten vor den Eingang. Tragt die Toten zusammen und kümmert euch um die Verwundeten.« Er sah ihr nach, bis sich der Vorhang hinter ihr schloß.

Dann wandte er sich um und lief durch den Ort. »Männer von Avildaro!« rief er. »Wir sind gekommen, um euch zu befreien! Die Zauberin ist in unserer Gefangenschaft. Meine Männer kämpfen draußen auf den Wiesen für euch. Wollt ihr zusehen und selbst keinen Hieb führen? Wer ein Mann ist, der komme heraus!«

Und sie kamen: Aus allen Türen strömten sie, Jäger, Fischer, Ruderer, Steuermänner der großen und kleinen Boote. Mit ihren Waffen sammelten sie sich um den Verkünder ihrer Befreiung. Fünfzig Mann stark stürmten sie durch den Heiligen Hain und warfen sich wutentbrannt den Männern der Streitaxt entgegen.

Als der letzte Kampfwagen zertrümmert auf dem Feld lag und der letzte Yutho in die Heide geflüchtet war, befahl Lockridge, alle Gefangenen zu ihm zu bringen. Zumeist waren es Frauen und Kinder, aber auch Withukar lebte. Er erkannte Lockridge und verfluchte ihn.

Ein fast niedergebranntes Feuer loderte wieder auf, bis seine Flammen fast so wild tanzten wie die Tenil Orugaray. Lockridge trat vor die Gefangenen und sagte: »Niemand wird euch etwas antun. Morgen könnt ihr gehen, wohin ihr wollt. Aber einer unserer Männer wird euch begleiten, um den Frieden zu verkünden. Das Land ist weit, und wir kennen Gebiete, in denen ihr auf keinen Menschen stoßen werdet. Dieses Land hier gehört uns, nicht euch. Wenn der Winter halb vorüber ist, werden die Stammeshäuptlinge hier zu Beratungen zusammenkommen, um Wege zu suchen, wie wir einander helfen können. Withukar, ich hoffe, du wirst unter ihnen sein.«

Der Yutho fiel auf die Knie. »Herr«, sagte er, »ich weiß nicht, wie ich dich so verkennen konnte. Ich möchte weiter dein Kamerad sein, wenn du mich noch magst.«

Lockridge hob ihn auf. »Löst seine Fesseln. Er ist unser Freund.«

Er blickte über die Gesichter hinweg, die ihm zugewandt waren. Er wußte, daß seine Aufgabe noch nicht beendet war. Westhaven konnte nicht mehr erschüttert werden. In den nächsten zwanzig oder dreißig Jahren — wieviel Zeit ihm immer vergönnt war — mußte er in Dänemark einen ähnlichen Bund gründen.

Wenn nur Storm …

Ein Mann lief auf ihn zu und ließ sich vor ihm auf das Gesicht fallen. »Wir wußten es nicht! Wir wußten es wirklich nicht! Wir hörten den Lärm zu spät!«

Lockridge war, als würde es dunkel vor seinen Augen. Er rief nach einem Fackelträger und folgte ihm zum Langhaus.

Sie lag im gnadenlosen Licht der Kugeln. Ihre Schönheit war vergangen; man wird nicht zu Tode stranguliert, ohne daß die Haut sich dunkel färbt, die geschwollene Zunge zwischen den Zähnen hervortritt, die Augen fast aus den Höhlen treten.

Branns Leiche lag über ihr.

Ich vergaß ihn, dachte Lockridge. Ich wollte mich nicht an ihn erinnern. So kam er durch den Vorhang, vom Tode gezeichnet, und sah sie, die ihn gefoltert hatte, hilflos zu seinen Füßen.

Die Männer vom Meer verstummten, als Tränen Lockridges Blick verschleierten. Dann ließ Lockridge Holz herbeibringen. Er legte Storm selbst zur letzten Ruhe, Hu neben ihr, den großen Feind zu ihren Füßen. Dann setzte er mit der Fackel das Langhaus in Brand. Hoch und laut loderten die Flammen, um die Dunkelheit in einen neuen Tag zu überführen.

Allein kehrte Lockridge zum Schiff zurück. Auris Arme umschlossen ihn. Als die Sonne aufging, fand er wieder Frieden.

Das Bronzealter, das neue Zeitalter, nahte. Was er in seinem eigenen ungeborenen Gestern gesehen hatte, gab ihm die Gewißheit, daß es eine glückliche und friedvolle Zeit werden würde — glücklicher vielleicht als jene ferne Zukunft, von der er einen Blick erhascht hatte. Denn was nach ihr blieb, trug nicht den Stempel von Brandschatzung, Gemetzel oder Versklavung. Hingegen sprachen der goldene Sonnenwagen von Trundholm und die Lurhörner, deren Rundungen an ihre Schlangen erinnerten, dafür, daß die Völker des Nordens zu *einer* Rasse geworden waren. Auf weite Fahrten würden sie sich dann begeben; die Straßen von Knossos würden von Dänen betreten werden, Männer würden von England nach Arabien aufbrechen. Einige mochten sogar nach Amerika gelangen, wo die Indianer von einem klugen freundlichen Gott und einer Göttin mit dem Namen Blumenfeder erzählen würden. Aber die meisten würden zurückkehren. Denn wo sonst war das Leben so schön wie in dem ersten Land, das stark und frei war!

Am Ende würde es untergehen, bevor das grausame Zeitalter des Eisens begann. Aber tausend Jahre glücklichen Lebens waren keine kleine Errungenschaft, und der Geist, den sie hervorbrachte, würde von Bestand sein. In jedem zukünftigen Jahrhundert mußte die vergessene Wahrheit, daß die Menschen einst Generationen des Frohsinns gekannt hatten, erhalten bleiben und im stillen arbeiten. Diejenigen, die das letzte Morgen schaffen würden, mochten wohl auf das Reich, das Malcolm gegründet hatte, zurückkommen und aus ihm lernen.

»Auri«, sagte Lockridge bewegt, »bleibe bei mir und hilf mir.«

»Immer«, erwiderte sie.

HEYNE BÜCHER

HEYNE SCIENCE FICTION

Romane und Erzählungen internationaler SF-Autoren im Heyne-Taschenbuch.

06/4700

06/4740

06/4748

06/4738

06/4792

06/4773

06/4774

06/4775